CHRISTIAN JACQ

Christian Jacq, né à Paris en 1947, découvre l'Égypte à l'âge de treize ans, à travers ses lectures, et se rend pour la première fois au pays des pharaons quatre ans plus tard, lors de son voyage de noces. Après des études de philosophie et de lettres classiques, il s'oriente vers l'archéologie et l'égyptologie, et obtient un doctorat d'études égyptologiques en Sorbonne avec pour sujet de thèse : « Le voyage dans l'autre monde selon l'Égypte ancienne ». Mais plus que tout, Christian Jacq veut écrire et publie une vingtaine d'essais, dont *L'Égypte des grands pharaons* à la Librairie académique Perrin en 1981, couronné par l'Académie française. Il est aussi producteur délégué à France-Culture, et travaille notamment pour « Les Chemins de la connaissance ». Il faut attendre 1987 pour que le succès arrive, avec un roman, *Champollion l'Égyptien*. L'Égypte et l'écriture prennent désormais toute leur place dans sa vie. Ses romans suscitent la passion des lecteurs. *L'affaire Toutankhamon*, *Le juge d'Égypte*, *Ramsès*, un succès international... Suivront *La pierre de lumière*, *La reine liberté*, *Les mystères d'Osiris*… Christian Jacq est aujourd'hui traduit dans plus de trente langues.

MOZART

****

L'Aimé d'Isis

DU MÊME AUTEUR
CHEZ POCKET

LA REINE SOLEIL
L'AFFAIRE TOUTANKHAMON
LE MOINE ET LE VÉNÉRABLE
QUE LA VIE EST DOUCE À L'OMBRE DES PALMES

LE JUGE D'ÉGYPTE

LA PYRAMIDE ASSASSINÉE
LA LOI DU DÉSERT
LA JUSTICE DU VIZIR

RAMSÈS

LE FILS DE LA LUMIÈRE
LE TEMPLE DES MILLIONS D'ANNÉES
LA BATAILLE DE KADESH
LA DAME D'ABOU SIMBEL
SOUS L'ACACIA D'OCCIDENT

LA PIERRE DE LUMIÈRE

NÉFER LE SILENCIEUX
LA FEMME SAGE
PANEB L'ARDENT
LA PLACE DE VÉRITÉ

LA REINE LIBERTÉ

L'EMPIRE DES TÉNÈBRES
LA GUERRE DES COURONNES
L'ÉPÉE FLAMBOYANTE

LES MYSTÈRES D'OSIRIS

L'ARBRE DE VIE
LA CONSPIRATION DU MAL
LE CHEMIN DE FEU
LE GRAND SECRET

MOZART

LE GRAND MAGICIEN
LE FILS DE LA LUMIÈRE
LE FRÈRE DU FEU
L'AIMÉ D'ISIS

CHRISTIAN JACQ

MOZART

****

L'Aimé d'Isis

XO ÉDITIONS

XO Éditions, Paris, 2006.

ISBN : 978-2-266-16845-8

Au Passeur

Si la Vertu et la Justice répandent la gloire sur le chemin des Grands, alors la terre est un royaume céleste et les mortels sont semblables aux dieux.

La Flûte enchantée,
acte I, scène 19.

Grâce à la puissance de la musique, nous cheminerons, joyeux, à travers la sombre nuit de la mort.

La Flûte enchantée,
acte II, scène 28.

1.

Vienne, le 2 janvier 1789

Indifférent au froid très vif qui régnait sur Vienne, Geytrand faisait lui-même le guet. Pourtant, le bras droit de Joseph Anton, comte de Pergen, chef du service secret chargé d'épier les Francs-Maçons, aurait pu rester au chaud et confier cette tâche ingrate à l'un de ses sbires. Le visage mou, grand, plutôt laid, les yeux glauques, Geytrand avait quitté la Franc-Maçonnerie parce qu'on refusait de le nommer à la tête de sa Loge. Rancunier, il pourchassait ses ex-Frères et rêvait de détruire l'initiation. Aussi servait-il avec un dévouement absolu son patron, persuadé que cette société secrète menaçait le régime en place.

Malgré une réorganisation autoritaire réduisant les Loges à deux et le nombre de Frères à moins de quatre cents, les Francs-Maçons résistaient à l'adversité et certains demeuraient très actifs, tel le compositeur Wolfgang Mozart, dont Geytrand surveillait le déménagement.

Revenant au centre de la ville après avoir habité un faubourg, il résiderait désormais dans l'immeuble de

« la Mère de Dieu », sur la Judenplatz[1]. Maître influent, voire Vénérable occulte, il se rapprochait ainsi de sa Loge.

En raison du maigre succès des *Noces de Figaro*, de l'échec de *Don Juan*, d'ennuis financiers et de campagnes de calomnies savamment distillées, Mozart traversait une période difficile. Néanmoins, il transmettait la pensée initiatique à travers ses œuvres et devenait ainsi un dangereux agitateur.

La petite famille apparut.

Mozart n'avait rien d'impressionnant. De taille moyenne, presque chétif, les cheveux clairs et fins, le nez long et fort, les yeux à fleur de tête, il serait presque passé inaperçu si l'intensité et la lumière de son regard n'avaient trahi une puissante personnalité.

Son épouse, Constance, était une fort jolie femme. Brune au visage fin, à la bouche menue et au nez pointu, l'œil vif et la taille mince, elle s'habillait avec élégance et attirait le regard des hommes. Elle tenait par la main un petit garçon né le 21 septembre 1784, Karl Thomas, sous la protection du chien Gaukerl. Trois autres enfants, une fille et deux garçons, n'avaient pas survécu. Malgré la rumeur de mœurs dissolues qu'il comptait bien nourrir encore, Geytrand savait que Mozart, attachant le plus grand prix à la parole donnée, était un mari fidèle et amoureux. Constance et lui formaient un couple solide qui avait déjà traversé beaucoup d'épreuves sans se désunir.

Les Mozart explorèrent leur nouveau domaine, modeste au regard de la luxueuse et vaste demeure où ils avaient vécu lorsque Wolfgang, composant *Les Noces de Figaro*, donnait de nombreux concerts et gagnait beaucoup d'argent. Aujourd'hui, la guerre

1. Innere Stadt, n° 245. Aujourd'hui, 4, Judenplatz.

contre les Turcs, menée par Joseph II vieillissant et malade, reléguait la vie culturelle au second plan. Et puis Mozart n'était plus à la mode. Il pouvait se réjouir d'occuper un poste officiel à la cour, correctement payé, qui le contraignait à écrire de la musique de danse pour les grands bals organisés dans les deux salles de la Redoute, au palais impérial.

Selon Joseph Anton, Mozart participait à des Tenues secrètes et préparait un nouvel opéra initiatique, capable d'éveiller des vocations et de renforcer ainsi la Franc-Maçonnerie, hostile aux régimes autoritaires et prônant la liberté de pensée.

Beaucoup de Francs-Maçons n'étaient que des suiveurs, plus ou moins manipulés. Mozart, lui, créait. Malgré les attaques et les blessures, il semblait indestructible.

Perplexe, Geytrand s'éloigna. Cette petite famille paraissait si ordinaire et si tranquille ! Peut-être Mozart renoncerait-il à un combat perdu d'avance et se résignerait-il à devenir un musicien ordinaire.

L'âme damnée du comte de Pergen ne se rendit pas compte qu'il était lui-même observé par un étrange personnage, vêtu comme un cocher et dissimulé derrière des chevaux.

Depuis longtemps, Thamos l'Égyptien soupçonnait l'existence d'un service secret chargé d'espionner les Francs-Maçons. En interceptant un médiocre exécutant, il avait obtenu la description de son chef. Elle correspondait parfaitement à ce grand bonhomme mou qui assistait à l'emménagement des Mozart.

Probablement pas le grand patron, mais peut-être son bras droit, chargé d'exécuter les ordres et de mener à bon terme le sale travail.

Thamos, riche et respecté comte de Thèbes, était le disciple d'un sage égyptien, l'abbé Hermès. Avant que des musulmans fanatiques ne détruisent son monastère, il avait reçu la lourde mission de se rendre en Occident et d'y découvrir le Grand Magicien, seul capable de faire revivre l'initiation et de la transmettre aux générations futures.

Mozart identifié, il fallait le préparer à la découverte des mystères en lui dévoilant peu à peu les éléments du *Livre de Thot*. Et quelle confrérie serait digne de l'accueillir ? Sillonnant l'Europe, explorant les divers systèmes maçonniques qui le considéraient comme « Supérieur inconnu », Thamos s'était finalement attaché aux trois grades fondamentaux de la Franc-Maçonnerie symbolique, Apprenti, Compagnon et Maître, héritiers de l'ésotérisme égyptien.

Avec l'aide du Vénérable Ignaz von Born, il avait approfondi et modifié les rituels. En les vivant, Mozart était devenu conscient des immenses responsabilités d'un Maître Maçon.

Peu importaient le succès ou l'échec. Dans *Les Noces de Figaro*, le compositeur retraçait le parcours de l'Apprentissage au Compagnonnage, la lutte entre les deux grades, et le rôle primordial de la Sagesse, l'un des Trois Grands Piliers de la Loge. Dans *Don Juan*, il décrivait la trahison du Compagnon, l'assassinat du Maître d'Œuvre, la mort initiatique et l'épreuve du feu secret menant, peut-être, à la Maîtrise.

Le chemin ne se terminait pas là. Comment Mozart parviendrait-il à évoquer les mystères de la Chambre du Milieu et du fourneau alchimique, comment formulerait-il l'initiation de demain, au-delà de lui-même et de son époque ?

Thamos l'Égyptien était prêt à donner sa vie pour protéger le Grand Magicien et lui permettre d'accomplir son œuvre dont bien peu, Francs-Maçons y compris, percevaient l'importance réelle.

Comme si les épreuves habituelles de l'existence ne

suffisaient pas, la politique et le pouvoir s'en mêlaient. À peine tolérée, la Franc-Maçonnerie viennoise survivrait-elle ? Et les graves événements qui commençaient à ébranler le trône du roi de France, Louis XVI, annonçaient des séismes dévastateurs où la liberté et l'initiation risquaient d'être englouties.

Thamos suivit l'homme au visage mou, avec l'espoir de l'identifier.

Habitué à la clandestinité, l'Égyptien restait perpétuellement en éveil. Sa vigilance le sauva. Car deux policiers protégeaient leur patron et vérifiaient qu'il ne fît point l'objet d'une filature.

Aussi Thamos, à la manière d'un promeneur ordinaire, changea-t-il de direction.

2.

Vienne, le 10 janvier 1789

En raison d'un décret impérial, ne subsistaient à Vienne que deux Loges maçonniques, La Vérité et L'Espérance couronnée[1], à laquelle appartenait Mozart.

En 1785, un millier de Francs-Maçons se répartissaient en plusieurs ateliers, mais l'expansion de l'Ordre avait inquiété les autorités. Oubliant son libéralisme et prenant au sérieux les avertissements du comte de Pergen, Joseph II était intervenu de manière autoritaire, provoquant le départ de nombreux Frères, surtout celui du maître spirituel de l'Ordre, le minéralogiste et alchimiste Ignaz von Born, désormais incapable d'agir. À son disciple, Mozart, il avait demandé de ne pas quitter sa Loge et d'y implanter un authentique esprit initiatique.

Grâce à l'hospitalité de leur Sœur la comtesse Thun, dont le mari appartenait à leur Loge, Ignaz von Born, Mozart, Anton Stadler, clarinettiste et ami d'enfance de Wolfgang, Thamos et quelques Maîtres célébraient des

1. De son nom complet, L'Espérance-nouvellement-couronnée (grâce à Joseph II), mais on omit assez vite le « nouvellement ». La Loge La Vérité était en sommeil.

Tenues secrètes au cours desquelles ils poursuivaient leurs recherches sur les rites et les symboles issus de la tradition égyptienne.

De plus, comme la comtesse ne se contentait pas de l'initiation au rabais que la Franc-Maçonnerie consentait aux femmes, Mozart, Thamos et von Born travaillaient à l'élaboration d'un rituel correspondant au génie féminin. Depuis son adolescence, le compositeur était habité par le thème de *Thamos, roi d'Égypte*, un drame du Frère Tobias von Gebler, consacré aux prêtres et aux prêtresses du soleil. Thamos, le nom de son initiateur, de l'envoyé d'Orient qui veillait sur lui depuis son enfance.

Écœuré, fatigué, von Gebler avait démissionné de son poste de Vénérable et quitté la Franc-Maçonnerie avant de mourir.

— Ton nouveau domicile est surveillé, révéla Thamos à Wolfgang. Le service secret antimaçonnique s'intéresse à toi. Il faudra prendre un maximum de précautions.

— Et von Born ?

— Depuis l'abandon de ses fonctions maçonniques, on le laisse en paix.

Vienne, le 27 janvier 1789

Pas de projet d'opéra, pas de concerts, seulement l'édition chez son Frère Artaria de six contredanses [1] et son salaire annuel de 800 florins [2] versé en quatre fois.

1. En réduction pour piano, K. 462/3 et 534-535a. K. est l'abréviation de Köchel (1800-1877), auteur du premier catalogue des œuvres de Mozart.
2. Un florin = un peu moins de deux euros.

Ni comme pianiste ni comme auteur, Wolfgang n'intéressait Vienne. Parfois, nostalgique, il songeait aux soirs de triomphe où un nombreux public l'applaudissait. Dérisoire vanité ! Son destin prenait d'autres chemins. En cet hiver morose marqué par la guerre contre les Turcs à l'issue incertaine, il composait à peine [1], travaillait pour sa Loge officielle et sa Loge secrète, et lisait beaucoup : *Phédon ou l'Immortalité de l'âme* de Moses Mendelssohn, les romans antiques d'Héliodore et d'Apulée traitant d'initiation, des ouvrages d'alchimie et de numérologie, les textes Rose-Croix et les enseignements ésotériques égyptiens.

Ainsi se forgeait-il des armes, ainsi nourrirait-il sa musique future.

Le petit Karl Thomas entra dans son bureau.

— Sais-tu quel jour nous sommes, papa ?

— J'ai oublié.

— Le 27 janvier, ton anniversaire !

Tout sourires, le garçonnet sauta sur les genoux de son père.

— Quel âge as-tu ?

— Trente-trois ans.

— C'est vieux !

— Pas tant que ça.

— De toute façon, toi, tu vivras toujours !

Constance n'avait pas oublié la date, et le repas fut à la hauteur de l'événement. Au menu, de la truite fumée des Alpes, un chapon, des pâtisseries et un remarquable champagne.

Wolfgang adorait son épouse. Ne se plaignant jamais, tenant admirablement sa maison, elle affrontait les difficultés avec un inébranlable courage. Connaissant par cœur les opéras de son mari, elle

1. Pour ce mois de janvier, un seul air, K. 569, perdu.

soutenait son effort créateur et lui permettait de travailler à sa guise. À propos de son engagement maçonnique, nulle critique, nul reproche. Grâce à elle, il bénéficiait d'un indispensable équilibre quotidien, loin des passions et de l'exaltation qui empêchaient toute création véritable en assujettissant l'individu à ses pulsions.

Vienne, le 10 février 1789

Alors qu'une loi fiscale sur l'égalité réformant l'ancien système féodal venait d'être promulguée, preuve de l'intelligence bienveillante du pouvoir, Wolfgang composa une sonate pour piano en trois mouvements [1], évocation d'une Tenue harmonieuse.

Majestueux et serein, l'allegro initial décrivait l'ouverture du temple que retrouvaient les Frères, heureux de vivre à nouveau un rituel. L'adagio célébrait leur reconnaissance mutuelle par les signes et les nombres qui leur étaient connus. Enfin, le bref allegretto chantait la joie du banquet, célébration des nourritures spirituelles et matérielles.

Sévèrement encadrée, la Loge L'Espérance couronnée continuait pourtant à célébrer ses rites. On s'y gardait bien de toute critique contre le pouvoir et l'on y vantait la nécessité de la Vertu, cette qualité maçonnique qui allait bien au-delà de la morale et demandait à l'initié une forme de rectitude appliquée à tous les aspects de sa vie. Idéal presque inaccessible, certes, mais sans lequel la Franc-Maçonnerie n'eût été qu'une mascarade.

1. K. 570, en *si* bémol majeur.

Vienne, le 28 février 1789

À l'initiative de l'abbé Lorenzo Da Ponte, librettiste officiel des *Noces de Figaro* et de *Don Juan* dont la dimension initiatique lui échappait complètement, on jouait à Vienne des pots-pourris où figuraient certains airs de Mozart.

Dans la petite salle de la Redoute, au palais impérial, des centaines de fêtards mangeaient, buvaient, se déguisaient et virevoltaient en écoutant d'une oreille distraite les six dernières Danses allemandes [1] de Mozart.

Soignant l'orchestration et la couleur instrumentale, Wolfgang ne traitait pas à la légère ces œuvrettes qui le nourrissaient. Privé de concerts, à la recherche d'une grande idée d'opéra, il y prouvait son métier.

Des proches, tel Anton Stadler accablé d'une famille nombreuse et toujours endetté, regrettaient que Mozart fût réduit à si peu. Mais comment lutter contre la médiocrité ambiante profitant à l'insipide Salieri et à ses émules ?

Constance posa tendrement la tête sur l'épaule de son mari.

— J'ai une excellente nouvelle, mon chéri.

— Tu... Tu en es sûre ?

— Certaine. Karl Thomas aura un petit frère ou une petite sœur.

Après leur avoir ôté trois enfants en bas âge, le ciel leur serait-il favorable ?

1. K. 571.

3.

Vienne, le 6 mars 1789

Chaleureusement accueilli par son Frère, le comte Johann Nepomuk Esterházy, Mozart dirigea avec joie *Le Messie* de Haendel qu'il avait réinstrumenté[1] à la demande du baron Gottfried Van Swieten. Ne se contentant pas d'un travail superficiel, Wolfgang s'était emparé de cette œuvre monumentale et tonique en introduisant des vents, en ajoutant des récitatifs et en abrégeant des airs. Médiocrement payé, il oubliait ce désagrément pour faire vibrer cette admirable musique, proche de celle de Jean-Sébastien Bach.

Né aux Pays-Bas, fils du médecin personnel de la défunte impératrice Marie-Thérèse, le baron Van Swieten avait mené une brillante carrière diplomatique avant d'être nommé préfet de la Bibliothèque impériale et royale, président de la commission des Études pour l'Éducation et la Culture, et chef de la censure, chargé de surveiller les publications.

Nul ne pouvait prouver qu'il avait été initié à la Franc-Maçonnerie lors de son séjour à Berlin, de 1770 à 1777, et l'empereur lui-même ignorait qu'il protégeait

1. K. 572.

les Francs-Maçons en leur évitant de commettre des impairs. En présence de certains dignitaires prêts à recueillir la moindre confidence, le baron prenait soin de déclarer son hostilité aux idées maçonniques et sa grande méfiance à l'égard de cette société encore trop secrète.

Mozart lui serait éternellement reconnaissant de lui avoir fait découvrir le plus génial de tous les musiciens, Jean-Sébastien Bach, complètement oublié. Non sans efforts, Wolfgang était parvenu à assimiler le message du Maître et à en nourrir ses propres œuvres.

— Les nouvelles de France sont très inquiétantes, confia le baron à Mozart. L'animosité contre Louis XVI et son épouse Marie-Antoinette ne cesse de croître, et le gouvernement éprouve les pires difficultés à contenir l'incendie. C'est pourquoi Joseph II songe à réformer sa police et à durcir son attitude face aux idées subversives et aux mouvements contestataires.

— La Franc-Maçonnerie serait-elle rangée dans cette catégorie ?

— Malgré son comportement, fort respectueux du pouvoir, je le crains. Soyez extrêmement prudent, Mozart.

Vienne, le 10 mars 1789

Président du gouvernement de Basse-Autriche et remarquable administrateur, Joseph Anton, comte de Pergen, se consacrait depuis plusieurs années à une autre tâche qu'il jugeait essentielle : diriger le service secret chargé de surveiller la Franc-Maçonnerie.

À plusieurs reprises, Anton avait craint que l'empereur ne mît fin à sa mission et ne démantelât son organisation si patiemment construite. Mais Joseph II, reconnaissant les efforts accomplis et redoutant l'expansion d'une Franc-Maçonnerie incontrôlable et contestataire, laissait les mains presque libres au comte de Pergen, à condition qu'il ne provoquât aucun scandalc. Ainsi, depuis la déchéance du minéralogiste Ignaz von Born, naguère chef spirituel de l'Ordre, impossible de l'espionner. L'ex-Franc-Maçon se cantonnant désormais à ses recherches universitaires, le souverain refusait de le persécuter.

Selon Anton, von Born continuait à nuire en organisant des Tenues secrètes auxquelles participait son disciple préféré, Wolfgang Mozart. Von Born à l'extérieur, Mozart à l'intérieur : ces deux Frères œuvraient en parfaite harmonie. Les coudées franches, le minéralogiste développait un réseau redoutable, utile au compositeur.

Excellent connaisseur des rites maçonniques dévoilés par des traîtres bien payés, Joseph Anton voyait clair dans le jeu du musicien. C'était lui, à présent, le meneur occulte de la Franc-Maçonnerie viennoise.

Un meneur qu'il faudrait peut-être briser si son influence devenait trop dangereuse. Aussi, grâce à son pouvoir administratif, le comte de Pergen avait-il déclenché un procès financier contre Mozart qui lui causait de graves soucis et le mènerait probablement à la ruine. Et le musicien ne pouvait se douter que le plaignant, dont il ignorait encore l'identité, était l'un de ses Frères !

Brandissant un énorme rapport, Geytrand semblait plutôt satisfait de lui-même.

— Nous avançons enfin sur le délicat terrain praguois, déclara-t-il de sa voix rauque. Deux Frères parvenaient à bloquer nos investigations : le comte Canal, aux innombrables relations, et le père Unger, assuré de l'appui des autorités ecclésiastiques. Ils sont à présent sous surveillance, et je prépare des dossiers à charge afin de prouver à l'empereur leur capacité de nuisance. Mais Prague est une ville complexe où nos agents se meuvent avec difficulté et rencontrent beaucoup d'obstacles. La précipitation nous conduirait à l'échec. C'est pourquoi je vous demande du temps.

— Entendu, mon ami.

— Le Frère Leopold-Aloys Hoffmann nous informe des propos tenus dans la Loge de Mozart. En apparence, rien d'alarmant : soutien indéfectible à l'empereur, respect des valeurs morales et pratique de la bienfaisance. Un ronronnement inoffensif.

— Cet Hoffmann est un imbécile ! rugit Joseph Anton. Il suffit de lui jeter un peu de poudre aux yeux pour qu'il devienne aveugle. Et dire qu'il appartenait à la société secrète des Illuminés avant de les dénoncer... À se demander s'il a jamais reçu la moindre lumière ! Tâche de le déniaiser et de lui apprendre à mieux écouter et regarder.

Vienne, le 25 mars 1789

Alors que son Frère Artaria s'apprêtait à publier des danses allemandes et des menuets, Wolfgang subit une nouvelle attaque administrative et financière. Grâce au sérieux de Constance qui utilisait au mieux son salaire, la petite famille ne manquait de rien. Wolfgang devait néanmoins procéder à un nouvel emprunt.

Il songea à Franz Hofdemel, âgé de trente-quatre ans, candidat à la Loge L'Espérance couronnée. Juriste, fonctionnaire de la chancellerie au tribunal de Vienne, épris de musique, Hofdemel possédait un beau piano et trois excellents violons. Se piquant d'élégance, il donnait même des concerts dans son superbe appartement de la Grünangergasse, et sa jeune épouse de vingt-trois ans, Maria Magdalena, douée pour le piano, venait de devenir l'élève de Mozart.

Lui assurant par courrier qu'il pourrait bientôt appeler Franz Hofdemel « d'un plus beau nom » – à savoir celui de Frère –, Wolfgang sollicita un prêt de 100 florins.

Le futur Franc-Maçon accepta et, le 2 avril, Mozart rédigea une traite à son ordre : « Je m'engage à payer d'ici quatre mois cette somme à M. von Hofdemel ou à son ordre ; j'ai reçu la contre-valeur en argent ; je m'engage à rembourser d'ici la date d'échéance et me soumets au Tribunal impérial et royal de commerce et des changes de Basse-Autriche. »

Dès le lendemain, le document fut transmis à Joseph Anton, ravi de découvrir cette nouvelle dette. Au lieu de ce montant déjà respectable, la rumeur parlerait de 1 000 florins, mettant l'accent sur le comportement irresponsable du Franc-Maçon Mozart, incapable de gérer son budget.

4.

Vienne, le 3 avril 1789

Chez les Mozart, au terme d'une soirée bien arrosée, Wolfgang composa un quatuor vocal [1] pour Constance, Gottfried von Jacquin, Anton Stadler et lui-même qu'il accompagna au piano. Le texte, à ne pas mettre dans toutes les oreilles, n'engendrait pas la mélancolie : « Mon cher, pousse et gobe, appuie et avale, étreins et engloutis ! » Tout en prisant du tabac les joyeux convives éclatèrent de rire en chantant cet air alerte.

Ravie de sa nouvelle grossesse, Constance s'amusait sans retenue.

Après le départ des convives, Wolfgang l'embrassa tendrement.

— Je dois me rendre à Prague, lui confia-t-il, et je passerai par plusieurs villes allemandes afin d'y obtenir des commandes. Il nous faut davantage que les 800 florins de mon salaire annuel.

— Les Francs-Maçons praguois te réclament, n'est-ce pas ?

— C'est exact, et je dois respecter mon serment. À

1. K. 571a.

Berlin, je compte décrocher un important contrat qui assurera notre avenir.

— Tu sembles inquiet !

— À cause de la guerre, la haute société ne s'intéresse plus à la musique, en particulier à la mienne. Puisque Vienne me boude, je dois chercher fortune ailleurs. Cette fois, malheureusement, impossible de t'emmener. C'est pourquoi je t'ai écrit un poème.

Avec timidité, Wolfgang présenta le texte à Constance :

Avant le voyage projeté, puisque je pars pour Berlin, j'en attends certes honneur et gloire, mais si je ne prête guère attention aux louanges, tu restes, ô mon épouse, muette devant les flatteries ! Quand nous nous reverrons, nous nous couvrirons de baisers et nous nous étreindrons en goûtant une sublime jouissance. Auparavant, des larmes de tristesse vont couler et briser notre cœur.

Vienne, le 8 avril 1789

De l'avis d'Ignaz von Born et de Thamos, Mozart devait retrouver ses Frères praguois et contribuer au développement de la recherche initiatique tout en renforçant les liens avec les Loges viennoises. Pendant cette période troublée, une telle mission prenait une importance capitale, et le renom du compositeur, vénéré par nombre de Francs-Maçons de la ville où avaient été acclamés *Les Noces de Figaro* et *Don Juan*, lui faciliterait la tâche.

Au temps du Noviciat, de l'Apprentissage et du Compagnonnage, il écoutait les Maîtres et suivait leurs directives ! Aujourd'hui, à lui seul d'assumer des responsabilités lourdes de conséquences.

Voyager sans Constance et sans Gaukerl, attristé de ne pas participer à l'expédition, était une rude épreuve. Wolfgang se sentait perdu, contraint d'affronter mille et une obligations.

— Ma voiture vous plaît-elle ? lui demanda le prince Karl von Lichnowsky, au visage de jouisseur brutal et sûr de lui.

— On ne saurait rêver plus confortable.

— Alors, en route !

La comtesse Thun, Sœur qui accueillait chez elle les Tenues secrètes, avait recommandé à Wolfgang de voyager avec ce Frère, élève du compositeur. En dépit de ses médiocres aptitudes musicales, il disposait de nombreuses relations.

Constance et le petit Karl Thomas, âgé de quatre ans et demi, résideraient chez le Frère Michael Puchberg, protecteur financier de la famille.

— À Vienne, le climat est pourri, jugea Lichnowsky. Cette guerre interminable, la vie culturelle en déliquescence, l'omniprésence de ce rat de Salieri et la défiance à l'égard de notre chère Franc-Maçonnerie ! Vous avez raison de partir, Wolfgang. Berlin vous réservera de joyeuses surprises.

— Quoique non négligeable, la perspective de bonnes affaires n'est qu'un prétexte.

— La Loge vous aurait-elle confié une mission ?

— Renouer les liens de notre chaîne d'union.

Lichnowsky sembla étonné.

— On murmure que vous, le disciple préféré d'Ignaz von Born, êtes le Vénérable occulte des Francs-Maçons viennois... Ce serait donc vrai ?

— Qu'importent les titres et les honneurs, mon Frère. Seule compte l'action effective. En raison des menaces pesant sur notre Ordre, ne convient-il pas de redonner davantage de cohérence à l'édifice ?

— Vous voilà donc ambassadeur de l'initiation ! Vous prenez beaucoup de risques.

— En prend-on jamais assez pour réaliser son idéal ?

À bonne distance, la voiture de Thamos suivait celle du prince von Lichnowsky. L'Égyptien escorterait le musicien tout au long du voyage.

Budwitz, le 8 avril 1789

Dès la première halte, Wolfgang ressentit une profonde mélancolie et constata à quel point Constance lui manquait. *Petite femme chérie*, lui écrivit-il, pendant que Lichnowsky discutait à propos des chevaux, *penses-tu autant à moi que moi à toi ? Je contemple ton portrait à chaque instant et pleure à moitié de joie, à moitié de tristesse. Ne te soucie pas à mon sujet, car je n'ai aucune contrariété, sauf ton absence. Je t'écrirai plus lisiblement à Prague où je serai moins pressé.*

Pressé, l'homme de main de Geytrand ne l'était pas. Jouant les postiers, il avait interrogé le cocher du prince et connaissait la destination de Mozart. Il rédigerait un rapport à l'intention de son chef et passerait le relais à un agent local. À aucun moment, le musicien franc-maçon ne resterait sans surveillance.

Le faux postier avait déjà filé des personnalités dont les autorités souhaitaient connaître les faits et gestes lors de leurs déplacements.

Affamé, il alla déjeuner.

— Puis-je m'asseoir à votre table ? lui demanda un cocher à la belle carrure.

— Si vous voulez.

— Comme je viens de recevoir une prime, je vous offre du vin !

— Pas de refus. Où allez-vous ?

— À Prague. J'y conduis un musicien.

— Ne serait-ce pas Mozart ?

Le cocher réfléchit.

— Un nom de ce genre-là. Plutôt bizarre, ce bonhomme.

— Pourquoi dites-vous ça ?

— Parce qu'il a caché une malle dans la grange, juste à côté de l'auberge. Curieux, non ? Mais ce ne sont pas mes affaires.

Avant la fin du repas, le faux postier prétexta une envie pressante pour quitter la table.

À peine pénétrait-il dans la grange suspecte que le poing puissant de Thamos, parfait cocher, s'abattait sur son crâne.

Ainsi le fil était-il coupé avec les employeurs du policier et Mozart pouvait-il poursuivre paisiblement son voyage.

5.

Prague, le 10 avril 1789

Arrivé à treize heures trente, Mozart s'installa à l'hôtel de la Licorne, au centre de la ville. Après s'être fait raser, coiffer et habiller, il prit une voiture pour se rendre chez son Frère, le comte Canal.

Devant chez lui, Thamos.

— La maison est surveillée, révéla-t-il à Wolfgang. Va chez tes amis Duschek et repasse en fin de soirée. J'en saurai davantage.

Les Duschek étaient absents. Josepha travaillait à Dresde, son mari déjeunait chez Leliborn.

Les deux amis furent heureux de se rencontrer en partageant un bon repas à l'issue duquel le compositeur retourna chez le comte Canal.

À peine sa voiture s'arrêtait-elle que Thamos y montait en donnant au cocher l'ordre de s'éloigner.

— Les principaux dignitaires de la Loge La Vérité et l'Union sont placés sous surveillance, indiqua l'Égyptien. Comme nous restons trop peu de temps à Prague, je n'ai pas la possibilité d'organiser une Tenue en toute sécurité. Lors de notre prochain passage, ce sera différent.

À l'hôtel, Lichnowsky semblait impatient.

— Où étiez-vous passé, Mozart ?

— Voir quelques amis.

— Des Frères ?

— Non, les Duschek, des musiciens qui m'ont magnifiquement accueilli lors de mon précédent séjour à Prague.

— On vous réclame. Je vous préviens, je n'ai pas l'intention de m'attarder ici, car des affaires urgentes m'attendent ailleurs. Nous partirons donc dès demain.

Mozart rencontra Domenico Guardasoni, l'alerte directeur du Théâtre national de Prague. Approchant de la soixantaine, il envisageait toujours de grands projets.

— J'aimerais que vous lisiez un livret du poète Métastase, *La Clémence de Titus*. La grandeur d'un empereur qui accorde son pardon à ses ennemis, n'est-ce pas un beau thème ?

Il ne convenait guère au troisième opéra initiatique auquel rêvait Mozart.

— Je vous propose 250 ducats pour l'œuvre et 50 pour les frais de voyage. Comme je dois aller à Vienne, je n'ai pas le temps d'établir un contrat en bonne et due forme. Considérez néanmoins qu'il s'agit d'une commande ferme.

— Entendu, je vais y travailler.

La somme promise méritait attention. Malgré l'impossibilité de voir ses Frères praguois, le voyage ne commençait pas trop mal.

Dresde, le 12 avril 1789

À cause des mauvaises routes, Lichnowsky et Mozart n'atteignirent Dresde que le dimanche, à dix-huit heures. Laissant le prince à l'hôtel de Pologne, le musicien se rendit chez son ami Neumann, maître de chapelle et Frère de la Loge À la Pomme d'Or, sous le prétexte de remettre une lettre à sa locataire, Josepha Duschek.

La cantatrice fut ravie de revoir Mozart. Il lui donna la missive confiée par son mari puis s'isola avec son Frère et Thamos.

— La police surveille-t-elle votre Loge ? demanda l'Égyptien.

— Bien entendu, répondit Neumann. Nous devons déclarer nos noms et préciser le contenu de nos travaux afin de jouir d'une paix relative. Le pouvoir redoute l'influence souterraine des Illuminés, même s'ils ont officiellement disparu de la scène. Quelques Frères croient encore à l'avenir de la Stricte Observance, mais leur nombre diminue chaque jour.

— Pourrons-nous organiser une Tenue secrète et vous communiquer les résultats de nos recherches ? demanda Thamos.

— Impossible, hélas ! Dresde est un petit monde clos. Ce genre d'initiative serait dénoncée et nous aurions tous de sérieux ennuis. Je tenterai d'obtenir une audience à la cour, sans garantie de résultat. Ici, la musique ne compte guère, et l'on n'aime pas les étrangers. En revanche, plusieurs salons, dont celui de l'ambassadeur de Russie, seront ravis d'écouter Mozart.

Dresde, le 13 avril 1789

Après avoir écrit, à sept heures, une lettre à Constance où il proclamait son amour ardent et le désir qu'il avait d'elle, Wolfgang se rendit à la chapelle de la cour. Il y rencontra le « directeur des plaisirs », lequel, à sa grande surprise, lui annonça qu'on l'écouterait en concert le lendemain, à dix-sept heures trente.

Le musicien fêta cette bonne nouvelle en déjeunant à l'hôtel de Pologne avec son Frère Lichnowsky, Josepha Duschek et Neumann. De retour à la chapelle, Mozart y joua de l'orgue et participa à l'exécution d'un trio composé pour Puchberg. Quant à Josepha, elle chanta des airs des *Noces de Figaro* et de *Don Juan*.

Ce moment de détente terminé, Thamos entraîna Mozart dans une rue bordée d'immeubles bourgeois. Ils franchirent un porche discrètement surmonté d'une équerre gravée au cœur de la pierre et frappèrent rituellement à la porte de l'appartement du premier étage.

Seulement cinq Francs-Maçons. Le plus jeune avait vingt-huit ans, le plus âgé cinquante.

— Bienvenue, mes Frères. Que se passe-t-il à Vienne ?

Mozart narra les péripéties ayant entraîné la démission d'Ignaz von Born et décrivit le triste état de la Franc-Maçonnerie.

— Ce n'est pas une raison pour désespérer, ajouta-t-il. Les Frères qui ont résisté à cette tempête sont beaucoup plus déterminés qu'auparavant. Tout en affichant notre totale soumission à l'empereur, nous célébrons nos rituels et poursuivons nos recherches en découvrant la tradition initiatique de l'Égypte ancienne.

— Ne redoutez-vous pas l'intervention de l'Église ?

— L'archevêque de Vienne déteste la Franc-Maçonnerie et a introduit des espions dans les Loges. Nous ne nous attaquons pas de front au christianisme à la manière des Illuminés, lesquels l'ont payé fort cher. Seuls les Grands Mystères nous intéressent, non la critique de la religion et des institutions actuelles.

— Qu'espérez-vous de notre part, mon Frère ?

— La formation d'une Loge de recherche à partir des matériaux et des rituels que nous sommes prêts à vous transmettre.

Le doyen baissa la tête.

— Ce serait une trop lourde responsabilité. Comme vous le constatez, nous ne sommes qu'une poignée de Frères désireux de retrouver les racines de l'initiation, et Dresde n'est pas le milieu idéal. Peut-être reste-t-il une dernière chance...

— Laquelle ?

— Rendez visite à notre Frère Christian-Gottlieb Körner, conseiller à la cour d'appel. S'il décide de tenter l'aventure, nous le suivrons.

6.

Dresde, le 15 avril 1789

À la suite de son concert de la veille donné à la cour où il avait joué son concerto en *ré* dans une atmosphère plutôt glaciale, Mozart reçut une tabatière contenant 450 florins. L'entrevue avec Körner étant fixée le 17, le musicien se rendit chez l'ambassadeur russe Beloselsky. Il interpréta plusieurs œuvres, pour la plus grande joie de l'assistance.

— Connaissez-vous notre gloire locale, Hässler, élève d'un élève de Jean-Sébastien Bach, trop oublié de nos jours ? demanda l'ambassadeur.

— J'en ai vaguement entendu parler.

— Moi, intervint Lichnowsky, je le connais fort bien.

— Il aimerait défier Mozart à l'orgue, révéla le diplomate. D'après lui, un Viennois est incapable de maîtriser cet instrument.

— À sa place, jugea le prince, je me méfierais. Il risque de commettre une grave erreur. Mais s'il insiste...

À seize heures, Mozart s'assit à l'orgue et le fit chanter.

Quand il eut terminé, Hässler était blême.

— À vous, dit Lichnowsky en lui tapant dans le dos.

— Je ne crois pas...

— Ah non, mon vieux, ne vous défilez pas ! Ce duel, vous l'exigiez.

Ayant simplement appris par cœur les harmonies et les modulations de Jean-Sébastien Bach, Hässler fut incapable de développer correctement une fugue comme l'avait fait Mozart de manière éblouissante.

— Deuxième chance, décida le prince von Lichnowsky, hilare. Nous retournons chez l'ambassadeur et, cette fois, nos deux champions se mesureront au pianoforte.

La supériorité de Mozart étant éclatante, Hässler baissa définitivement pavillon et s'éclipsa.

— Je songe à organiser une grande tournée en Pologne et en Russie dont vous serez le héros, annonça l'ambassadeur au musicien. On vous y acclamera et vous gagnerez beaucoup d'argent.

— Impossible aujourd'hui, mais pourquoi pas ?

— Dès que vous souhaiterez réaliser ce projet, contactez-moi.

Lichnowsky et Mozart passèrent la soirée à l'Opéra, vraiment misérable, où le compositeur salua quelques cantatrices médiocres, notamment l'interprète, en 1775, du rôle de Sandrina de sa *Finta Giardiniera*.

Fatigué et soucieux, Wolfgang s'apprêtait à passer une nuit troublée lorsque lui fut offert un merveilleux cadeau : une lettre de Constance ! S'enfermant dans sa chambre, il l'embrassa un nombre incalculable de fois avant de l'ouvrir, puis la dévora.

À vingt-trois heures trente, il lui écrivit :

Chère petite épouse, j'ai une foule de prières à t'adresser.

1. Je te prie de ne pas être triste.

2. Fais attention à ta santé et ne te fie pas à l'air du printemps.

3. Ne sors pas à pied toute seule et, encore mieux, ne sors pas à pied du tout.

4. Sois totalement assurée de mon amour. Je ne t'ai jamais écrit sans poser devant moi ton cher portrait.

5. Fais attention non seulement à ton honneur et au mien dans ta conduite, mais également aux apparences. Ne sois pas fâchée de cette demande. Tu dois justement m'aimer encore plus du fait de mon attachement à l'honneur.

6. Et enfin, je te prie de me donner davantage de détails dans tes lettres.

Sache que chaque nuit, avant d'aller dormir, je parle une bonne demi-heure à ton portrait et agis de même au réveil.

Dorénavant, écris toujours à Berlin, poste restante.

Je t'embrasse et t'étreins 1 095 060 437 082 fois. Tu peux t'exercer à prononcer !

Dresde, le 17 avril 1789

En 1786, Schiller avait écrit pour le Franc-Maçon Christian-Gottlieb Körner une *Ode à la joie*[1] qu'utilisaient quelques Loges allemandes.

— Officiellement, dit à Mozart le conseiller à la cour d'appel, vous êtes venu servir de modèle à ma belle-sœur Doris Stock qui travaille avec une mine de plomb[2]. Quand elle aura terminé votre portrait, vous improviserez au piano, puis nous discuterons.

1. Celle-là même que Beethoven mettra en musique.

2. Il s'agirait du dernier portrait de Mozart. « Les yeux sont globuleux, constate Hocquard (*La Pensée de Mozart*, p. 24), mais ils brillent pourtant d'une vive flamme intérieure. » Et il note, à propos de tous les portraits authentiques : « partout le même regard absent, qui traverse le spectateur. »

Laisser courir sa pensée et ses mains sur les touches, faire naître une mélodie qu'il variait à l'infini, quel bonheur ! Mais il fallut bien s'interrompre.

— Mes Frères m'ont transmis votre proposition, avoua Körner. L'implantation d'une Loge secrète à Dresde me paraît impossible. D'abord, parce qu'elle ne le resterait pas longtemps à cause des espions et des délateurs. Ensuite, parce qu'il n'existe pas ici suffisamment de Francs-Maçons capables de mener une véritable recherche initiatique. Oubliez Dresde, Frère Mozart.

Vienne, le 18 avril 1789

Furieux, Joseph Anton tapa du poing sur son bureau.

— Comment, disparu ? Explique-toi, Geytrand !

— Le terme me paraît excessif, monsieur le comte. Nous avons momentanément perdu la trace de Mozart, je le reconnais, mais nous la retrouverons bientôt.

— Ce serait préférable pour la suite de ta carrière ! Les faits ?

— Déguisé en postier, l'un de nos agents a cru que Mozart dissimulait une caisse dans une grange. À peine entré, il a été assommé.

— L'agresseur ?

— Notre agent ne l'a pas vu. Quand il s'est réveillé, la voiture de Mozart était partie depuis longtemps.

— L'a-t-on aperçu à Prague ?

— Malheureusement non.

— S'il s'y dissimule, nous aurons beaucoup de peine à lui mettre la main dessus !

— Il réapparaîtra forcément ici ou là, monsieur le comte. Outre sa mission maçonnique, Mozart doit aussi songer à gagner de l'argent, donc à donner des concerts et à conclure des contrats. Mes informateurs me signaleront sa présence dans une cour princière ou l'autre, j'en suis certain.

— Prague est-elle enfin quadrillée ?

— Pas encore, mais notre dispositif nous permet de surveiller des personnalités maçonniques particulièrement actives, comme le comte Canal ou le père Unger.

— As-tu acheté un Frère de la Loge La Vérité et l'Union ?

— Seulement un Frère Servant qui n'a pas accès aux Tenues de Maîtrise et ne participe pas aux décisions. Jusqu'à présent, ses informations sont dépourvues d'intérêt. Le caractère hermétique de cette Loge me semble très significatif. D'une part, les Frères se montrent méfiants ; d'autre part, ils effectuent forcément des travaux secrets, en raison de leur caractère subversif.

— Au moins, estima Joseph Anton, nous sommes conscients du danger. Peut-être l'empereur m'offrira-t-il un jour les moyens de l'éradiquer.

— Ce déplorable incident démontre que Mozart est protégé, ajouta Geytrand. Vu l'importance de ce voyage, un ange gardien veille sur lui. Il a repéré mon agent et s'en est débarrassé.

— Si je ne m'abuse, Ignaz von Born a déjà bénéficié du même genre de privilège.

— En effet, monsieur le comte.

— Il faudra identifier ce protecteur, Geytrand, et l'empêcher de nous nuire !

— L'individu se montre aussi discret qu'habile. Pas la moindre piste.

— Tout le monde commet des erreurs. Surtout, retrouve-moi Mozart !

7.

Leipzig, le 20 avril 1789

Mozart aurait dû poursuivre sa route pour atteindre au plus tôt le but visible de son voyage, la cour de Potsdam où il espérait attirer l'attention de Frédéric-Guillaume II. Mais impossible de ne pas s'arrêter à Leipzig, la patrie musicale du génie suprême, Jean-Sébastien Bach !

Le prince Karl von Lichnowsky se serait bien passé de cette halte, mais la détermination de Mozart l'emporta. Le soir même de leur arrivée, il joua chez Platner, le conseiller du consistoire, et, le lendemain, il dévora les partitions de Bach. Thamos y discerna très vite de subtiles applications numérologiques, inspirées de la Kabbale, héritière de l'Égypte. Tout en étant luthérien et croyant, Bach avait été initié à des sciences parallèles, exploitées dans son art de la composition. Et Wolfgang, ébloui, en fit son miel.

Le 22, Mozart improvisa à l'orgue de Saint-Thomas dont le cantor Doles, élève de Bach, et Görner, titulaire de l'instrument, tirèrent les jeux. Ému de poser les doigts sur ces touches qu'avait fait résonner son dieu musical, Wolfgang laissa parler son âme et eut la sensation de communier avec son père spirituel.

Alors, une sorte de miracle se produisit.

À la fin de l'improvisation, le cantor Doles, bouleversé, murmura : « C'est Jean-Sébastien Bach ressuscité. » Et l'on chanta un motet à deux chœurs du Maître de Leipzig dont Mozart apprécia la moindre note.

— C'est encore là qu'il y a quelque chose à apprendre, déclara-t-il à ses hôtes.

Potsdam, le 26 avril 1789

Mozart se fit annoncer au roi Frédéric-Guillaume II, monté sur le trône le 17 août 1786, à la suite de son oncle illustre, le Franc-Maçon Frédéric II. Frédéric-Guillaume s'intéressait aux sociétés secrètes et avait été fort proche des dirigeants de la Rose-Croix d'Or d'ancien système avant la disparition de l'Ordre.

Aussi Mozart ne s'adresserait-il pas à un profane et espérait-il que Thamos, à Potsdam comme à Berlin, nouerait des contacts sérieux avec des Loges en quête d'initiation.

Vint à sa rencontre le Français Jean-Pierre Duport, violoncelliste, professeur de Sa Majesté et surintendant de la musique de la Chambre royale. Rabougri, le visage fripé, il faisait peur aux enfants.

— Vous souhaitez voir le roi, m'a-t-on dit ?

— En effet, monsieur le surintendant, répondit Wolfgang en français.

— Ah... Vous parlez ma langue maternelle !

— Un peu. Dans ma jeunesse, j'ai résidé à Paris.

Duport devint moins cassant.

— Que désirez-vous exactement ?

— Proposer mes services à Sa Majesté.

— Le roi est fort occupé et...

— Peut-être pourrais-je lui offrir une brève improvisation à partir de l'un de vos menuets ?

Le Français hésita.

— Excellente idée. Disons... le 29, en fin de soirée.

Potsdam, le 29 avril 1789

Comme convenu, le souverain écouta Mozart improviser six variations sur un menuet de Duport[1].

Visiblement satisfait, Frédéric-Guillaume II félicita cet excellent pianiste, au style si élégant et à la musique si raffinée.

— Ce serait un grand honneur de composer pour votre cour, Majesté.

— J'y songerai, Mozart, et nous nous reverrons bientôt.

Duport ne manifestant aucune hostilité, ce premier contact était porteur d'espoir.

— Tu n'es plus suivi, révéla Thamos à Wolfgang. Jusqu'ici, la filature a été rompue. Mais cette apparition publique permettra à la police viennoise de retrouver ta trace. Auparavant, nous rencontrerons un maximum de Frères.

Potsdam, le 2 mai 1789

Le prince Karl von Lichnowsky affichait sa mauvaise humeur. Pourquoi Mozart ne l'associait-il pas davantage à ses activités ?

1. K. 573. Mozart en fera une œuvre structurée lors de son séjour à Berlin, et l'édition Artaria de 1792 comprendra 29 variations.

— La dernière soirée fut-elle agréable ? interrogea-t-il, grinçant.

— S'imposer ici ne sera pas facile, répondit le musicien.

— Ne sommes-nous pas Frères ?

— Certes !

— Alors, pourquoi me cacher tant de choses ?

— La fraternité n'est ni bavardage ni simple relation amicale. Elle implique surtout des devoirs initiatiques que je m'efforce de remplir au mieux.

Ainsi, Mozart ne parlerait pas ! Persuadé qu'il fréquentait des Loges locales, Lichnowsky n'en saurait pas davantage.

— Ce manque de confiance me blesse, déclara-t-il avec hargne.

— Détrompez-vous, mon Frère, je ne me méfie nullement de vous. Je remplis simplement ma mission. Si j'agissais autrement, quel crédit m'accorderiez-vous ?

— Potsdam ne m'intéresse pas, trancha le prince. Je dois me rendre à Berlin puis à Leipzig pour affaires. Vous m'y rejoindrez.

— Je n'avais pas l'intention d'y retourner.

— J'y organiserai un grand concert dont vous serez le fleuron. Il vous rapportera argent et prestige. Je vous attendrai donc à Leipzig.

Potsdam, le 3 mai 1789

— Le terrain n'est pas sûr, indiqua Thamos à Mozart, car Potsdam me semble peuplée de créatures de l'empereur. Rencontrer des Frères disposant d'une certaine liberté implique un déplacement à Berlin.

— J'attends une décision du roi en fin d'après-midi. Et Lichnowsky veut organiser un concert à Leipzig.

— L'attitude du prince ne me plaît guère.

— Il a son caractère, mais c'est un ami de notre Sœur Thun, dont il épousera bientôt l'une des filles.

— Méfie-toi de Lichnowsky. Ni son titre de prince ni sa qualité de Franc-Maçon ne garantissent son honnêteté.

Encore secoué par cette mise en garde inattendue, Mozart se rendit au palais royal où le reçut Frédéric-Guillaume II.

— J'apprécie votre double talent de compositeur et d'interprète. Votre réputation d'homme d'honneur plaide en votre faveur. C'est pourquoi je vous commande six sonates et six quatuors, avec une avance de 700 florins. Et si vous résidez à Berlin, vous travaillerez pour la cour.

— Je suis très honoré, Majesté, et je vous promets d'y réfléchir.

Duport attendait Mozart à la sortie de l'audience.

— Votre salaire pourrait atteindre 3 700 florins, murmura-t-il.

Une petite fortune en perspective ! Mais tout l'argent du monde ne l'éloignerait pas de sa Loge de Vienne.

8.

Leipzig, le 8 mai 1789

Dès son arrivée, Mozart retrouva le prince von Lichnowsky qui ne cacha pas sa satisfaction.

— Vous voilà enfin !

— Je tenais à respecter ma parole, mais je dois repartir pour Berlin.

— Pas question, un grand concert vous attend le 12.

— Désolé, je n'y participerai pas.

— Ne vous mettez pas Leipzig à dos. Ici, votre réputation semble plutôt bonne. En réagissant de manière inappropriée, vous la détruiriez. Soyez donc raisonnable.

— Je ne vous savais pas tant attaché à cette ville…

— Je ne pense qu'à votre renommée, mon Frère.

Leipzig, le 12 mai 1789

Pourquoi Lichnowsky voulait-il retenir Mozart à Leipzig ? s'interrogeait Thamos. À l'évidence, il tentait de retarder son départ pour Berlin, comme s'il cherchait à éviter des contacts entre le compositeur et les Loges de cette ville. Ce prince plutôt veule, colérique et jaloux de la position maçonnique de son Frère, lui déplaisait de plus en plus.

Irrité par ce contretemps, Wolfgang offrirait à Leipzig un énorme concert. Mécontent de la prestation des musiciens lors des répétitions, il cassa une boucle de chaussure en tapant du pied mais parvint à sortir ces paresseux de leur inertie.

Et le 12 mai, au Gewendhaus de Leipzig, ils jouèrent deux symphonies [1] et deux concertos [2], auxquels s'ajoutèrent deux airs chantés par Josepha Duschek et des improvisations de Mozart.

Malheureusement, la salle était à moitié vide et la recette fut fort médiocre.

Leipzig, le 14 mai 1789

— Vous parliez d'un succès retentissant, me semble-t-il ? demanda Wolfgang au prince Karl von Lichnowsky.

— Seriez-vous mécontent ?

— Vous m'avez fait perdre mon temps en pure perte. À part le plaisir de jouer de la musique, cette soirée fut décevante.

— Oublions ça et rentrons à Vienne.

— Vous, vous rentrez à Vienne. Moi, je pars pour Berlin.

— Vous n'y connaîtrez que des désagréments, croyez-moi.

— Nous verrons bien.

— C'est moi qui possède la voiture, rappela le

1. K. 504 et 550.
2. K. 456 et 503.

prince Karl von Lichnowsky. Bien entendu, je la garde. Et vous ne pourrez donc plus voyager gratuitement.

— Je m'en arrangerai.

— Ne soyez pas têtu et venez avec moi.

— Désolé, nos routes se séparent ici.

— En ce cas, donnez-moi 100 florins.

— Manqueriez-vous d'argent ?

— Il s'agit d'une sorte d'indemnité bien légitime, en raison des services que je vous ai rendus. Et puis vous ne refuserez pas d'accorder cette petite somme à un Frère en difficulté. Mes affaires ont mal marché, ce voyage fut désastreux, et j'ai un besoin urgent de ces florins.

Désemparé, Mozart s'exécuta. Au moins, il se débarrassait de Lichnowsky.

Leipzig, le 16 mai 1789

Grâce aux démarches de Thamos, quelques Frères Maîtres célébraient une Tenue chez l'organiste Karl Emmanuel Engel, afin d'y accueillir Mozart. Dans sa Loge, Engel faisait chanter *l'Hymne à la joie* de Schiller et se réjouissait de rencontrer l'auteur de tant d'œuvres où régnait l'esprit maçonnique.

À la fin des travaux, l'organiste pria Mozart d'écrire quelques mots sur son livre d'or. En trente-huit mesures, Wolfgang nota une étrange petite fugue [1], à la fois hommage à Jean-Sébastien Bach et recherche d'harmonies surprenantes, avec tant de nouveautés qu'Engel en resta sans voix.

— Nous voilà libérés du poids de Lichnowsky, annonça Wolfgang à Thamos qui avait loué une nou-

1. K. 574.

velle voiture, après s'être assuré qu'aucun policier ne les suivait.

— Désirait-il connaître les motifs de ton séjour à Berlin ?

— Non, il voulait rentrer à Vienne et m'obliger à le suivre.

— Par bonheur, Lichnowsky ne sait rien des Tenues secrètes. Ne lui fais aucune confidence.

Avant de quitter Leipzig, Wolfgang écrivit à Constance pour la rassurer et lui demander de lui adresser une dernière réponse, à Prague, chez les Duschek. Ainsi, elle éviterait peut-être la censure. Obligé de passer au moins huit jours à Berlin, il ne serait de retour à Vienne que début juin et la priait de l'aimer comme il l'aimait.

Vienne, le 18 mai 1789

— J'ai retrouvé la trace de Mozart, dit Geytrand à Joseph Anton.

— Ce n'est pas trop tôt ! Où se trouve-t-il ?

— À Potsdam, Frédéric-Guillaume II lui a commandé plusieurs œuvres. Puis, le 12, il a donné un concert à Leipzig, sans grand succès, avant de partir pour une destination inconnue... que je crois connaître.

— Alors, parle !

— D'après l'un de nos indicateurs de la cour de Potsdam, Mozart commencerait à Berlin une nouvelle carrière, avec l'appui du roi qui apprécie beaucoup sa production et ne lui reproche pas son engagement maçonnique.

— Ce monarque fréquente les alchimistes, les occultistes et les membres de diverses sociétés secrètes !

J'espérais qu'il gardait une dent contre la Franc-Maçonnerie, coupable d'avoir ouvert ses portes aux Illuminés.

— Le comportement du roi de Prusse est variable et imprévisible, rappela Geytrand. Le chef des Illuminés a été réduit au silence et son mouvement anéanti. Quant aux Maçons, ils proclament leur hostilité aux idées qu'il véhiculait. Aussi Frédéric-Guillaume II doit-il se sentir rassuré.

— Mozart à Berlin... Bien sûr, il ne se sent plus en sécurité à Vienne, n'y dispose plus d'une totale liberté d'action et veut développer de nouvelles Loges en toute impunité !

— En ce cas, il se trompe lourdement, car le roi de Prusse n'a rien d'un libéral.

— Alerte notre réseau de Berlin. Qu'il tâche de repérer Mozart.

— C'est déjà fait, monsieur le comte.

9.

Berlin, le 19 mai 1789

Mozart reçut l'hospitalité d'un ami sûr, le trompettiste Möser, résidant près du Théâtre national. Thamos, lui, se mit en quête de Frères désireux de participer, sous le sceau du secret, à une ou plusieurs Tenues de recherche. Il voulait également repérer les policiers chargés d'épier le compositeur. Berlin n'était pas plus sûre que Vienne.

— Savez-vous quel opéra on joue ce soir ? demanda Möser à Mozart. Je vous le donne en mille : *L'Enlèvement au sérail* !

Wolfgang se rendit incognito au théâtre. Il ne s'agissait pas de son œuvre favorite, mais c'était préférable à du Paisiello ou à du Salieri ! Hélas, la cantatrice qui jouait le rôle de Blonde, l'Anglaise éprise de liberté, se rendit coupable d'une terrible fausse note. Enfiévré, le compositeur se leva et s'exclama : « Voulez-vous bien prendre le *ré* ! »

À l'entracte, la diva Baranius piqua une crise de nerfs et refusa de chanter. Il fallut l'intervention de Mozart et la douceur de ses propos pour qu'elle consentît à terminer sa prestation.

Avant de se coucher, Wolfgang rédigea une missive

à l'intention de Constance afin d'évoquer le délicat problème des lettres détruites par la censure. *Je ne peux pas écrire beaucoup, cette fois, car je dois faire des visites.* Ainsi son épouse comprendrait-elle qu'il voyait en secret des Frères berlinois. Bientôt, Wolfgang la prendrait dans ses bras. *D'abord*, promit-il, *je te crêperai le chignon : comment donc peux-tu croire, oui, seulement même supposer que je t'aie oubliée ? Comment cela me serait-il possible ? À cause de cette seule pensée, tu recevras, dès la première nuit, une solide fessée sur ton charmant petit cul destiné à recevoir des baisers.*

Berlin, le 21 mai 1789

Naguère si puissantes, les Loges berlinoises vacillaient. Illuminés et Rose-Croix chassés de la ville, la Stricte Observance à l'agonie, quel chemin fallait-il suivre ?

Ayant repéré un important dispositif policier, Thamos organisa des Tenues secrètes ne réunissant qu'un petit nombre de Frères, au domicile de l'un ou de l'autre, en toute sécurité.

Ne cachant rien des difficultés rencontrées par les Francs-Maçons viennois, Mozart exposa les résultats des recherches menées depuis plusieurs années, grâce à Thamos et von Born. Les trois grades d'Apprenti, de Compagnon et de Maître formaient une véritable voie vers la connaissance et la Lumière, à condition que leurs rituels fussent correctement composés et célébrés. Il convenait de les dépoussiérer, de les purifier et de restituer les étapes majeures de la tradition égyptienne, mère de l'initiation. Quant à Thamos, il déplora les regrettables déviations des hauts grades, successions de fuites en avant vers la gloriole, les titres ronflants et les cérémonies vides de sens.

Plusieurs Frères furent ébranlés, voire convaincus, mais comment ouvrir une nouvelle Loge, avec d'authentiques rituels, sans subir les foudres de l'administration maçonnique et des autorités ? Agir clandestinement exigeait trop de courage et de détermination.

Berlin, le 23 mai 1789

Mozart aurait déjà quitté un Berlin bien décevant, tout aussi peu libre que Vienne, s'il n'avait reçu une invitation de la cour pour le 26. Son vague à l'âme fut dissipé par la réception de deux lettres de Constance, datées du 9 et du 13. Il établit une liste précise des courriers qu'il lui avait envoyés et de ceux qu'elle lui avait adressés. Pendant dix-sept jours interminables, aucune nouvelle !

Déjeunant seul dans une auberge proche du jardin zoologique, il se désolait de lui rapporter si peu d'argent de ce long déplacement. Il lui écrivit qu'il la désirait avec ardeur et lui demanda de bien préparer son petit nid chéri à l'intention de son petit coquin qui, pendant cette trop longue absence, s'était fort bien conduit.

Après un passage obligé à Prague, dont Constance comprendrait la nécessité, Wolfgang espérait être de retour à Vienne le 4 juin. Mais il fallait passer la douane ! En raison des problèmes financiers du compositeur, elle pourrait le refouler, voire l'incarcérer. Il demanda donc à son épouse d'amener une personne de confiance capable, en cas de besoin, de se porter garante.

Vienne, le 25 mai 1789

La situation de la France inquiétait Joseph Anton. À Versailles s'étaient réunis des États généraux chargés de résoudre la crise financière accablant un pays riche, peuplé de vingt-cinq millions d'habitants. L'aristocratie refusait d'écouter les revendications égalitaires, le haut clergé se drapait dans la rigidité méprisante de sa doctrine, les bourgeois écrasés d'impôts protestaient vigoureusement, et l'importante paysannerie, malgré les bonnes récoltes de l'année précédente, leur emboîtait le pas.

Ainsi, une forte fièvre gagnait le corps social tout entier. Et le roi, affublé d'une épouse autrichienne détestée, ne trouvait pas le remède approprié. De ces États généraux, il ne sortirait rien de bon.

D'après les agents du comte de Pergen installés en France, les Illuminés jouaient un rôle non négligeable en dressant peu à peu l'opinion contre l'Église et la royauté. Infiltrés dans les Loges, et se gardant bien de toute référence à leur fondateur, Weishaupt, ils poursuivaient un travail de sape en utilisant leurs adeptes les plus écoutés, tel Mirabeau. Cette puissance occulte, presque insaisissable, voulait briser les institutions, renverser la monarchie et façonner une société nouvelle.

Les Francs-Maçons viennois participaient à ce mouvement subversif dont Mozart devenait l'un des principaux animateurs. Et il revenait à Joseph Anton, comte de Pergen, de le réduire à l'impuissance.

— Mozart réside bien à Berlin, lui apprit Geytrand. Frédéric-Guillaume II va le recevoir une nouvelle fois. On murmure qu'il lui offrirait un poste bien rémunéré.

— Ce ne serait pas une mauvaise solution. Vienne serait enfin débarrassée de ce maudit Franc-Maçon, et le roi de Prusse se chargerait de l'éliminer s'il faisait trop de vagues.

Berlin, le 26 mai 1789

En présence de la princesse Frédérique, auditrice attentive, Mozart joua l'un de ses concertos pour piano [1]. Cette invitation et la qualité de l'assistance prouvaient que la cour appréciait ses talents et lui rendait un hommage appuyé.

Au terme du concert, Duport emmena le héros du jour jusqu'au bureau du roi.

— Superbe prestation, Mozart. Je confirme ma commande et je souhaite vous engager comme compositeur permanent avec un salaire annuel de 3 600 florins.

À Vienne, Wolfgang en gagnait 800. Une telle somme lui permettrait d'éteindre ses dettes et de mettre fin au procès qui lui rongeait les sangs. Mais il n'avait pas le droit d'abandonner sa Loge de Vienne et de trahir la confiance d'Ignaz von Born.

— Je suis flatté, Majesté, et ne sais comment vous remercier d'un tel honneur.

— Donc, vous acceptez ?

— Pardonnerez-vous à un amoureux de Vienne de prendre un temps de réflexion ?

— J'apprécie la réponse d'un homme mûr et responsable. À bientôt, j'espère.

1. K. 537.

10.

Berlin, le 28 mai 1789

En quittant Berlin, Wolfgang avait pris une décision définitive que confortèrent les révélations de Thamos.

— La Prusse devient un État militaire et policier qui ne cessera de se durcir et de contrôler les mouvements d'idées. Seule l'armée dictera son attitude au pouvoir. Ici, l'idéal initiatique ne s'épanouira pas.

Après une halte à Dresde, ils arrivèrent à Prague où les accueillirent des Francs-Maçons de la Loge La Vérité et l'Union. Se sachant épiés, le comte Canal et le père Unger attiraient l'attention de la police pour laisser le champ libre à d'autres Frères.

Une longue Tenue eut lieu dans un appartement de la vieille ville, sous la protection d'un Couvreur extérieur qui avertirait les initiés en cas de danger. Ils étudièrent le pèlerinage des Maîtres à la recherche de la tombe d'Hiram, assassiné par les trois mauvais Compagnons. La pousse miraculeuse d'un acacia en signalait l'emplacement. Thamos relata les rites osiriens et insista sur l'intervention de la Veuve, Isis, seule capable de déclencher le processus de résurrection.

Une fois encore, Wolfgang déplora l'absence de rituels initiatiques féminins dignes de ce nom et prôna la nécessité de redonner aux femmes leur véritable rôle spirituel. Bientôt, il reprendrait ses recherches en compagnie de sa Sœur, la comtesse Thun, persuadée qu'elles aboutiraient à une profonde modification de l'attitude des Francs-Maçons.

Il ne pouvait s'empêcher de songer à son troisième opéra initiatique, qu'il consacrerait au passage du Compagnonnage à la Maîtrise. Ce ne serait certes pas *La Clémence de Titus,* dont la commande lui permettrait néanmoins de revenir à Prague de manière officielle. Mais comment évoquer le secret de la transmutation ? L'assassinat rituel du Maître d'Œuvre et le juste châtiment du Compagnon criminel étaient décrits dans *Don Juan*. À présent, il lui fallait montrer l'action et la puissance du feu secret où disparaissait le Compagnon « fini » afin de réapparaître en Maître. Quel livret lui servirait de support ?

Prague, le 31 mai 1789

Sitôt commencée la composition du premier quatuor destiné à Frédéric-Guillaume II, Wolfgang écrivit à Constance qu'il arriverait le jeudi 4 juin entre onze et douze heures, à la dernière ou à la première station de poste. Là, il retrouverait enfin son épouse, son petit garçon et Gaukerl. Sa famille lui offrait l'équilibre, et cette trop longue absence devenait insupportable. Ici, à Prague, n'auraient-ils pas connu un bonheur plus parfait encore ?

Sa Loge de Vienne et le procès lui interdisaient de s'exiler. Il prouverait sa bonne foi, sa rectitude et son innocence. Porter le nom de Mozart était un honneur que rien ne devait ternir.

Une ultime Tenue secrète au grade de Maître

couronna ce bref séjour praguois, presque tout entier consacré à l'initiation. Wolfgang songea à la vie merveilleuse des prêtres et des prêtresses du soleil, rythmée par les rites quotidiens.

Il les voyait, avec leurs longues robes de cérémonie, il ressentait leur présence et leur pensée, il marchait à leurs côtés.

Vienne, le 4 juin 1789

Parti de Prague le 2, Mozart aperçut la douane de Vienne le 4, peu avant midi. Thamos le suivait à distance.

« Constance a-t-elle suivi mes instructions ? » s'angoissa Mozart.

Le compositeur descendit avant le poste de contrôle et vit un trio formé de son épouse, du petit Karl Thomas et d'un homme de confiance. Pendant que Wolfgang rejoignait sa femme et son fils à la manière d'un badaud, son substitut se présenta aux douaniers en affirmant qu'il venait de Prague. Il désigna la voiture empruntée par Mozart et répondit aux questions des cerbères. Satisfaits, ils laissèrent passer le véhicule.

— Ne nous attardons pas dans les parages, recommanda Constance.

La douane franchie, Gaukerl sauta au cou de son maître, et Karl Thomas raconta ses derniers exploits.

— Comment te portes-tu, ma chérie ?

— J'ai dû faire appel au médecin. Les tarifs des consultations et des médicaments ont encore augmenté. La guerre provoque une inflation qui appauvrit tout le monde.

— Le roi de Prusse m'a commandé six quatuors et des sonates. Je m'y mets d'arrache-pied.

Le 15 juin, Wolfgang termina le premier quatuor de

la série[1]. Il avait particulièrement soigné la partie de violoncelle, instrument dont jouait assez bien Frédéric-Guillaume II. Utilisant d'anciennes ébauches, Mozart écrivit une œuvre douce et poétique, dépourvue de tension dramatique. Ce travail ne l'enchanta guère, car il ne correspondait pas à une profonde aspiration. Et il lui restait encore cinq quatuors à produire !

Son Frère Anton Stadler ne détesta pas l'œuvre, mais rappela que la fabrication d'une clarinette basse réclamait de nouveaux investissements et qu'un petit prêt pour nourrir sa famille nombreuse serait le bienvenu. Comment Wolfgang aurait-il pu refuser ?

Vienne, le 25 juin 1789

La cour déplorait l'événement survenu en France, dix jours auparavant : face à l'intransigeance de la noblesse et du clergé, le Tiers État s'était transformé en Assemblée nationale. Désormais, tout impôt perçu sans son consentement serait illégal.

La menace de troubles profonds s'intensifiait. Comment le roi réagirait-il face à une telle fronde ? Si Louis XVI ne manifestait pas une extrême fermeté, la situation risquait de dégénérer. Mais s'il se montrait trop brutal, le peuple ne se révolterait-il pas ?

Empêtré dans la guerre contre les Turcs, l'empereur Joseph II prêtait-il suffisamment attention au bourbier français ? Les Francs-Maçons se divisaient. Les uns défendaient la royauté, la noblesse et le clergé, les autres prônaient la fraternité universelle et l'égalité entre les hommes. L'empreinte des Illuminés demeurait visible, et rares étaient ceux qui, comme le comte de

1. K. 575, en *ré* majeur.

Pergen, avaient pleine conscience du danger et des immenses dégâts que causerait un bouleversement des valeurs. L'Autriche serait forcément touchée. Comment dresser des digues infranchissables ?

Le fonctionnaire chargé de la sécurité de l'immeuble du service secret se présenta devant Joseph Anton.

— Un visiteur de marque, monsieur le comte. Dois-je le laisser entrer ?

— De qui s'agit-il ?

— Du secrétaire particulier de l'empereur.

Ce dignitaire n'avait rien à faire en ces lieux ! Sauf s'il était porteur d'une très mauvaise nouvelle. En pleine tourmente, Joseph II décidait de dissoudre l'équipe occulte du comte de Pergen. Erreur regrettable, aux conséquences inquiétantes.

Joseph Anton jeta un dernier regard à l'ensemble de ses dossiers, patiemment accumulés, et qu'on allait lui ordonner de détruire. Cet énorme travail, si profitable à son pays, serait réduit à néant sans qu'il puisse s'opposer à ce désastre.

— Monsieur le comte, déclara le secrétaire particulier, voici un décret de l'empereur.

— Je suis son fidèle et obéissant serviteur.

— Sa Majesté en est tellement persuadée qu'elle vous nomme ministre de la Police.

11.

Vienne, le 6 juillet 1789

Le 2, Hofdemel avait cédé sa lettre de change à Matthias Anzenberger, propriétaire du magasin d'articles de mode À la Sirène, sur le Kohlmarkt. Ce serait donc à ce commerçant que, le 2 août, Mozart devrait rembourser 100 florins. Grâce aux commandes d'arrangements d'œuvres de Haendel, chichement payées par le baron Van Swieten, le musicien gagnait de nouveau un peu d'argent et envisageait l'avenir avec davantage d'optimisme.

Aussi composa-t-il pour la cantatrice Ferrarese un air léger, « Au désir de qui t'adore [1] », où les vents et les voix s'entrelaçaient, et la première [2] d'une série de six sonates « faciles » pour piano destinées à la princesse Frédérique de Prusse, une œuvrette au mouvement lent teinté de mélancolie.

Soudain, les attaques financières reprirent, menaçant Mozart de ruine et de déchéance. S'y ajouta la

1. K. 577, prévu pour remplacer le N° 27 des *Noces de Figaro* (air de Suzanne). Par bonheur, Mozart a renoncé.

2. K. 576. Il s'agit de la dernière sonate pour piano de Mozart qui n'éprouva pas le désir de mener à bien cette commande.

maladie de Constance, souffrant gravement du pied. Comment soigner ulcère et abcès ? Une seule solution : des cures à Baden, tout près de Vienne. Traitement coûteux, certes, mais il fallait trouver les ressources nécessaires pour sauver cette épouse adorée dont l'attitude stoïque et courageuse émerveilla son mari. Pas une plainte, et une acceptation tranquille de son destin. De ce détachement, Wolfgang faisait l'un des piliers de sa pensée.

Vienne, le 14 juillet 1789

Après avoir beaucoup hésité, tant cette démarche l'humiliait, Wolfgang se résolut à envoyer à Puchberg la lettre écrite le 12.

Très cher, excellent ami et très honorable Frère ! Dieu, je suis dans une situation que je ne souhaite pas à mon pire ennemi ; et si vous, mon meilleur ami et Frère, m'abandonnez, je suis perdu, hélas et sans rien y pouvoir, ainsi que ma pauvre femme malade et mon enfant. Déjà, lors de ma dernière visite, je voulais épancher mon cœur, mais je n'en ai pas eu le courage et ne l'ai toujours pas – ce n'est qu'en tremblant que j'ose le faire par écrit – si je ne savais pas que vous me connaissez, que vous êtes au courant de ma position et tout à fait convaincu de mon innocence en ce qui concerne ma malheureuse et très triste situation.

Le destin m'est malheureusement si néfaste, mais seulement à Vienne, que je ne peux rien gagner même si je le veux. J'ai fait circuler une liste pendant quatorze jours, et il ne s'y trouve que le nom de Van Swieten !

Vous connaissez ma situation, mais êtes aussi au cou-

rant de mes espoirs. Dans quelques mois, mon sort sera fixé dans l'affaire que vous savez, et vous ne risquez donc rien avec moi en me prêtant 500 florins si vous le voulez ou le pouvez. Je vous rembourserai 10 florins par mois jusqu'à conclusion de mon affaire. Ensuite, je vous rembourserai intégralement avec les intérêts que vous souhaitez, et de me déclarer en outre votre débiteur tout au long de ma vie. Sans votre aide, l'honneur, la paix et peut-être la vie de votre Frère seront anéantis.

Orgueilleux, Wolfgang ne parlerait de l'enfer qu'il traversait ni à Thamos, ni à von Born, ni à Stadler.

Puchberg lui répondrait-il favorablement ?

Paris, le 14 juillet 1789

Quand il vit une meute hurlante se ruer à l'assaut de la Bastille, Angelo Soliman, ex-Franc-Maçon qui avait trahi ses Frères viennois, poussa un cri de haine et de satisfaction. Ennemi juré du Vénérable Ignaz von Born et de son disciple préféré, Mozart, il scanda la prophétie de Camille Desmoulins : « La cocarde tricolore fera le tour du monde. »

À cause du coût trop élevé de la vie et du prix insupportable des produits de première nécessité, le peuple se soulevait contre les oppresseurs et les ennemis de la nation. Le 9, l'Assemblée nationale s'était transformée en Constituante où figuraient de nombreux Francs-Maçons exigeant une Déclaration des droits de l'homme et l'application de la devise *Liberté – Égalité – Fraternité.*

Comme le soutenaient Soliman et ses amis infiltrés dans les Loges, aux côtés des Illuminés encouragés de l'extérieur par Bode, les discours ne suffisaient plus : il fallait prendre les armes, terrasser l'absolutisme royal, éliminer ses partisans, proclamer la souveraineté du peuple et faire de Paris le centre de la Révolution.

La Bastille céda. Le gouverneur de Launay et ses soldats furent massacrés, les rares prisonniers libérés. Soliman n'en doutait pas : cette première victoire serait suivie de beaucoup d'autres, et plus rien n'arrêterait cette déferlante.

Vienne, le 17 juillet 1789

Pourquoi Puchberg ne répondait-il pas à la lettre si pressante que Mozart, piétinant sa dignité, lui avait envoyée ? Doutait-il de sa sincérité et de son honnêteté ?

Wolfgang lui réécrivit, en espérant se montrer plus clair :

Vous êtes sûrement fâché contre moi puisque vous ne me donnez pas de réponse ! Si je mets en regard vos témoignages d'amitié et mes requêtes actuelles, je reconnais que vous avez parfaitement raison. Mais si je compare mes malheurs (dont je ne suis pas responsable) et votre amitié à mon égard, j'estime aussi mériter des excuses. Comme je vous ai écrit dans ma dernière lettre tout ce que j'avais sur le cœur avec grande franchise, je ne pourrais que me répéter, mais je dois ajouter : 1. Que je n'aurais pas besoin d'une telle somme si je ne devais engager de grands frais à cause de la cure de ma femme, surtout si elle doit se rendre à Baden ; 2. Comme je suis certain d'améliorer sous peu ma situation, la somme à rembourser m'est égale mais, pour l'instant, il me semble préférable et plus sûr qu'elle soit impor-

tante ; 3. Je dois vous implorer, s'il vous est absolument impossible de me prêter cette fois une telle somme, d'avoir l'amitié et l'amour fraternel de me soutenir à l'instant même par ce dont vous pourrez vous démunir, car tout en dépend. Vous ne pouvez sûrement pas douter de ma loyauté, vous me connaissez trop bien. Vous ne pouvez douter de mes paroles, de mon attitude et de ma conduite, car vous connaissez ma manière de vivre et mes actes.

À nouveau, hier, mon épouse était dans un état misérable.

Aujourd'hui, après la pose de sangsues, elle va mieux. Je suis sans cesse entre l'angoisse et l'espoir.

Ces arguments convainquirent Puchberg. Le jour même, il envoya 150 florins à son Frère Mozart.

Vienne, le 20 juillet 1789

— Louis XVI semble s'être réconcilié avec son peuple qui lui voue encore une grande affection, dit Geytrand au comte de Pergen, nouveau chef de la Police, doté des pleins pouvoirs pour maintenir l'ordre sur les territoires de l'Empire.

— L'illusion sera vite dissipée, jugea Joseph Anton. Les paysans incendient les châteaux, la violence et les désordres ne s'interrompront plus. C'est bien d'une révolution qu'il s'agit, et elle se transformera bientôt en un bain de sang. Textes et témoignages prouvent qu'elle veut s'exporter, notamment par le biais des Francs-Maçons. À présent, mon brave Geytrand, nous ne sommes plus contraints d'agir en sourdine et nous disposons de l'ensemble des moyens légaux ! La prise de la Bastille rend le pouvoir furieux, et chacun s'inquiète du sort funeste qui pourrait être réservé à

MarieAntoinette. Il m'appartient d'étouffer dans l'œuf tout mouvement révolutionnaire en Autriche, et je m'y emploierai sans faiblir.

— Mozart sombre, indiqua Geytrand avec un sourire satisfait. La procédure en cours lui brise les reins, et son épouse est malade. Désormais, nous n'entendrons plus parler de lui.

12.

Lyon, le 22 juillet 1789

Tout en confortant leur foi en Jésus-Christ, initié suprême, certains Grands Profès priaient leur supérieur, Jean-Baptiste Willermoz, de prendre position par rapport à la nouvelle situation qu'engendrait la prise de la Bastille. Ne s'agissait-il pas d'une révolution qui ruinerait l'ordre social et toucherait les Loges maçonniques, profondément divisées ?

À cinquante-neuf ans, Willermoz n'abandonnerait pas son statut de chef spirituel. Lui, et personne d'autre, dicterait la conduite à suivre. Se considérant comme un bourgeois révolutionnaire, il approuva les initiatives des patriotes et présida l'un de leurs comités.

Ainsi son courant mystique ne serait-il pas soupçonné d'approuver les oppresseurs du peuple. Au contraire, il participerait à son grand élan d'émancipation.

Vienne, le 22 juillet 1789

Très cher ami et Frère ! écrivit Wolfgang à Puchberg. *Depuis que vous m'avez donné un si grand témoignage de votre amitié, j'ai vécu dans le désespoir au point de ne pas sortir et de ne pouvoir écrire. Mon épouse est maintenant plus calme ; et si ses abcès ne s'étaient pas rouverts, elle pourrait dormir. On craint que l'os ne soit touché. Elle accepte son sort avec une patience étonnante, et attend la guérison ou la mort avec un calme authentiquement philosophique. J'écris cela les larmes aux yeux. Si vous le pouvez, excellent ami, rendez-nous visite. Aidez-moi de vos conseils dans l'affaire que vous savez.*

Qui était à l'origine de cette « affaire », la procédure financière accablant Mozart ?

Par bonheur, il y avait les Tenues maçonniques. Certes, pendant la partie officielle, il fallait se contenter de faire l'éloge de l'empereur et de prôner la bienfaisance. Ensuite, quelques Frères, après avoir feint de se disperser, se réunissaient chez l'un ou chez l'autre, loin des yeux et des oreilles de la police. Si un traître s'introduisait dans ce petit cercle qu'animait le Vénérable Ignaz von Born, il subirait les foudres des autorités. Aussi les clandestins se montraient-ils d'une extrême prudence avant de coopter un nouveau membre.

— En raison des événements qui bouleversent la France, précisa von Born lors du banquet, le nouveau ministre de la Police, Joseph Anton, a reçu les pleins pouvoirs. Il écrasera tous les contestataires. En pratiquant l'initiation, libératrice de la pensée et ferment de la lucidité, nous devenons suspects. Redoublons de prudence et gardons le silence sur nos travaux.

Le rituel achevé, Thamos apprit deux nouvelles à Wolfgang. Réduisant au maximum les dépenses jugées inutiles afin de soutenir l'effort de guerre, l'empereur ordonnait la fermeture de l'Opéra italien, déficitaire. Mais il acceptait la reprise des *Noces de Figaro*, malgré l'hostilité de l'Intendant des spectacles et de Salieri.

Une condition : que Mozart assure lui-même les répétitions.

— Mon épouse est souffrante et doit partir en cure à Baden, révéla-t-il. Néanmoins, j'acceptc.

— Ces derniers temps, tu me sembles bien soucieux.

— Voir souffrir Constance me déchire. Et cette révolution, en France...

— Elle sera bientôt dénaturée par des atrocités que nourrira le pire des programmes politiques : l'égalitarisme. Et ceux qui vantent cette doctrine consistant à tout niveler seront les premiers à s'arroger les privilèges arrachés à leurs adversaires. Peut-être une lueur viendra-t-elle d'un monde nouveau, les États-Unis d'Amérique, dont notre Frère George Washington a été élu président le 30 avril.

— Je déteste la violence aveugle, déclara Wolfgang. Il n'en sort jamais rien de bon.

— Notre ex-Frère Angelo Soliman alimente la colère du peuple, indiqua Thamos. Il manipule les Francs-Maçons et les dresse les uns contre les autres. Comme tout renégat, il ne songe qu'à détruire ce qu'il a vénéré.

Vienne, le 2 août 1789

Le marchand de fer Goldhann avait une sale tête, mais il était riche et prêtait volontiers de l'argent à des taux exorbitants. Puchberg ne lui avançant que de petites sommes, Mozart eut recours aux services de ce peu reluisant personnage. Ainsi, il couvrirait les frais de séjour de Constance à Baden, maintiendrait le niveau de vie familial et freinerait la procédure entamée contre lui par une juridiction du gouvernement de Basse-Saxe.

Si l'empereur gagnait la guerre contre les Turcs, si la

vie culturelle viennoise retrouvait sa vivacité, si les concerts reprenaient, si le succès revenait, le compositeur effacerait ses dettes et repartirait d'un bon pied.

Il composa une ariette pour la cantatrice Ferrarese [1] et un air [2] pour sa sœur, Louise Villeneuve, inséré dans un opéra de Cimarosa. Ainsi gardait-il contact avec le chant, espérant entrevoir le thème de son troisième opéra initiatique.

L'absence de Constance lui pesait. Baden n'était qu'à 25 km de Vienne, mais Wolfgang devait diriger chaque répétition des *Noces* et vérifier chaque détail afin d'offrir des représentations aussi parfaites que possible. Il envoya à son épouse une décoction et une poudre médicinale, et lui recommanda de bien se soigner tout en adoptant une attitude réservée et distante vis-à-vis des séducteurs qui ne manqueraient pas de la courtiser. Jaloux, Wolfgang affirma : *Une femme doit veiller à être respectée, sinon elle devient le sujet de conversations de personnes mal intentionnées.* Et il annonça sa prochaine venue à Baden où il embrasserait enfin son épouse adorée.

Vienne, le 15 septembre 1789

Joseph Anton pestait contre la reprise des *Noces de Figaro*, jouées le 31 août, le 2 et le 11 septembre, et programmées le 19. Succès marginal, en vérité, car l'opéra atteindrait péniblement les vingt représentations, chiffre dérisoire par rapport aux triomphes de Sarti, de Martin y Soler et plus encore de Salieri et de Paisiello dont les productions dépassaient la cent

1. « Je sens la joie me remuer », K. 579.
2. *Alma grande*, « Grande âme et noble cœur », K. 578.

cinquantième ! Ce modeste retour de flamme rapporterait bien peu à Mozart, empêtré dans ses ennuis juridiques et financiers.

Les nouvelles en provenance du quartier général de l'empereur étaient inquiétantes. Les mois passés à lutter contre l'ennemi avaient épuisé les forces de Joseph II, et sa santé déclinait à vue d'œil. Les médecins tentaient de le guérir, sans grand espoir. Contraint de revenir à Vienne, le monarque manquerait à ses troupes. La compétence et la détermination de ses généraux suffiraient-elles à vaincre ?

Et la France sombrait ! Depuis la prise de la Bastille, l'insécurité gagnait les campagnes où, malgré l'abolition des privilèges en date du 4 août, les révolutionnaires n'hésitaient pas à assassiner les nobles de la manière la plus barbare au nom des « droits de l'homme et du citoyen » proclamés le 26 août par l'Assemblée nationale.

De telles conclusions aboutiraient fatalement à un changement de régime, mais au prix de quels massacres ? Et Louis XVI ne semblait pas posséder la carrure nécessaire pour briser les reins des émeutiers.

À Vienne, la Franc-Maçonnerie se gardait de saluer la Révolution française et d'approuver ses meneurs, au nombre desquels figuraient pourtant des Frères et des Illuminés.

Simple attitude stratégique qui n'abusait pas le ministre de la Police.

13.

Vienne, le 17 septembre 1789

Après avoir composé « Déjà rit le doux printemps », un air [1] intercalé dans un opéra de Paisiello que chanterait sa belle-sœur Josepha Hofer [2], Wolfgang se rendit en Loge où, lors de l'entrée des Officiers [3], on joua son *Adagio* pour cor anglais, avec accompagnement de deux cors et d'un basson [4]. Ce soir-là, les Frères de L'Espérance couronnée oublièrent l'interdiction de faire de la musique qui rendait la Tenue trop attrayante et se consacrèrent à l'étude d'un des symboles majeurs de la Franc-Maçonnerie, le Grand Architecte de l'Univers.

D'après Thamos, ce dieu bâtisseur, provenant de l'Égypte ancienne, façonnait les temps et les espaces en associant l'esprit à la matière. À la fois hauteur, profondeur, longueur et largeur, le Grand Architecte traçait au compas le cercle de l'univers et permettait aux initiés de discerner le plan au cœur des ténèbres.

1. K. 580.
2. La future Reine de la Nuit de *La Flûte enchantée*.
3. Au sens de ceux qui remplissent un office, une fonction.
4. K. 580a, avec un thème repris dans l'*Ave verum*.

Vienne, le 20 septembre 1789

La promenade favorite de Wolfgang et de Gaukerl passait par la Raubensteingasse, la Stubentor et le Glacis, un no man's land à l'extérieur des fortifications où poussaient de nombreux arbres.

En dialoguant avec son chien, le musicien trouva enfin l'idée de son troisième opéra initiatique, consacré à l'un des aspects les plus secrets du grade de Maître. *Cosi fan tutte*[1], « Ainsi font-elles toutes », chantonna-t-il en se remémorant l'une des phrases de ses *Noces de Figaro* et en songeant aux Loges dignes de ce nom.

— Il convient d'éviter deux formes d'existence, rappela Thamos, marchant soudain aux côtés de Mozart : l'une de plaisirs, car c'est bas et vain ; l'autre de mortifications, car c'est inutile et vain. Ainsi, tu montreras comment le Compagnon Don Juan sort du Feu secret et se métamorphose pour franchir la porte de la Maîtrise.

— Je décrirai[2] ce qui se déroule à l'intérieur de

1. Quelques musicologues ont pressenti la véritable nature de l'œuvre : « Il émane de *Cosi* une suavité si exquisement purifiée qu'on ne peut s'empêcher d'y poursuivre l'écho d'on ne sait quel message spirituel », indiquait Roland-Manuel. « *Cosi* est un opéra initiatique au même titre que *La Flûte* », estime Roger Lewinter (*Avant-Scène Opéra*, N° 16-17, p. 145) ; « le plus mystérieux et le plus ésotérique des opéras de Mozart », d'après les Massin (p. 1115) ; « Je ne vois peut-être pas d'œuvre lyrique qui se soit, avec cette rigueur, assigné pour dessein de ramener la nécessaire action au paradoxe d'une abstraction de l'intelligence » (R. Stricker, *Mozart et ses opéras*, p. 292). « Sous le masque bouffe, s'interroge Marie-Françoise Vieuille, qui qualifie *Cosi fan tutte* de "célébration du nombre pur", l'opéra n'ouvre-t-il pas la voie sur laquelle s'engagent les futurs initiés, Tamino et Pamina ? » (*L'Avant-Scène*, p. 104 sq.).

2. Sur le fait que Mozart a choisi le livret, voir Stricker, *op. cit.*, p. 25.

l'athanor, le fourneau alchimique dont le feu brûle le profane et ressuscite le phénix. Et j'ai pensé à l'enseignement du kabbaliste que vous m'avez permis de rencontrer ! Lors de la Création, la lumière brilla du côté mâle, à gauche ; mais droite et gauche doivent se substituer l'une à l'autre.

— L'offrande du feu, confirma Thamos, consiste bien à nouer le masculin et le féminin [1].

— La Maîtrise ne nous enseigne-t-elle pas à concilier les contraires en observant la règle de la Divine Proportion [2] ? Mais la Kabbale nous apprend que tous les mariages sont difficiles à réaliser. Seuls les justes savent effectuer l'union afin d'accroître la paix en ce monde. C'est pourquoi je mettrai en scène deux couples qui se dissocieront avant de se reformer, de manière à tendre vers une unité consciente.

— Il te faudra un troisième couple, celui des alchimistes capables de diriger cette opération. Ne sera-t-elle pas trop abstraite pour le public ?

— Rassurez-vous, promit Wolfgang, je saurai incarner cette inversion des lumières dans des personnages vivant un véritable drame, non dénué d'humour. Et Lorenzo Da Ponte ajoutera les déguisements nécessaires.

Vienne, le 22 septembre 1789

Maître de chapelle de la cour et président de la Société des musiciens, Antonio Salieri dévisagea Mozart avec condescendance.

— Auriez-vous été convoqué par l'empereur ?

1. *Zohar*, *Genèse*, tome I, p. 355.
2. Le petit côté est au grand côté ce que le grand côté est au tout.

— En effet.

— Sa Majesté est souffrante. Elle ne vous recevra pas.

Le secrétaire particulier de Joseph II vint au-devant de Mozart.

— Désolé, l'empereur ne peut vous parler, mais je suis chargé de vous transmettre sa décision : il vous accorde 200 ducats pour composer un nouvel opéra. En ces heures pénibles, les Viennois ont besoin de distractions. Tâchez de nous offrir une œuvre moins tragique que *Don Juan*. Au travail, monsieur Mozart.

Wolfgang en resta coi. Une commande officielle, alors qu'il venait de trouver son sujet ! La magie de l'initiation n'était pas un vain mot.

Vienne, le 29 septembre 1789

Avant de commencer l'écriture de *Cosi fan tutte*, Wolfgang acheva un quintette pour clarinette et quatuor à cordes [1] dont la beauté presque surnaturelle émut aux larmes Thamos et Anton Stadler. Enfin, le Grand Magicien mettait en pleine lumière cet instrument aux couleurs inimitables ! Dans l'allegro solennel et paisible, et surtout dans le larghetto dépouillé et profond, Mozart touchait au sublime, au centre du cercle tracé par le Grand Architecte de l'Univers.

Quelles que fussent les épreuves, son pouvoir créateur les dépassait.

Des Frères Maîtres jouèrent l'œuvre lors d'une Tenue secrète, et Stadler tenta d'interpréter au mieux cette musique céleste où s'exprimait le mystère de la pensée initiatique.

1. K. 581, en *la* majeur.

Les paroles du rituel transmettaient, elles aussi, une musique immortelle, porteuse de l'âme des dieux. Et ce soir-là, « tout fut juste et parfait ».

Anton Stadler ne se contenta pas de ce miracle.

— Nous devons améliorer cette clarinette, affirma-t-il. Imagine ce que tu extrairas d'un instrument encore plus envoûtant !

Vienne, le 30 septembre 1789

Très affaibli, Joseph II était heureux de retrouver Vienne, bien qu'il n'eût pas réussi à terrasser les Turcs. Néanmoins, il contenait la menace, et le moral de ses troupes ne baissait pas, au contraire. De solides généraux maintenaient la cohésion de l'armée et préparaient des offensives.

Mais un autre front s'ouvrait, aux Pays-Bas, dont la population voulait se libérer du joug autrichien. Une seule réponse possible : la répression. Les soldats de l'empereur se heurtaient à une trop forte résistance, et l'issue de ce conflit-là ne faisait aucun doute. Les Pays-Bas ne tarderaient pas à recouvrer leur indépendance.

Les belles espérances libérales de Joseph II s'effondraient. Et la Révolution française le consternait ! Sans nul doute, elle tenterait de s'étendre à l'Europe entière, et l'Autriche se devait de former une barrière infranchissable.

L'empereur songea à Mozart, cet étrange génie qui avait osé composer *Les Noces de Figaro* en défiant l'aristocratie et un *Don Juan* fort peu prisé des Viennois. Il lui donnait une dernière chance, en espérant que le librettiste Lorenzo Da Ponte fournirait au musicien un sujet distrayant.

14.

Vienne, le 6 octobre 1789

— *Cosi fan tutte*, « Ainsi font-elles toutes », évoquera apparemment le comportement des femmes, indiqua Wolfgang à Thamos, et Da Ponte s'en amusera.

— Nous, nous penserons aux Loges. Elles agissent toutes de manière rituelle si elles désirent vivre la tradition initiatique.

— La plupart des Francs-Maçons, ignorant l'enseignement des Anciens, refusent de comprendre que l'initiation est masculine *et* féminine. Or, depuis son premier pas sur le chemin de la connaissance, l'Apprenti se dirige vers le mariage avec la Sagesse. Et si le Frère ne s'unit pas à la Sœur, le temple ne saurait être bâti. De cette union rituelle dépend le rayonnement d'une véritable spiritualité.

— Nous aurons donc un Vénérable et une Vénérable chargés d'organiser ce rituel, avança l'Égyptien. Le premier sera un vieux philosophe, Don Alfonso[1], déten-

1. Mot formé sur *alfanz*, « farceur », d'après Autexier. Dans plusieurs traditions, le sage joue de « bons tours » et met en évidence l'aspect dérisoire des prétentions humaines afin de mieux éclairer le chemin vers la connaissance. « Don Alfonso, écrit Stricker, dirige les couples vers la liberté, une liberté non plus conquise sur le pouvoir de l'autre, mais fondée sur la connaissance de soi. »

teur des secrets ; la seconde prendra l'apparence d'une servante, Despina[1]. En réalité, elle oriente les deux Sœurs, Fiordiligi, « la fleur de lys », incarnation de la pureté, et Dorabella, « la belle dorée », évocation de la déesse Hathor. Ensemble, elles forment l'or pur qui sera éprouvé au feu du mariage alchimique.

— De l'autre côté, poursuivit Wolfgang, deux Frères, le métallique Ferrando et le pierreux Guglielmo[2] symbolisant les matériaux nécessaires à la réalisation du Grand Œuvre. En apparence, six personnages ; en réalité, sept, l'un des Nombres de la Maîtrise, car l'orchestre jouera un rôle majeur ! Et la clarinette, voix suprême de la Loge, interviendra souvent.

Vienne, le 13 octobre 1789

Tout à la joie de bâtir un nouvel opéra initiatique, Wolfgang composa deux airs pour Louise Villeneuve[3].

Soudain, Vienne se réjouit d'une excellente nouvelle : à Belgrade, enfin libérée, l'Empire venait de remporter une éclatante victoire sur les Turcs !

La nuit durant, les Viennois dansèrent et chantèrent dans les rues, et même Constance, enceinte de huit mois, participa aux réjouissances. On acclama le vainqueur, le baron Gideon von Laudon. Le vin et la bière aidant, une dame de qualité noua ses jupes autour de

1. Du grec *despoina*, « la maîtresse de maison ». Dirigeant l'action en compagnie de Don Alfonso, Despina est la Servante de la Sagesse, comme la Suzanne des *Noces de Figaro*.

2. *Guglia* signifie « flèche de cathédrale, obélisque ».

3. « Qui sait, qui sait ce qui sera », K. 582, et *Vado, ma dove ?* « Je m'en vais, mais où ? Ô dieux ! », K. 583. Œuvres insérées dans un opéra de Martin y Soler.

ses bras et de sa tête, tandis que la foule dénudait une jeune bourgeoise !

La victoire, la paix, la fin de l'inflation, le retour d'une vie agréable et rieuse... Vienne espérait à nouveau, et l'on chanta un *Te Deum* à la cathédrale Saint-Étienne avec la certitude d'écraser les Turcs.

Les Francs-Maçons ne furent pas les derniers à célébrer le triomphe de l'empereur et, cette fois, sans arrière-pensée.

Vienne, Cosi fan tutte, premier acte, scènes un à dix

— Le Vénérable Don Alfonso convoque Ferrando, l'homme métallique, et Guglielmo, l'homme minéral, indiqua Thamos. Ferrando est amoureux de Dorabella, la belle dorée, et Guglielmo de Fiordiligi, la fleur de lys. À leurs déclarations enflammées, le Vénérable rétorque qu'il s'exprime *ex cathedra*, c'est-à-dire du siège suprême où il est rituellement installé.

— Guglielmo et Ferrando tirent l'épée contre le vieil Alfonso, parce qu'il doute de la fidélité de leurs fiancées. Même situation dans *Don Juan*, mais cette fois ni combat ni assassinat, car nous sommes à un autre grade. « Je suis un homme de paix, déclare Don Alfonso, et ne fais de duels ailleurs qu'à table. » Le banquet rituel couronnera l'opéra, comme toute Tenue.

— Le Vénérable mène le jeu. Puisque les deux hommes présentent leurs fiancées comme le phénix, l'oiseau qui renaît de ses cendres et symbolise le Maître Maçon régénéré, il faut vérifier cette affirmation. Le doute constructeur étant indispensable à la pratique de l'initiation, Don Alfonso engage un pari solennel et exige le secret. Les deux Frères prêtent serment et respecteront ses directives. Et le terme du rituel est annoncé : « Quels toasts nombreux nous voulons porter au dieu de l'amour [1] ! »

— Dans un jardin au bord de la mer, Dorabella et Fiordiligi, éprouvant un certain feu, se préparent au mariage. Et voici Don Alfonso, porteur de nouvelles angoissantes.

— Leurs fiancés seraient-ils décédés ?

— Non, mais c'est à peine mieux ! En fait, un « ordre royal » – celui de la Franc-Maçonnerie – les appelle au combat. Redoutant une issue fatale, les deux femmes veulent mourir. « À la fin, la joie », rappelle Alfonso, et non l'anéantissement.

— Le Devoir appelle les Frères, précisa Wolfgang. Avant une possible union des composants alchimiques, la séparation s'impose. Ferrando et Gugliemo montent dans la barque de la communauté et s'éloignent. Ensemble, le Vénérable et les deux Sœurs célèbrent la plénitude de l'œuvre à venir : « Que doux soit le vent, que tranquille soit l'onde et que chaque élément réponde favorablement à nos désirs [2]. »

— La matière première est purifiée, observa Thamos. « Tout va bien », conclut Don Alfonso en raillant les illusions humaines : labourer en mer et semer dans le sable !

— Alors apparaît la « servante » Despina, intervint Wolfgang. Non sans raisons, elle se plaint de la lourdeur de sa tâche et calme les deux Sœurs, notamment Dorabella, en proie au désespoir. Leurs fiancés partis pour le champ de bataille ? Rien de tragique ! S'ils sont des hommes de valeur, ne reviendront-ils pas couverts de lauriers ? L'un vaut l'autre, parce qu'aucun ne vaut

1. Sur ces paroles est esquissé un thème musical utilisé dans la dernière cantate maçonnique de Mozart (K. 623).

2. Acte I, scène 6, l'un des sommets de l'œuvre de Mozart.

rien. Et s'ils sont vraiment vivants, ils reviendront vivants !

— On ne saurait mieux décrire les éléments du Grand Œuvre, constata Thamos. Don Alfonso rencontre Despina, son homologue féminin, et partage le secret en lui montrant une pièce d'or, « le sirop qui l'adoucit ». Eux, les deux alchimistes, préparent l'inversion des lumières et l'échange des polarités que notre brave Da Ponte traitera comme un simple croisement des couples.

15.

Vienne, le 1er novembre 1789

Le retour de l'empereur et la victoire de Belgrade redonnaient aux Viennois une certaine joie de vivre. Profitant de ce climat moins tendu, le comte de Pergen, Joseph Anton, apprenait à maîtriser tous les rouages de la police dont il était devenu le grand patron. Il utilisait au maximum son âme damnée, Geytrand, pour établir des dossiers confidentiels sur les chefs de service et recueillir les ragots utilisables.

Les rapports en provenance de France étaient très alarmants. Cette fois, la Révolution s'attaquait à la personne même du roi. Obligé de résider à Paris avec sa famille, Louis XVI se retrouvait prisonnier de doctrinaires impitoyables qui, tôt ou tard, supprimeraient l'homme et sa fonction. Seuls les naïfs croyaient encore à l'établissement d'une monarchie constitutionnelle que souhaitaient quelques membres de l'Assemblée constituante.

Des aristocrates quittaient la France afin de fuir l'inévitable vague de violence. Quand exploserait la fureur révolutionnaire, elle n'épargnerait personne, même pas ses plus chauds partisans. Fussent-ils égalitaristes et anticléricaux, les Francs-Maçons n'y échapperaient pas. Et comment serait traitée la reine de France, Marie-Antoinette, l'Autrichienne détestée ?

Plusieurs conseillers de Joseph II taxaient Joseph Anton de pessimisme excessif. D'après eux, la tempête s'apaiserait. Prudent et pondéré, Louis XVI favoriserait une solution de compromis, et les révolutionnaires comprendraient qu'il ne fallait pas franchir certaines limites.

— Mozart compose un nouvel opéra commandé par l'empereur, révéla Geytrand. Da Ponte en écrit le livret. Il s'agit d'une comédie futile qui amusera les Viennois.

Anton maugréa.

— De la part d'un Maître Maçon de son envergure, ça m'étonnerait ! Pour la troisième fois, il utilise Da Ponte afin de mieux dissimuler ses véritables intentions. Il nous révélera le destin initiatique du Compagnon Don Juan et abordera le monde de la Maîtrise comme personne ne l'a fait avant lui. De plus, Mozart résiste à nos attaques juridiques et financières ! A-t-il compris que l'un de ses Frères en est à l'origine ?

— Je ne crois pas, monsieur le comte. D'après notre meilleur informateur, Hoffmann, la Franc-Maçonnerie viennoise relève la tête. Elle envisagerait même le réveil de certaines Loges.

— Probablement une idée de Mozart et de sa faction ! S'il dépasse les bornes, je le briserai.

Vienne, Cosi fan tutte, premier acte, scènes onze à seize

— Don Alfonso et Despina présentent aux deux jeunes femmes leurs fiancés, si bien déguisés en Albanais qu'elles ne les reconnaissent pas[1], déclara Wolfgang. Meilleurs amis du vieux philosophe, ils déclarent aussitôt leur amour aux deux Sœurs, profondément choquées.

— Fiordiligi demeure aussi inébranlable qu'un roc, indiqua Thamos. Possédant la pureté de la flamme alchimique, elle résiste aux vents et à la tempête. Seule la mort pourrait modifier son cœur.

— La situation semble bloquée, mais le Vénérable Don Alfonso et sa parèdre Despina ne l'entendent pas ainsi. Le rituel doit s'accomplir, au-delà du monde des sentiments. Les deux Sœurs perçoivent d'ailleurs l'importance des épreuves qu'elles vont subir.

— Guglielmo et Ferrando sont prêts à se sacrifier si les belles les repoussent, avança Thamos. Ils boivent donc du poison et s'effondrent. Don Alfonso appelle un médecin capable de parler toutes les langues, Despina déguisée. Utilisant la fameuse pierre du Frère Mesmer, qui contribua à ton éveil initiatique, elle les libère de la mort.

— Bientôt, annonça Wolfgang, le feu de la colère dont se nourrissait le cœur des deux Sœurs se transformera en amour. Ne découvriront-elles pas deux êtres à la fois semblables et différents, à l'intérieur du creuset alchimique qu'est la Loge des Maîtres ?

1. À la différence de ce qui se passe dans *Les Noces de Figaro* et dans *Don Juan*, les personnages ne s'identifient pas à leur voix.

Vienne, le 16 novembre 1789

Wolfgang fit confiance à l'un de ses illustres Frères, le docteur Johann Hunczowsky, chirurgien et professeur de gynécologie à l'hôpital de Vienne, pour accoucher Constance. Une magnifique petite fille, Anna-Maria, vit le jour.

Mais le musicien ne fut pas autorisé à l'embrasser.

— Que se passe-t-il ? demanda-t-il, angoissé, à la sage-femme.

— Ne vous inquiétez pas, le docteur Hunczowsky est le meilleur spécialiste de Vienne.

— Dites-moi au moins...

— Soyez patient.

Une heure après la naissance, le praticien sortit de la chambre, les traits tirés.

— Désolé, mon Frère Mozart. Votre petite fille est morte.

— Morte...

— La fatalité.

— La fatalité ? Comment vous, un spécialiste, osez-vous prononcer un tel terme ! N'auriez-vous pas commis une grave erreur ?

— Je ne vous permets pas !

— Disparaissez.

— Mon Frère, je...

— Vous n'êtes plus mon Frère. Mon enfant est morte à cause de votre incompétence.

Furieux, Hunczowsky claqua la porte de l'appartement.

Wolfgang courut consoler son épouse en pleurs.

Terrassé par cette abominable erreur médicale, le compositeur dut néanmoins réconforter le petit Karl Thomas et même le chien Gaukerl, aussi éprouvé que ses maîtres.

Une délicieuse petite fille qui n'avait vécu qu'une seule heure, un seul enfant survivant sur cinq… Le destin n'épargnait pas le couple, toujours plus uni après chaque épreuve.

Anna-Maria fut enterrée le lendemain.

Ni Wolfgang ni Constance n'éprouvèrent un sentiment de révolte. À quoi bon ? La volonté de l'au-delà s'accomplissait, il fallait l'accepter et la comprendre.

16.

Vienne, Cosi fan tutte, second acte, scènes un à treize

Grâce à une chaîne d'union d'une intensité particulière, Wolfgang retrouva la force de travailler. Il sourit même aux plaisanteries dont l'abbé Lorenzo Da Ponte parsemait un livret qu'il jugeait émoustillant.

— Au début du second acte, dit Thamos, la maîtresse du jeu, Despina, rappelle aux deux Sœurs qu'elles sont sur terre, non dans le ciel, et doivent accorder leur attention aux soupirants qui ont eu le courage de mourir pour elles. Comment dissiper leur inquiétude ? En affirmant que les deux hommes courtisent Despina, telle une reine sur son trône.

— Les Sœurs acceptent de les recevoir. Par la gravité de la musique, je ferai percevoir le caractère redoutable de ce moment où les couples vont se croiser. Guglielmo, l'homme de la pierre, séduit Dorabella, la belle dorée, et glisse un cœur dans le médaillon de la jeune femme, à la place du portrait de son fiancé. Ainsi se forme le petit côté de la Divine proportion. Le grand côté se composera de l'homme de métal, Ferrando, et de Fiordiligi, la fleur de lys, qui accepte son amour au prix du remords et du repentir, en implorant son véritable fiancé de lui pardonner cette trahison. Mortifiés, les deux tentateurs s'inclinent : Don Alfonso a gagné son pari. La fidélité n'existe pas, les sentiments ne durent pas, les êtres sont interchangeables.

— Ne concluez pas trop vite ! intervint Thamos. La paix d'autrefois sera reconquise si Guglielmo et Ferrando respectent leur serment et continuent à lui obéir.

— Fiordiligi décide de rejoindre son véritable fiancé et tente de convaincre sa Sœur de l'imiter. Elle ordonne à Despina de lui apporter deux chapeaux et deux épées, l'équipement rituel du Maître Maçon. Fiordiligi et Dorabella prendront l'habit de leurs fiancés respectifs et, devenues hommes et officiers, combattront à leurs côtés.

— Elles imiteraient ainsi Isis, capable de se transformer en mâle afin de ressusciter Osiris, mais leur projet ne se réalise pas, car l'heure n'est pas venue d'aborder ce Grand Mystère. Invoquant l'aide des dieux, la fleur de lys, pureté de l'œuvre alchimique, accorde à Ferrando la possibilité de faire d'elle ce qu'il désire, après qu'il l'eut contrainte de choisir entre son amour ou sa mort.

— Ferrando et Guglielmo sont furieux ! Fiordiligi ? Une fleur du diable ! Don Alfonso leur propose une solution pour châtier les infidèles : les épouser ! Et les amoureux de s'exclamer qu'ils préféreraient s'unir à la barque de Caron, le passeur des morts, à la grotte de Vulcain et à la porte de l'enfer.

— Étapes obligées de l'initiation, en effet ! Sinon, affirme Don Alfonso, Guglielmo et Ferrando resteront éternellement célibataires et n'accéderont pas au mystère suprême.

— Pourquoi les deux amoureux n'iraient-ils pas chercher ailleurs ? interrogea Wolfgang. Parce que, comme ils l'avouent en tant qu'êtres rituels, ils se sentent indissolublement liés aux deux jeunes femmes qui, ensemble, forment la pureté de l'or.

— En toutes choses, indique le Vénérable, il faut l'amour de la Sagesse, le pilier des Maîtres. Elle arrangera la situation. Ainsi font-elles toutes, les vraies Loges, n'est-il pas vrai ?

— Envisageons un mariage entre les deux nouveaux couples, reposant sur la séduction, l'illusion et l'inversion. Cette union-là aboutira-t-elle à la découverte de l'or alchimique et de la pierre philosophale ?

Vienne, le 25 novembre 1789

Pendant les Tenues secrètes qui se déroulaient chez la comtesse Thun, cette dernière apporta sa contribution au rituel de *Cosi fan Tutte*. Fiordiligi et Dorabella n'étaient pas des profanes, mais des Sœurs dont le rôle dans l'élaboration du Grand Œuvre alchimique était enfin souligné.

La construction d'un rituel d'initiation correspondant au Nombre majeur de la femme, le Sept, se poursuivait à partir des documents fournis par Thamos et Ignaz von Born. L'un et l'autre savaient qu'il y aurait un au-delà à *Cosi fan tutte* et que Mozart avait la capacité d'accomplir, au moyen de sa musique et d'un livret approprié, une véritable révolution maçonnique.

— Le prince Karl von Lichnowsky et ma fille Christine vont se marier, annonça la comtesse à Wolfgang. Ne devrions-nous pas l'admettre parmi nous ?

— Thamos se méfie de lui, et je n'ai guère apprécié son comportement lors de notre voyage en Allemagne. Pour être tout à fait sincère, ma Sœur, je ne crois pas à son engagement initiatique. J'espère néanmoins que votre fille sera heureuse.

Wolfgang ne se fit pas l'écho des rumeurs concernant l'existence agitée de Karl von Lichnowsky, dont la fidélité ne semblait pas être la vertu majeure.

Déçue et troublée, la comtesse n'insista pas.

Avignon, le 3 décembre 1789

Malgré les dangers d'un tel déplacement et la mise en garde de ses Frères viennois, Thamos avait répondu à l'appel de Dom Pernety en se rendant au Thabor, le domaine où il travaillait, avec quelques disciples, à la réalisation du Grand Œuvre. Obéissant à la Sainte Parole qui lui avait ordonné de quitter Berlin pour Avignon, l'érudit régnait sur une petite confrérie d'Illuminés venant d'Allemagne, d'Angleterre et de Pologne.

Âgé de soixante-treize ans, l'auteur des *Fables égyptiennes* et du *Dictionnaire mytho-hermétique* paraissait découragé.

— Merci d'être venu, dit-il à l'Égyptien qu'il considérait comme un Supérieur inconnu, mais c'est trop tard. Je désirais poursuivre mes recherches à l'abri du monde profane et je me suis lourdement trompé. Pourquoi la Sainte Parole ne m'a-t-elle pas averti que la Révolution née à Paris allait tout balayer ? Il y a deux ans, nous étions une centaine et nous célébrions les rites de la voie droite et du vrai Maçon en nous consacrant à l'alchimie. Puis ce furent la peur, le schisme, les affrontements... J'espérais préserver au moins un petit noyau. Mais les autorités interdisent toute réunion !

— Puisque vous ne militez pas en faveur de la Révolution, estima Thamos, vous la combattez.

— Je me moque de la politique et du pouvoir !

— Eux s'intéressent à vous et veulent des citoyens uniformes, esclaves d'une doctrine intangible.

— Que deviendra ce monde, si cette folie triomphe ?

— À Vienne, un Grand Magicien nommé Mozart bâtit un temple qui survivra à l'horreur et aux massacres. L'idéal initiatique ne mourra pas.

— Je vous confie le résultat de mes recherches alchimiques. Moi, je suis trop vieux pour lutter et repartir à l'aventure. Peut-être la Sainte Parole me guidera-t-elle à nouveau.

Pendant que le vieillard, abandonné par ses fidèles, se retirait dans sa chapelle [1], l'Égyptien reprit la route de Vienne, porteur d'un épais manuscrit qu'il ferait lire à Mozart.

1. Dom Pernety mourut en 1796.

17.

Vienne, le 10 décembre 1789

Après avoir composé douze menuets [1] et douze danses allemandes [2] destinés aux bals de la Redoute, Wolfgang écrivit une enthousiaste contredanse pour orchestre dans la joyeuse tonalité d'*ut* majeur afin de célébrer les victoires du feld-maréchal d'Empire, le duc de Saxe-Cobourg [3]. Grâce à ses vigoureuses interventions, la menace turque s'éloignait. Les Ottomans commençaient à comprendre qu'ils se heurtaient à forte partie et ne parviendraient peut-être pas à conquérir l'Europe.

— L'empereur apprécie beaucoup votre dernière œuvre, confia le baron Van Swieten à Mozart.

— Je ne suis qu'un modeste guerrier !

— Votre soutien public à l'action de Joseph II rejaillit sur la Franc-Maçonnerie viennoise. À présent, j'ai acquis la conviction que le nouveau ministre de la Police, le comte de Pergen, était le patron du service secret qui a fait tant de mal aux Loges dont il souhaite la disparition. En raison de votre attitude, l'empereur

1. K. 585.
2. K. 586.
3. *La Victoire du héros Cobourg*, K. 587.

lui recommande la modération. La Franc-Maçonnerie n'est-elle pas l'alliée indéfectible de Joseph II ?

Chef de la censure, Gottfried Van Swieten évitait beaucoup d'ennuis à ses Frères.

Vienne, Cosi fan tutte, second acte, scènes quatorze au finale

— Lorenzo Da Ponte est ravi, dit Wolfgang à Thamos. Cette histoire de couples manipulés, d'Albanais déguisés et d'inversions amoureuses l'amuse au plus haut point. D'après lui, le public viennois y prendra un vif plaisir.

— Revenons à notre rituel : voici la Loge, préparée pour le mariage alchimique. La Vénérable Despina ordonne d'allumer les lumières et d'ouvrir les travaux. Composé de Frères et de Sœurs, le chœur s'installe à sa juste place. L'abondance règne à la table du banquet.

— Apparaissent nos deux « nouveaux » couples, décidés à célébrer l'œuvre de la chère Despina, le croisement des mariages !

— Nous voici parvenus au point crucial de l'opéra et de l'inversion des lumières, précisa Thamos. L'humain va goûter au divin, le divin illuminer provisoirement l'humain. Symbolisant la période transitoire où les énergies s'échangent sans se confondre, les deux faux couples communieront-ils réellement lors du banquet ?

— Ici se place le toast, décida Wolfgang, l'invocation de Fiordiligi, la pureté de l'Œuvre : « Et dans ton verre, dans le mien, que soit noyée toute pensée, et que dans nos cœurs ne subsiste aucun souvenir du passé. » À sa voix succèdent celles de Dorabella et de Ferrando. Guglielmo, lui, espère un breuvage mortel ou plus exactement transmutatoire, comme la coupe d'amertume que boit le postulant lors de l'initiation.

— Déguisée en notaire, après l'avoir été en médecin, Despina apporte le contrat nuptial. Le transitoire et le monde inversé deviendront-ils définitifs ?

— Non, car le Vénérable garde le document ! Et l'on entend un roulement de tambour, annonçant le retour des vrais fiancés. Prises de panique, les deux Sœurs supplient leurs futurs époux albanais de disparaître. Ce ne sont pas eux qu'elles aiment, mais les deux héros revenus de la guerre. Qui nous sauvera du péril ? s'interrogent-elles, désemparées.

— Fiez-vous à moi, recommande Don Alfonso, tout ira bien.

— Débarrassés de leurs vêtements orientaux, Guglielmo et Ferrando pénètrent fièrement dans la salle du banquet et feignent de découvrir les préparatifs du mariage, notamment le contrat signé par les infidèles ! Un seul châtiment possible : la mort !

— Fiordiligi et Dorabella l'acceptent et souhaitent même que l'épée rituelle leur transperce immédiatement le cœur.

— Alors, tout est dévoilé ! Ferrando et Guglielmo avouent qu'ils se sont déguisés afin de séduire les deux jeunes femmes, l'un assiégeant la promise de l'autre et réciproquement. Despina révèle son rôle, et Don Alfonso donne la clé d'un drame, proche de la tragédie : la tromperie a détrompé vos amants. Ils seront désormais plus sages et accompliront ma volonté.

— Tous ensemble, ajouta Thamos, ils ferment les travaux de Loge en proclamant : *Heureux qui prend toute chose du bon côté, et dans les revers de fortune et les mésaventures, se laisse guider par la raison. Ce qui fait d'ordinaire pleurer autrui est, pour lui, une occasion de rire. Au milieu des tourments, il trouvera la sérénité.*

— Ce « bon côté » est celui de la Divine proportion. La Maîtrise ne s'obtient qu'à la condition d'inverser les lumières, de discerner la clarté au cœur des ténèbres et de s'orienter vers le mariage alchimique. En allant voir de l'autre côté, les quatre partenaires formant les deux couples ont pris conscience de leur réalité cachée. Avant cette épreuve d'une terrible rigueur, ils se contentaient d'une simple passion et d'un bonheur ordinaire. Ayant frisé le désastre et traversé la mort alchimique sous la conduite du Vénérable Alfonso et de son homologue Despina, les deux couples atteignent la vérité de l'amour authentique, autrement dit le Grand Œuvre [1].

— Les métaux de Ferrando et les minéraux de Guglielmo ont été offerts à l'or pur, union de Fiordiligi et de Dorabella. Ainsi, tu décriras, sans le trahir, l'un des mystères de la Chambre du Milieu. Puissent nos Frères et nos Sœurs percevoir l'horizon que tu leur ouvres.

Le 22 décembre, au moment où Mozart mettait la dernière main à *Cosi fan tutte*, son Frère Anton Stadler créait le quintette pour clarinette [2] lors d'un concert de

1. « Il n'y a plus aucune raison de penser, alors que, une fois la mascarade rompue, les partenaires revenus à leur ordre normal garderont une nostalgie coupable pour le monde fallacieux de l'amour passion qu'ils ont traversé dans la fiction. Ce qu'ils garderont, au contraire, c'est une certaine béatitude paradisiaque, celle du Toast, qui dépasse en son essence l'objet individuel (et aussi le sujet) de l'amour, et qui dépasse donc, à plus forte raison, la manifestation concrète de la fidélité. Mozart a donc pu consentir, sans réticences aucunes, au dénouement du livret : l'appariement initial des couples était le seul qui fût vraiment viable » (Hocquard, *La Pensée de Mozart*, p. 493).

2. K. 581.

la Société des musiciens auquel assistait Thamos. Indissociable de la lumière de l'opéra, cette œuvre prouvait le degré d'élévation initiatique auquel était parvenu le Grand Magicien. Avec sa trilogie rituelle formée des *Noces de Figaro*, de *Don Juan* et de *Cosi fan tutte*, Mozart éclairait d'une manière extraordinaire le chemin menant de l'Apprentissage à la Maîtrise via le Compagnonnage.

Mais sa capacité de formulation ne s'arrêtait pas là, car sa pensée dépassait le cadre de la Franc-Maçonnerie viennoise. À présent, il pouvait s'élancer vers une autre conception de l'initiation, vers la confrérie des prêtres et des prêtresses du soleil.

18.

Vienne, le 29 décembre 1789

Certain, à la création de *Cosi fan tutte*, de recevoir la somme promise par l'empereur et d'être payé par le roi de Prusse à la livraison des quatuors et des sonates, Wolfgang demanda à son Frère Puchberg de lui prêter 400 florins qui lui seraient presque aussitôt remboursés. Le musicien devait régler pharmaciens et médecins, y compris le gynécologue et Franc-Maçon Hunczowsky, si piètre spécialiste !

Invité, en compagnie de Joseph Haydn et de Thamos, à la première répétition du nouvel opéra chez Mozart, Puchberg lui apporta 300 florins. Quoiqu'il préférât une musique plus légère, le commerçant apprécia la beauté des airs.

— Mon Frère, dit Haydn à son jeune collègue, vous atteignez une perfection qu'aucun mot ne saurait décrire.

— Malheureusement, déplora Wolfgang, Salieri ne cesse d'intriguer pour empêcher la représentation de *Cosi*.

— Il échouera, assura l'Égyptien, car il ne peut se heurter à la volonté de l'empereur. Aussi se contente-t-il de perfidies et de ragots.

— Ne le sous-estimez pas, recommanda Joseph Haydn. Il dispose de réels pouvoirs, et sa méchanceté semble sans limites.

— Je ne néglige pas la capacité de nuisance de Salieri.

Grâce à Da Ponte et à quelques Frères influents, Cosi fan tutte sera bel et bien créé à Vienne.

Vienne, le 15 janvier 1790

Intendant des spectacles, le comte Rosenberg avait sa mine des mauvais jours, proche de celle des bons.

— Que voulez-vous encore, Da Ponte ?

— Arrêter la date définitive de la représentation de Cosi fan tutte. On redonne Les Noces de Figaro, et le nouvel opéra de Mozart amusera beaucoup les Viennois.

— Pas de critique de la noblesse, cette fois ?

— Certes pas ! Une histoire un peu alerte, avec des couples qui s'échangent et...

— La morale est-elle respectée ?

— Tout à fait, et cette aimable farce se termine à la gloire du mariage et des bonnes mœurs.

— Tant mieux, tant mieux... Hélas ! l'empereur désire supprimer l'opéra italien à Vienne.

— Mes amis compositeurs convaincront Sa Majesté que ce serait une regrettable erreur.

— Vous chargez-vous de cette démarche sans m'impliquer d'aucune manière ?

— Je m'en charge, monsieur le comte.

Vienne, le 21 janvier 1790

Après avoir esquissé le sombre début d'un quatuor en *sol* mineur [1], Wolfgang reçut 100 florins de son Frère Puchberg qu'il avait invité au théâtre en compagnie de Joseph Haydn pour assister à la première répétition instrumentale de *Cosi*.

Les couleurs de l'orchestre mozartien enchantèrent les deux auditeurs, et Haydn resta pantois devant cette science et cette maîtrise exprimées avec tant d'aisance qu'elles faisaient oublier la complexité de l'architecture.

— Je n'ai été Apprenti Franc-Maçon qu'une seule Tenue, rappela-t-il, mais je sens bien que cette histoire absurde, fourmillant d'invraisemblances qu'on ne remarque presque pas à cause de la pureté de la musique, dissimule une démarche initiatique. Vous avez écrit l'opéra des Nombres sacrés, n'est-ce pas ?

Wolfgang se contenta de sourire.

Vienne, le 26 janvier 1790

Demain, Mozart aurait trente-quatre ans. Et ce soir, au Burgtheater de Vienne, c'était la création de *Cosi fan tutte, ossia : la scuola degli amanti.* « Ainsi font-elles toutes, ou : l'école des amants [2] », un opéra bouffe payé 900 florins, somme particulièrement bien venue en ces temps difficiles. Le compositeur avait l'assurance que l'œuvre serait au moins redonnée les 28 et 30 janvier.

Mécontent de la plupart des interprètes qu'il jugeait médiocres et loin de la vérité profonde des

1. K. 587a.
2. K. 588.

rôles, Wolfgang passa une soirée difficile. Exigeant et perfectionniste, il supporta mal les mille petites erreurs de musiciens approximatifs.

Le public ne s'amusa pas autant que Da Ponte l'avait espéré. Thamos, lui, fut transporté dans un univers d'une beauté à couper le souffle. Après la violence de *Don Juan*, *Cosi fan tutte* était translucide et aérien, mêlant le sublime à l'humour, voire au tragique, avec une incomparable élégance de l'âme. Si les Francs-Maçons comprenaient la nécessité de ce rituel-là pour découvrir le Grand Œuvre, alors leurs Loges se montreraient moins indignes de celles de l'ancienne Égypte.

— Mozart est doté par la nature d'un génie musical supérieur, peut-être, à tous les compositeurs du monde passé, présent et futur, murmura Lorenzo Da Ponte à l'oreille de Thamos. Grâce à moi, il a vraiment éclaté à Vienne.

L'Égyptien ne rétorqua pas, laissant vivre en lui la lumière de cette musique d'un autre monde, celui du creuset alchimique où les forces de création s'interchangeaient afin de devenir pleinement elles-mêmes.

Vienne, le 30 janvier 1790

— Curieuse démarche de la part du baron Gottfried Van Swieten, dit Joseph Anton à Geytrand. Il demande à l'empereur d'accorder à Mozart un meilleur poste à la cour, soit vice-maître de chapelle, soit professeur de musique de la famille impériale. De la part du chef de la censure qui ne saurait ignorer l'appartenance maçonnique de Mozart, un comportement suspect !

— Van Swieten n'appartient à aucune Loge viennoise, affirma Geytrand.

— En soutenant ainsi Mozart, il prouve sa sympathie pour la Franc-Maçonnerie.

— Il ne cesse pourtant de la critiquer !

— Un traître et un rusé, voilà ce qu'est peut-être le baron Van Swieten ! Faut-il encore le prouver. En attendant, j'ai recommandé la prudence à l'empereur qui n'a pas l'intention d'accorder une promotion à Mozart. Son *Cosi fan tutte* reçoit un accueil très mitigé et disparaîtra bientôt de l'affiche. De l'avis général, il devrait se contenter de faire de la musique de danse et renoncer à l'opéra.

— Ne serait-ce pas le vôtre, monsieur le comte ?

— *Cosi fan tutte* est une œuvre sublime, la plus abstraite de Mozart et la plus proche de l'invisible. Ses personnages ne sont pas des humains, mais des symboles au service du mystère que révèlent Don Alfonso et Despina, celui de la conciliation des contraires. Aucun Maître Maçon n'était allé aussi loin dans le processus de création. Et il ne s'arrêtera pas là.

Vienne, le 4 février 1790

— Je dois retourner à Esterháza, dit Joseph Haydn à Mozart, car la saison d'opéra va bientôt débuter, en présence du prince Nicolaus Esterházy.

— Savez-vous qu'il est le Maître des Cérémonies de ma Loge ?

Haydn soupira.

— J'ai définitivement tourné la page de la Franc-Maçonnerie. Vous resterez toujours mon Frère, Mozart, mais je n'ai pas la possibilité de faire sans cesse le trajet entre Esterháza et Vienne, et je n'éprouve pas le désir de parcourir le chemin de l'initiation.

— J'aurais aimé vous revoir sur les colonnes, avoua

Wolfgang, mais je respecte votre décision. Mon admiration et mon amitié à votre égard demeurent intactes.

— Ces paroles me touchent au plus profond. Parfois, je me demande si la Franc-Maçonnerie n'est pas un cadre trop étroit pour vous.

— Elle m'apporte tant !

— Vous, vous lui apportez bien davantage ! Quantité de Francs-Maçons me semblent fort médiocres.

— Les initiés sont souvent décevants, concéda Wolfgang. L'initiation, jamais.

Les deux musiciens se donnèrent l'accolade fraternelle.

19.

Vienne, le 5 février 1790

Chambellan impérial et royal, le comte Johann Esterházy présidait les travaux de la Loge L'Espérance couronnée qui célébrait l'initiation d'un intellectuel de vingt-neuf ans, Karl Ludwig Giesecke. Né à Augsbourg, il avait étudié le droit à Göttingen avant de croiser la route d'Emmanuel Schikaneder pour lequel il écrivait des adaptations théâtrales. Passionné de minéralogie, il rêvait d'écrire un livret d'opéra et même de monter sur scène.

Deux cents Frères inscrits, et seulement trente présents.

Le Vénérable se tenait à l'Orient.

Derrière lui, un tableau sur lequel figuraient un soleil, le sceau de Salomon et un arc-en-ciel illuminant la mer.

Très haut de plafond, le local était éclairé par un grand lustre, des chandeliers et des bougies.

Parmi les figures décoratives, le dieu Hermès, héritier de Thot, maître des sciences secrètes.

Mozart fixait les deux grosses pierres disposées de part et d'autre des trois marches menant à l'Orient. La première, brute, incarnait les potentialités de l'initié et la matière première du Grand Œuvre alchimique ; la seconde, cubique, symbolisait l'univers en harmonie et recelait les justes proportions présidant à la naissance de toute vie.

Participer à une initiation était toujours un moment d'une extraordinaire intensité. Un individu mortel et limité devenait un Frère et s'intégrait à la chaîne d'or des initiés, façonnée lors de la naissance de la Lumière.

À l'issue du rituel, Mozart et Giesecke sympathisèrent.

— C'est Schikaneder qui m'a recommandé d'entrer en Franc-Maçonnerie, avoua le nouvel Apprenti.

— Pourquoi ne se trouve-t-il pas parmi nous ?

— En mai de l'année dernière, il aurait été exclu de sa Loge de Ratisbonne [1] en raison de sa mauvaise conduite. Je n'en sais pas davantage, mais comment en vouloir à cet homme merveilleux, parfois un peu trop truculent et démonstratif ? Moi, je suis enchanté de vous connaître !

Venu de Prague, le comte Canal prit Mozart à part.

— Le Vénérable Ignaz von Born organise le 14 une Tenue d'urgence. Nous y débattrons de notre avenir et des futurs rituels. Votre présence est indispensable.

Vienne, le 11 février 1790

Alors que deux nouvelles représentations de *Cosi fan tutte*, le 7 et ce soir même, n'avaient pas suscité l'enthousiasme des Viennois, Wolfgang s'apprêtait à partir pour Prague. Thamos lui rendit visite.

— Mieux vaut annuler ce voyage, recommanda l'Égyptien. Van Swieten a entendu parler d'une vaste opération de police, sans autre précision.

— Elle ne concerne peut-être pas les Francs-Maçons praguois.

1. Karl-aux-trois-dés.

— Tu ne dois pas courir de risque. Le ministre de la Police, le comte de Pergen, n'a pas une réputation de plaisantin. Et l'empereur lui a donné les pleins pouvoirs. Aujourd'hui, toute pensée doit être contrôlée. Aussi les secrets des Francs-Maçons apparaissent ils intolérables aux autorités politiques et religieuses. Je me rends à Prague et j'y l'étendue du danger.

Prague, le 14 février 1790

Des policiers en civil étaient en faction devant le local de la Loge La Vérité et l'Union. À bonne distance, Thamos observait les allées et venues.

Quand il vit apparaître un homme grand, plutôt laid, au visage mou et aux yeux glauques, il songea à la description qu'avait faite de son patron l'un des soudards chargés de filer Ignaz von Born.

L'Égyptien se rendit chez le comte Canal : domicile surveillé ! Il ne lui restait qu'à gagner le point de ralliement prévu en cas d'urgence, un petit immeuble de la vieille ville jadis occupé par des alchimistes.

Le comte Canal l'y attendait.

— Un désastre, constata-t-il. Aux ordres d'un nommé Geytrand, âme damnée du chef de la Police, une brigade spéciale s'en prend à nous.

L'Égyptien dépeignit l'homme qu'il venait d'apercevoir à l'entrée de la Loge.

— Oui, c'est bien Geytrand, l'exécuteur des basses œuvres.

— Pergen et lui sont les deux créatures de l'ombre qui s'attaquent à la Franc-Maçonnerie depuis des années, avança Thamos.

— Il a placé sous surveillance plusieurs Frères et, au

nom de la sécurité de l'État, fouillé la Loge et ses annexes.

— Que pouvait-il trouver de compromettant ?

— A priori, rien. Hélas, l'un de nos Frères a commis une faute grave en oubliant des documents qui n'auraient pas dû demeurer dans nos locaux. Je veux parler de listes de Maçons, dont les adeptes de notre Loge secrète.

L'Égyptien n'en crut pas ses oreilles.

— Un stupide réflexe administratif, regretta le comte, mais le mal est fait.

— *Tous* les noms y figuraient-ils ?

— Pas ceux des Frères visiteurs comme Ignaz von Born, Mozart et vous-même. Ils apparaissent sur une autre liste que l'imprudent, affolé, vient de me confier.

Thamos la parcourut, la déchira en mille morceaux et les jeta au feu.

— Je vais tenter d'intercepter Geytrand. S'il remet ces documents au chef de la Police et si l'empereur en prend connaissance, les conséquences seront désastreuses.

Dès le premier regard, Thamos avait perçu la nocivité de Geytrand. Ce prédateur-là était redoutable et insatiable.

Devant le local de la Loge La Vérité et l'Union, pas de policiers en civil. L'Égyptien interrogea le Frère Servant chargé du ménage.

— Depuis quand sont-ils partis ?

— Une bonne heure.

— Combien étaient-ils ?

— Une dizaine.

Geytrand ne prenait aucun risque. Même s'il le rattrapait sur la route de Vienne, Thamos ne viendrait pas à bout d'une telle escorte.

20.

Vienne, le 17 février 1790

— Passionnant, reconnut Joseph Anton en découvrant la liste que lui apportait Geytrand. Ainsi, il existe au moins une Loge secrète à Prague. En font partie des Illuminés notoires, le comte Canal, plusieurs hauts fonctionnaires et une belle quantité de proches et d'amis de Mozart. Manquent, hélas ! Mozart et von Born.

Soudain, le visage d'Anton se crispa.

— Correspondant au n° 14, un nom surprenant : celui du chef de la censure, le baron Gottfried Van Swieten !

Vienne, le 18 février 1790

En dépit de son extrême faiblesse, l'empereur Joseph II reçut le baron Van Swieten.

— Je sais tout.

— Majesté...

— Ne m'interrompez pas. Si proche de rejoindre mon Créateur, je dois faire la part des choses. Malgré votre appartenance maçonnique, soigneusement tenue secrète, vous m'avez fidèlement servi, et j'ai été satisfait de votre efficacité. Sans doute n'y a-t-il pas que du mauvais dans cette Franc-Maçonnerie qui restera pour moi une énigme. Bien entendu, vous ne vous occuperez plus de censure. Continuez à embellir la Bibliothèque impériale, l'un des fleurons de notre belle ville. Vous êtes d'abord au service de l'Empire, baron Van Swieten. Ne l'oubliez jamais.

Vienne, le 18 février 1790

La colère froide de Joseph Anton effraya Geytrand. À cet instant, il le sentit capable de tuer.

— Van Swieten a sauvé sa tête ! Il nie, parle de faux document et d'accusation mensongère destinée à briser sa carrière. Et l'empereur le croit !

— La maladie lui trouble l'esprit, monsieur le comte. Néanmoins, il vous confie la censure. Le baron se trouve désormais pieds et poings liés. L'issue fatale étant inéluctable, qui succédera à Joseph II ?

— Son frère, Leopold.

— Serait-il favorable à la Franc-Maçonnerie ?

— Comme grand-duc de Toscane, il a supprimé l'Inquisition, et je redoute un certain libéralisme. Mais il déteste la Révolution française et ses idéologues. Je lui fournirai les dossiers prouvant que la Franc-Maçonnerie viennoise constitue un réel danger.

Vienne, le 19 février 1790

L'endroit jugé sûr, Thamos invita Van Swieten à pénétrer dans l'auberge où l'attendait Mozart. Les trois Frères commandèrent de la bière forte.

— Je ne serai plus d'aucune utilité à la Franc-Maçonnerie, déplora le baron. Le ministre de la Police me fera surveiller en permanence et ne m'autorisera aucun faux pas. Avoir sauvé ma tête est une sorte de miracle.

— Continuez à passer des commandes musicales à Mozart, conseilla Thamos. Une rupture brutale de vos relations professionnelles et amicales prouverait que vous vous sentez coupable.

— Entendu, admit Van Swieten. Mais impossible de faire davantage.

Vienne, le 20 février 1790

Wolfgang apporta une cruche de bière à son Frère Puchberg et lui emprunta 25 florins afin d'assumer des dépenses urgentes. Juste avant le dîner, Thamos lui annonça la nouvelle.

— Joseph II est mort ce matin à cinq heures trente. Le deuil officiel impose la fermeture des théâtres jusqu'au 12 avril.

— Voilà *Cosi fan tutte* condamné à l'échec, déplora le compositeur.

— Da Ponte proposera une reprise.

— Ses chances sont infimes !

— Joseph II n'a pas compris l'importance de la pensée initiatique qui aurait pu sauver l'Europe du désastre. Et son successeur, Leopold II, ne m'inspire guère confiance.

— Serait-il hostile à la Franc-Maçonnerie ?

— Je le crains.

Vienne, le 13 mars 1790

Frère de Marie-Antoinette, Leopold II arriva à Vienne avec des idées bien arrêtées. Il jugeait catastrophique le bilan de son prédécesseur Joseph II, incapable de remporter une victoire décisive sur les Turcs et coupable d'avoir entamé cette guerre interminable et ruineuse. Seule une habile négociation y mettrait fin, et peu importaient les sentiments guerriers de quelques généraux avides de batailles.

Autre problème grave, la volonté d'indépendance des Pays-Bas autrichiens. Là encore, l'intervention militaire s'était révélée désastreuse. Seule solution : renoncer à l'usage de la force.

S'ajoutait à présent le cas de la Hongrie, agitée par des idées révolutionnaires qu'encourageait la Prusse afin d'affaiblir l'Autriche. Leopold II n'interviendrait pas de manière brutale et privilégierait la diplomatie.

Restait le pire, la Révolution française qui menaçait tous les trônes européens. Là, aucune négociation possible. L'Empire devait tenir bon, grâce à l'armée et à la police.

Aussi Joseph Anton, comte de Pergen, fut-il l'un des premiers interlocuteurs du nouvel empereur.

— L'ordre règne, Majesté, et je travaillerai jour et nuit pour le maintenir.

— Ne me cachez rien des dangers intérieurs.

— Il n'en existe qu'un seul : la Franc-Maçonnerie, actuellement sous contrôle. Au moindre débordement, j'interviendrai.

— Les Loges viennoises soutiendraient-elles les fanatiques français ?

— Elles ne s'y risqueraient pas, Majesté, mais certains Frères prônent plus ou moins secrètement des idées subversives, tel le musicien Mozart.

— Occupe-t-il un poste à la cour ?

— Tout à fait mineur, puisqu'il est chargé de composer des danses pour les bals de la Redoute.

— Que les Francs-Maçons restent tranquilles, ordonna Leopold II. Sinon, arrachez les mauvaises herbes.

21.

Vienne, le 15 mars 1790

Lors d'une Tenue de la Loge L'Espérance couronnée, un Franc-Maçon italien communiqua à ses Frères des informations qui les consternèrent. Arrêté par l'Inquisition à Rome où il tentait d'implanter son rite égyptien, Cagliostro avait été accusé de magie, de nécromancie et d'appartenance à la Franc-Maçonnerie. Face aux juges du tribunal du Saint-Office, il s'était lancé dans une série d'aveux tonitruants.

D'après lui, les Francs-Maçons de la Stricte Observance templière et leurs alliés voulaient renverser tous les trônes, celui du roi de France en premier. Ils s'attaqueraient ensuite à l'Italie et même au pape. Bénéficiant des cotisations de 1 800 000 Frères, la Franc-Maçonnerie, richissime, avait les moyens de dominer l'Europe.

— Ces affabulations déclencheront une répression très dure, prophétisa Thamos. Désormais, les régimes en place se méfieront des Loges, et certains les persécuteront. En cédant à la grandiloquence, Cagliostro nous cause un tort immense.

— Faisons savoir à Leopold II que nous n'approuvons nullement la Révolution française, préconisa Mozart, et que nous sommes ses fidèles sujets.

Le traître Hoffmann rapporterait ces propos à Geytrand. Déçu, il aurait préféré entendre un ardent discours contre l'empereur qui aurait entraîné la condamnation du musicien.

Vienne, le 29 mars 1790

La situation s'améliorait.

Puchberg, auquel Mozart avait envoyé une biographie de Haendel afin qu'il prît conscience de l'importance de ce génie, lui prêtait 150 florins. Encore des dettes apurées !

De nouveau, Wolfgang se sentait au seuil de l'équilibre, avec un nouvel espoir : d'après Gottfried Van Swieten, lavé de tout soupçon, Leopold II lui offrirait peut-être une meilleure situation à la cour, à savoir un poste de second maître de chapelle.

Vienne, le 2 avril 1790

Joseph Anton était abasourdi.

D'après les renseignements fournis par le Frère Hoffmann et les espions de l'archevêque de Vienne, la Franc-Maçonnerie viennoise renaissait de ses cendres !

La Loge Saint-Joseph où militait Joseph Lange, le beau-frère de Mozart, « rallumait ses feux ». Se formait aussi une Loge Amour-et-Vérité qui proclamait son attachement à Leopold II, invoquait sa haute protection et promettait de lutter contre les systèmes pervers, lesquels, sous le masque de la Franc-Maçonnerie, alimentaient l'impiété, la critique de la religion, le relâchement des mœurs et la contestation de l'autorité.

— Superbe discours ! tonna Joseph Anton. Ces corvettes tentent de persuader l'empereur que le vaisseau amiral, L'Espérance couronnée, est inoffensif. Ne nous laissons pas abuser et concentrons le tir sur lui.

— Sa Majesté vous écoutera-t-elle ? s'inquiéta Geytrand.

— À moi de la convaincre.

— Nous manquons de preuves concrètes et de documents. Le Vénérable, le comte Esterházy, se montre fidèle serviteur du pouvoir.

— Un pantin ! Dans l'ombre, les vrais dirigeants sont Ignaz von Born et Mozart. Ils finiront bien par commettre une erreur fatale.

Vienne, le 9 avril 1790

Malgré une crise de rhumatismes et une forte migraine, Mozart participa au concert donné chez le comte Hadik où Stadler fut le clarinettiste du sublime quintette en *la*[1]. Puchberg, qui prêta 25 florins à son Frère, se félicitait d'avoir été invité.

— L'empereur Leopold II réorganise la gestion de la musique à la cour, apprit Thamos à Wolfgang.

— Envisage-t-il ma promotion ?

— Malheureusement pas.

— Pourtant, Van Swieten...

— Il a sauvé sa tête, mais n'est plus en odeur de sainteté.

La déception fut rude.

1. K. 581.

— Serai-je renvoyé ?

— Je ne crois pas. Lorenzo Da Ponte, en revanche, semble très menacé. Tout en écrivant une lettre trop fleurie au nouvel empereur, il répand des pamphlets contre lui. Le chef de la Police ne tardera pas à s'en apercevoir, et tu devras trouver un autre librettiste.

Lyon, le 13 avril 1790

L'Agent inconnu, qui ne l'était plus, eut une entrevue orageuse avec le Grand Profès, Jean-Baptiste Willermoz, guide spirituel de la Franc-Maçonnerie mystique.

— Comment osez-vous afficher des opinions pro-révolutionnaires ? s'indigna Mme de la Vallière.

— L'Histoire est en marche, ma chère !

— Lâche et hypocrite, vous ne songez qu'à préserver votre fortune.

— Madame !

— La vérité est parfois pénible à entendre, n'est-ce pas ? Naguère, vous suiviez mes directives en les attribuant à Dieu Lui-même pour asseoir votre pouvoir sur vos Frères. Aujourd'hui, la Révolution vous inquiète et vous oubliez le Christ et sa Cité sainte.

— Ne croyez pas ça !

— Je vous retire le dépôt des archives de la Loge Élue et chérie, décida Mme de la Vallière, l'Agent inconnu, et je la remets à un noble qui aura le courage de ses opinions.

— Réfléchissez, je vous en prie !

— Adieu.

Willermoz ne prit pas cette rupture au tragique.

Il expliquerait à ses disciples que l'aristocrate était devenue folle.

Vienne, le 1er mai 1790

Toujours aussi impliqué dans ses activités maçonniques, Mozart travaillait un peu à *La Clémence de Titus*, l'opéra destiné à Prague dont le sujet ne le passionnait guère, et à un quatuor dédié au roi de Prusse. De tenaces maux de dents et de tête lui ôtaient souvent toute inspiration, et il songeait, malgré son aversion pour l'enseignement, à prendre de nouveaux élèves. L'été prochain, si sa santé le lui permettait, il tenterait de donner des concerts par souscription. Mais le public viennois s'intéressait-il encore à lui ?

Écrire calmement, en oubliant les dettes et le procès, exigeait au moins 600 florins. Et voici que Constance, souffrante, devait retourner à Baden. Et voilà qu'un marchand d'articles de mode réclamait avec véhémence un remboursement se montant à 100 florins !

Sa boutique était sise au Stock-im-Eisen, carrefour entre la place de la Cathédrale et le Graben, ainsi nommé à cause d'un tronc d'arbre encastré dans une niche et bardé d'un cercle de fer, forgé par le diable ! Avant de quitter Vienne pour accomplir leur tour d'Europe de Loge en Loge, les Compagnons artisans y plantaient un clou afin d'immobiliser le Malin et de s'attirer les faveurs divines.

Compréhensif, Puchberg envoya 100 florins à son Frère Wolfgang, qui remboursa le marchand.

22.

Vienne, le 15 mai 1790

Le 1er, le 7 et le 9, *Les Noces de Figaro* avaient été redonnées ! Mozart n'était donc pas complètement oublié. Presque stérile depuis *Cosi fan tutte*, il terminait avec peine le deuxième quatuor dédié au roi de Prusse [1], œuvre aride dont l'allegro final formait la seule note plaisante.

Wolfgang écrivit à l'archiduc Franz et le pria d'intercéder auprès de son père, Leopold II :

L'ambition de gloire, l'amour de l'action et la conscience de mes connaissances me poussent à solliciter l'obtention d'un poste de second maître de chapelle, d'autant que le très habile maître de chapelle Salieri ne s'est jamais consacré au style d'église, alors que je me suis dès ma jeunesse rendu maître en ce genre. Les quelques honneurs que le monde a rendus à mon jeu au pianoforte m'encouragent également à prier Sa Grâce de confier la famille royale à mon enseignement musical.

Le compositeur ne reçut aucune réponse.

1. K. 589.

Vienne, le 16 mai 1790

Le dossier de Joseph Anton contre les Illuminés, infiltrés dans les Loges, était accablant. Certes, leur dernier chef, Bode, en sécurité à Weimar, avait publié une brochure réfutant la théorie selon laquelle ils préparaient une révolution universelle. Mais ses amis, tel von Knigge, retiré à Brême, affirmaient le contraire ! Tout au long de trois ouvrages, il faisait l'apologie de la Révolution française. Le *Journal politique de Hambourg* n'hésitait pas à accuser les Illuminés et certains Francs-Maçons d'avoir engendré le jacobinisme français et de travailler, en grand secret, à la destruction de l'Empire germanique et de toutes les monarchies. La *Wiener Zeitschrift* de l'ex-Illuminé et renégat Leopold-Aloys Hoffmann ne manquait pas de propager ces rumeurs que relayait le *Magazin der Kunst und Literatur*, aux mains d'ex-jésuites. Et l'archevêque de Vienne confirmait le danger.

Jour après jour, documents et articles de journaux à l'appui, le comte de Pergen formait l'opinion de Leopold II. En ces temps troublés, une société secrète aussi puissante ne représentait-elle pas un péril intolérable ?

Vienne, le 17 mai 1790

Le procès se réactivait. Obligé d'emprunter de l'argent chez des usuriers, Wolfgang peinait à terminer son troisième quatuor pour le roi de Prusse et n'avait encore que deux élèves alors qu'il lui en fallait au moins huit. Grâce à un nouveau prêt de Puchberg, 150 florins, le compositeur maintenait la tête hors de l'eau. Travailler dans de telles conditions était presque au-dessus de ses forces et, sans le réconfort des Tenues maçonniques et l'aide de Constance, peut-être aurait-il déposé son fardeau.

À la sortie de la Loge, un Frère juriste lui parla à mi-voix.

— Le gouvernement de Basse-Autriche ne vous causerait-il pas des ennuis ?

— Plus ou moins, concéda Mozart.

— On vous fait un procès et l'on vous réclame une grosse somme en menaçant de saisir votre salaire, n'est-ce pas ?

— Une affreuse injustice !

— Savez-vous qui est à l'origine de la procédure ?

— Je l'ignore.

— Notre Frère le prince Karl von Lichnowsky. Bien entendu, je ne vous ai rien dit.

Vienne, le 22 mai 1790

Mozart donna chez lui un concert de musique de chambre [1] auquel assistèrent Puchberg et son épouse.

Comment oublier l'incroyable trahison de Lichnowsky ? Un Frère, se comporter ainsi ! Pourquoi désirait-il sa perte ? Poussait-il l'ignominie jusqu'à s'allier aux ennemis des Loges maçonniques ?

Impossible d'en parler à sa Sœur, la comtesse Thun, dont Lichnowsky avait épousé l'une des filles. Inutile d'alarmer Puchberg. Avec Ignaz von Born, à la santé fragile, Wolfgang se préoccupait de symbolique et non d'affaires d'argent.

Restait Thamos... Quelle honte de lui décrire une telle situation ! Non, il devait s'en extirper seul. Étant

1. On joua les quatuors K. 575 et 589.

donné l'iniquité de l'accusation, son innocence serait prouvée tôt ou tard.

Vienne, le 2 juin 1790

Constance était repartie en cure à Baden. Éprouvant toujours autant de difficultés à composer, Wolfgang esquissa des œuvres pour piano[1] où il parvint, tant bien que mal, à maîtriser une forme de désespoir. Et il s'attaqua au troisième quatuor dédié au roi de Prusse, œuvre douloureuse et farouche, presque brutale, parcourue de protestations contre l'injustice. Cette méditation sur un sort contraire lui permit de mieux l'affronter et de retrouver de l'énergie à l'issue du combat.

Wolfgang aurait dû créer trois autres quatuors, destinés à son illustre commanditaire, mais celui-là serait le dernier car ce chemin l'éloignait trop de son projet essentiel : un quatrième opéra initiatique, formulation de sa vision des Grands Mystères et de l'initiation future.

Baden, le 6 juin 1790

Wolfgang et Constance s'embrassèrent longuement.

— Tu me manquais trop, avoua-t-il. Et je voulais t'annoncer une bonne nouvelle : ce soir, on redonne *Cosi* ! Mon opéra est également programmé le 12 et le 22.

— L'un de tes admirateurs, le tanneur Rindum, m'a offert une baignoire en cuir bouilli pour mon pied. Elle

1. Fragments K. 590a, b, c ; *Allegro en* sol *mineur*, K. 312.

facilite le traitement, qui serait encore plus efficace si tu restais auprès de moi.

— Telle est bien mon intention, ma chérie ! Seules les Tenues et la représentation du 12 me rappellent à Vienne. Combien de bains le médecin t'a-t-il prescrits ?

— Une soixantaine, et une nouvelle cure à l'automne. Les frais...

— Ne t'en inquiète pas. Ta santé avant tout.

Vivre avec Constance était un bonheur incomparable. Sans son équilibre et sa fermeté d'âme, Wolfgang n'aurait pas réussi à poursuivre son œuvre.

Vienne, le 12 juin 1790

Avant de diriger *Cosi fan tutte*, Mozart écrivit à Puchberg qui lui envoya aussitôt 25 florins. Il avoua à son Frère qu'il devait vendre ses trois quatuors dédiés au roi de Prusse, travail ô combien pénible, à un prix dérisoire ! Ce peu d'argent lui était si nécessaire qu'il ne discuterait pas. Afin d'améliorer sa situation, il envisageait de composer des sonates pour piano et se félicitait que, le lendemain, fut jouée à Baden l'une de ses messes [1].

Vienne, le 24 juin 1790

Bravant l'interdiction du défunt Joseph II, Mozart composa trois morceaux [2] pour la fête de la Saint-Jean d'été que célébrait sa Loge, L'Espérance couronnée.

D'abord, le chœur de l'Ouverture rituelle, *Posez*

1. K. 317.
2. Ces trois œuvres ont été perdues.

aujourd'hui votre outil, appelant les Frères à cesser le travail habituel afin de célébrer joyeusement la lumière triomphante ; ensuite, un bref *Chant au nom des pauvres*, rappelant la vocation caritative des Francs-Maçons et justifiant leur existence face aux autorités ; enfin, *Le Chant de la chaîne d'union*, sur un texte du Frère Aloys Blumauer.

En compagnie d'Anton Stadler, des Jacquin, de Puchberg et de Thamos, Wolfgang vécut des moments merveilleux où le soleil de la fraternité brillait de tout son éclat.

23.

Vienne, le 17 juillet 1790

Bien que *Cosi fan tutte* n'obtînt qu'un médiocre succès, le Burgtheater accueillit deux nouvelles représentations, le 6 et le 16, sans déclencher l'enthousiasme. Écoutant le conseil de Thamos, le baron Gottfried Van Swieten commanda à Mozart deux arrangements d'œuvres de Haendel[1].

Rapportant un peu d'argent, ces modestes travaux occupaient l'esprit du compositeur qui, lors de la dernière Tenue de sa Loge, avait revu son persécuteur, le prince Karl von Lichnowsky ! Très à l'aise, paradant à la manière d'un coq, il s'était même permis de demander à son Frère Mozart des nouvelles de sa santé.

En guise de réponse, mutisme et regard noir ! Détendu, l'hypocrite plaisanta avec des aristocrates.

Qu'un Frère se comportât ainsi, Wolfgang ne l'admettait pas. Pourtant, l'ignominie d'un Franc-Maçon ne devait pas le conduire à douter de l'initiation, chemin de lumière tracé au-delà de la nature humaine.

1. *La Fête d'Alexandre ou le Pouvoir de la musique*, K. 591, et *Ode pour la fête de sainte Cécile*, K. 592.

Anton Stadler vida une nouvelle chope de bière.

— Notre facteur de clarinette progresse de manière spectaculaire, mais ses recherches coûtent cher.

— Combien veut-il ?

— Au moins 500 florins.

— C'est énorme !

— L'enjeu en vaut la peine, crois-moi.

— Entendu, je m'arrangerai.

Wolfgang savait qu'une partie de la somme irait à la famille de Stadler, aujourd'hui père de sept enfants et toujours en quête du moindre florin, et l'autre à la fabrication de l'instrument exceptionnel dont il rêvait. Pouvait-il en être autrement ?

Vienne, le 25 juillet 1790

Joseph Anton lut le rapport détaillé d'un de ses agents implantés en France. Le 14 Juillet avait été célébrée, à Paris, au Champ-de-Mars, la fête de la Fédération nationale en présence de la famille royale. La Révolution semblait donc prendre une allure paisible et se diriger vers une monarchie constitutionnelle que souhaitait, entre autres monarques, Leopold II.

La réalité était moins souriante. Plusieurs émeutes contre-révolutionnaires ayant été réprimées de manière sanglante, l'Assemblée constituante avait, le 12 juillet, voté la Constitution civile du clergé, qui revenait à mettre en vente les biens de l'Église et à détruire l'un des piliers de la société française.

— Les révolutionnaires veulent contraindre Louis XVI à s'incliner, dit le chef de la Police à Geytrand.

— Ce serait la fin de la royauté !

— Tel est bien le but ultime des fauteurs de

troubles ! Et les Francs-Maçons les soutiennent, comme le prouve cette chanson entonnée lors de la fête de la Fédération : « La Loge de la Liberté s'élève avec activité. Maint tyran s'en désole. Peuples divers, les mêmes leçons vous rendront Frères et Maçons. C'est notre consolation. »

— Leopold II sera édifié, estima Geytrand.

Lyon, le 26 juillet 1790

Conscience incontestable de la Franc-Maçonnerie mystique, Jean-Baptiste Willermoz se devait de commenter devant ses fidèles la décision de l'Assemblée constituante. Tenant de la tradition chrétienne, ne défendrait-il pas le clergé bec et ongles ?

— La Révolution n'a peut-être pas tort, avança-t-il. L'Église n'est-elle pas condamnée pour avoir oublié le message ésotérique du Christ ? Si un culte officiel se met en place, pourquoi n'en deviendrais-je pas le grand prêtre et vous, mes Frères Profès, mes adjoints ? Vous prendriez ainsi les postes des prêtres déchus et répandriez notre doctrine dans la nouvelle France.

Cette fois, le bagout de Willermoz n'eut pas l'effet escompté, car la majorité des Grands Profès était hostile au démantèlement du clergé traditionnel. Après l'Église, les révolutionnaires ne s'attaqueraient-ils pas à la royauté elle-même et aux Loges se réclamant de la foi chrétienne ?

Ébranlé, Willermoz renonça à devenir le grand prêtre de la Révolution. Mieux valait rester à Lyon en observant la suite des événements et en s'adaptant aux circonstances.

Vienne, le 29 juillet 1790

Le Secrétaire de la Loge L'Espérance couronnée lut une surprenante lettre adressée aux Frères de Vienne par ceux de Bordeaux[1] :

« Quoique notre grande société prenne rarement part aux événements politiques, elle ne peut cependant rester insensible à ceux qui tendent à l'affermir. Tels sont les principes de la nouvelle Constitution qui s'opère dans l'Empire français. Ils ont un rapport si parfait avec les bases maçonniques, la liberté, l'égalité, la justice, la tolérance, la philosophie, la bienfaisance et le bon ordre qu'ils promettent les plus salutaires effets pour le bien et la propagation de l'Art royal.

« En effet, tout bon citoyen français sera désormais digne d'être Maçon parce qu'il sera libre et vertueux.

« Cette flatteuse perspective avait répandu dans le cœur de tous nos convives, à la dernière fête de Saint-Jean, une gaieté pure, mêlée d'un enthousiasme civique qui leur fit porter la première santé à la Nation, à la loi et au roi ; la canonnade[2] fut des plus vives et l'on fixa de suite une Loge de discipline pour déterminer si, à l'avenir, cette même santé serait la première.

« La matière fut mûrement discutée, et l'on considéra que l'usage observé jusqu'à présent dans les Loges françaises relativement à la première santé, au nom du roi et de son auguste famille, était un tribut de reconnaissance pour la protection tacite que le souverain accordait à nos travaux et une suite de la sagesse de nos lois qui, toutes républicaines, se prêtent cependant aux lois politiques des monarchies, au point qu'il ne puisse en résulter un choc nuisible entre elles en aucun cas.

1. Cf. P. Autexier, *La Lyre maçonne*, p. 110.
2. Au sens de « boire un canon ».

« Mais la forme actuelle du gouvernement sous lequel nous existons nous a naturellement amenés à considérer que toutes les Loges de France ne sont que des sections de la Grande Loge universelle qui s'étend d'une extrémité à l'autre du globe ; que dans toutes celles établies dans des pays libres où la Maçonnerie est la plus en vigueur et respectée, on ne porte jamais la santé des rois ; que l'usage pratiqué jusqu'à présent dans les Loges de notre Empire ne pouvait plus s'accorder avec la nouvelle Constitution et qu'il était par conséquent de la sagesse qui nous guide en toutes circonstances de rendre les premiers hommages aux douces influences de la liberté naissante. »

La plupart des Frères, dont Mozart, furent indignés. De telles attitudes impliquaient, à court terme, la disparition de la royauté au profit d'un régime dictatorial dont la seule loi serait la folie doctrinaire de ses dirigeants.

L'Espérance couronnée décida de ne pas répondre à cette lettre. Le traître Hoffmann la communiqua aussitôt à Geytrand pour alourdir le dossier de la Franc-Maçonnerie.

Vienne, le 14 août 1790

Le 7 août, dernière représentation de *Cosi fan tutte*, encore moins apprécié que *Don Juan*. La carrière d'auteur d'opéra de Mozart était terminée, le Burgtheater n'accueillerait plus aucune œuvre de ce compositeur peu prisé du public.

Incapable de travailler, affaibli, Wolfgang ne survivait qu'en donnant des leçons. Une nouvelle fois, il dut faire appel à Puchberg.

Très cher ami et Frère, lui écrivit-il, *si mon état était supportable hier, je vais aujourd'hui fort mal ; je n'ai pu, de douleur, fermer l'œil de la nuit. Sans doute me suis-je hier trop échauffé dans mes démarches et ai-je, sans m'en rendre compte, pris froid. Ne pourriez-vous me soutenir par un petit quelque chose ?*

Les 10 florins reçus le jour même furent les bienvenus, et un excellent dîner, en compagnie de Thamos, eut des effets bénéfiques.

— Ta santé ne me paraît pas fameuse, observa l'Égyptien.

— Simple fatigue passagère.

— De graves soucis te rongeraient-ils l'âme ?

— À part l'avenir de l'initiation, rien de sérieux.

— Demain, nous rendrons visite à nos Frères initiés de l'Asie. Leur fondateur, Ecker-und-Eckhoffen, vient de mourir, et ils semblent désemparés.

24.

Vienne, le 15 août 1790

Mozart et Thamos l'Égyptien assistèrent à la dernière Tenue des Prêtres royaux et véritables Rose-Croix, le grade supérieur des Frères initiés de l'Asie dont le nombre s'était considérablement réduit. La mort de leur fondateur portait un coup fatal à ces chercheurs qui associaient la tradition ésotérique de saint Jean l'Évangéliste à la Kabbale hébraïque. Rejetant l'interprétation littérale du Talmud comme de la Bible, ces Frères ouvraient la porte de leurs Loges à des juifs érudits qui leur révélaient les richesses du *Zohar*, *Le Livre de la Splendeur*.

Travaillant à la réconciliation des juifs et des chrétiens, et recherchant la pierre philosophale, les adeptes s'étaient attirés de nombreuses inimitiés. Cédant à la menace du chef de la Police, les dignitaires jugeaient préférable de mettre fin à leurs activités et de dissoudre l'Ordre.

Avant de clore leur ultime Tenue, ils confièrent à leurs visiteurs quelques précieux textes.

Vienne, le 3 septembre 1790

Alors qu'on redonnait *Les Noces de Figaro*, seul opéra de Mozart encore à l'affiche à Vienne, Leopold II pouvait se vanter de ses premiers grands succès. D'abord, il concluait l'armistice avec la Porte, la cour ottomane de Constantinople, mettant ainsi un terme à la guerre contre les Turcs ; ensuite, il négociait l'avenir d'une grande partie de l'Europe avec Frédéric-Guillaume II, roi de Prusse.

Seule l'évolution de la situation française assombrissait ce brillant tableau ; mais Louis XVI parviendrait peut-être à calmer les plus excités…

Rien n'empêchait Leopold II d'envisager un voyage à Francfort pour s'y faire couronner, le 9 octobre prochain. La cour lança des invitations et convia, notamment, Antonio Salieri et seize autres musiciens à se déplacer.

— Mon nom ne figure pas sur la liste, constata Mozart, dépité.

— Le contraire m'aurait étonné, rétorqua Thamos. Salieri et ses amis te détestent, et ton engagement maçonnique ne plaide pas en ta faveur.

— Je dois me rendre à Francfort.

— À tes frais ?

— Tout musicien absent lors du couronnement sera exclu de la cour. Et puis il y aura tellement de grands personnages qu'il faudra se mettre en avant et tenter de recueillir des commandes, voire d'obtenir un bon poste.

Le raisonnement n'était pas absurde.

— D'autres pensées me hantent, confessa Wolfgang.

— Le prochain opéra rituel ?

— Vous me connaissez mieux que moi-même !

— Tu seras bientôt prêt à écrire le Grand Œuvre, mon Frère. Malgré les difficultés, il s'imposera à toi.

Vienne, le 11 septembre 1790

Emmanuel Schikaneder donna une vigoureuse accolade au frêle Mozart.

— Pourriez-vous m'écrire un air destiné à mon nouveau spectacle, *La Pierre philosophale* ? Il me faudrait quelque chose d'amusant et d'enlevé, un duo comique pour soprano et basse qui s'intitulera « Maintenant, ma chère petite femme, viens avec moi [1] ! »

— La pierre philosophale... Un spectacle peut-il aborder un sujet aussi grave ?

— Dans le théâtre des faubourgs où j'officie, propriété d'un de nos Frères, le public populaire aime être émerveillé. Pourquoi ne pas traiter nos thèmes favoris ? Comme je sais adapter les textes des grands auteurs, il m'est facile de mêler le sérieux et le comique ! Notre ami Benedikt Schack écrira la musique, mon texte racontera l'histoire d'un magicien égyptien, flanqué d'un compagnon drolatique, et prêt à subir les épreuves des éléments pour découvrir la pierre philosophale.

— Pardonnez-moi cette question, mais je dois savoir : avez-vous quitté la Franc-Maçonnerie ?

— Moi ? Pas du tout !

— D'après la rumeur, vous auriez été exclu de votre Loge de Ratisbonne.

— Des ragots ! J'y suis toujours inscrit, croyez-le bien.

— Pourquoi ne venez-vous pas nous rendre visite, à L'Espérance couronnée ?

Schikaneder parut gêné.

— Le théâtre est toute ma vie ! On m'a fait discrètement savoir que, si je voulais rester à Vienne et y

1. K. 625.

travailler en toute tranquillité, je ne devais avoir aucune activité maçonnique. Et votre Loge est fort mal vue par la police.

— Je vous écrirai cet air, promit Wolfgang.

— En attendant mieux, j'espère !

Vienne, le 23 septembre 1790

Gaukerl fit ses yeux les plus tristes, tel un chien abandonné.

— Cette fois, regretta Wolfgang, je ne peux pas t'emmener. Tu vas garder la maison et veiller sur Constance et Karl Thomas.

Le 15, Mozart avait subi une nouvelle humiliation de la part de Leopold II. Le roi et la reine de Naples, Ferdinand et Marie-Caroline, beau-frère et sœur de l'empereur, se trouvaient à Vienne pour fêter les fiançailles de leurs filles avec les archiducs Franz et Ferdinand, fils de Leopold II. Plusieurs musiciens, dont Haydn et Salieri, avaient été invités aux concerts de la cour.

Mais pas le Franc-Maçon Mozart.

Et le 20, lors de sa première apparition publique au théâtre, Leopold II avait choisi un opéra de Salieri, titulaire du principal poste de musicien.

Mozart, lui, demeurait confiné dans sa fonction médiocre et subalterne.

Seule solution : se rendre aux cérémonies du couronnement, y afficher son talent et corriger tant d'injustices.

Cette fois, impossible de faire appel à Puchberg, qui aurait considéré cette entreprise comme une folie.

Constance, elle, désirait que son mari retrouvât le goût de vivre et de composer.

Wolfgang vendit son argenterie et des meubles, emprunta 1 000 florins remboursables en deux ans à l'usurier Heinrich Lackenbacher et obtint de l'un de ses éditeurs, le Frère Hoffmeister, une garantie de 2 000 florins en échange de draps luxueux et d'œuvres à venir. Grâce à ce montage financier, le compositeur assumerait les frais du voyage et circulerait dans sa propre voiture, très confortable, évitant ainsi beaucoup de fatigue.

L'accompagnaient son beau-frère violoniste, Franz Hofer, et son domestique, Joseph.

— Ce voyage ne sera pas inutile, promit-il à Constance.

— Prends un peu de bon temps et reviens-moi plein d'enthousiasme et de projets.

— Notre nouveau déménagement...

— Je m'occupe de tout.

— Chère et excellente petite femme ! Sans toi, je n'arriverais à rien.

25.

Francfort-sur-le-Main, le 28 septembre 1790

Une voiture merveilleuse que Mozart avait envie d'embrasser et un agréable voyage de six jours ponctué de longs arrêts gastronomiques, notamment à Ratisbonne où les convives avaient somptueusement déjeuné, bénéficiant d'une musique de table divine, d'un service angélique et d'un remarquable vin de la Moselle !

Nuremberg ? Une ville affreuse ! Würzburg ? Superbe !

Dès son arrivée à Francfort, Wolfgang écrivit à Constance afin de lui narrer ces péripéties et de lui assurer qu'il conduirait fermement ses affaires. Quelle belle vie ils allaient bientôt mener ! *Je travaillerai, travaillerai*, promit-il, *de manière à ne pas retomber dans une situation aussi fatale, même en raison de circonstances aussi inattendues*. Grâce aux dernières dispositions financières prises avant son départ, toutes ses dettes seraient effacées, et le compositeur se remettrait enfin à l'ouvrage.

Comme convenu, Thamos et Mozart se rencontrèrent à l'extérieur de l'auberge.

— Aucun suiveur, constata l'Égyptien. Vu le nombre de policiers chargés de la sécurité de l'empereur et de ses invités, on saura bientôt que tu te trouves ici. Je contacterai un maximum de Frères pour savoir si une ou plusieurs Loges fonctionnent correctement.

Francfort-sur-le-Main, le 30 septembre 1790

Wolfgang et ses compagnons de voyage s'installèrent chez le comédien et directeur de théâtre Johann Heinrich Boehm. Loyer modéré : 30 florins par mois.

Dans *Lanassa*, la pièce « hindoue » qu'il venait de monter, Boehm n'hésitait pas à utiliser des passages de *Thamos, roi d'Égypte*.

— Cette histoire de prêtres du soleil me paraît passionnante, Mozart. Ne songez-vous pas à la développer ?

— Oh si, et depuis de nombreuses années !

— N'hésitez plus, ce sera un succès.

Wolfgang réécrivit à Constance, lui reparla des difficultés financières qui l'obsédaient et confirma son désir de travailler dur. Loin d'elle, il se sentait triste et perdu. *Je me réjouis comme un enfant de te retrouver*, avoua-t-il. *Si les gens pouvaient voir dans mon cœur, je devrais presque avoir honte. Tout me semble froid, glacé. Si tu étais près de moi, je trouverais peut-être plus de plaisir à l'attitude des gens à mon égard. Mais ainsi, tout est si vide.*

Vienne, le 30 septembre 1790

Constance, Karl Thomas et Gaukerl emménagèrent au 970, Rauhensteingasse, au premier étage de « la petite maison impériale », près du centre de la ville. D'une surface de 145 m², l'appartement de quatre pièces était assez sombre, à l'exception de l'agréable cabinet de travail clair et bien aéré par deux fenêtres d'angle que la jeune femme réservait à son mari. Une porte vitrée le séparait de la salle de billard, la distraction préférée du couple.

Pourvu d'une grande cheminée et d'un tuyau destiné au poêle du salon, le vestibule servait de cuisine. On y installa deux tables, deux lits, une armoire et un paravent. Là coucheraient les deux domestiques. Dans la première pièce, deux commodes, un sofa, six sièges et une table de nuit. Dans la deuxième, trois tables, deux divans, six sièges, deux armoires laquées, un miroir et un lustre. Dans la troisième, le billard avec cinq billes et douze queues, une table, une lanterne, quatre chandeliers, un poêle, le lit conjugal et un lit d'enfant. Dans la quatrième, le cabinet de travail, un pianoforte à pédales, un alto, une table, un canapé, six chaises, un bureau, une horloge, deux bibliothèques, un secrétaire, soixante pièces de porcelaine, cinq chandeliers dont deux en verre, deux moulins à café et une théière en fer-blanc.

Restaient à ranger cinq belles nappes, seize serviettes de table, seize de toilette et dix draps. Constance espérait que ce nouveau cadre de vie plairait à Wolfgang et qu'il y retrouverait l'inspiration.

Francfort-sur-le-Main, le 2 octobre 1790

— À quoi travailles-tu ? demanda Thamos à Wolfgang.

— À un *Adagio*[1] pour orgue mécanique composé de petits tuyaux au son aigu. Cette commande me rapportera une somme convenable, mais ce labeur m'ennuie ! J'y travaille chaque jour et dois constamment m'interrompre.

1. K. 594.

— N'aurais-tu pas de sérieux soucis financiers ?

— Je me débrouille.

— Accepterais-tu de rencontrer Franz Schweitzer, le plus riche commerçant de la ville ? Muni d'une recommandation de la comtesse Hatzfeld, je lui ai demandé de te conseiller.

Hatzfeld, le nom de ce Frère mort si jeune que Wolfgang appréciait tant ! À cause de lui, il accepta.

Le déjeuner fut cordial. Franc et direct, l'homme d'affaires conquit la confiance de Mozart qui lui exposa son dernier montage financier et parla de sa reconnaissance de dette envers Heinrich Lackenbacher, avec comme garantie la totalité de son mobilier.

— Je n'aime guère ce personnage, monsieur Mozart, et je vous recommande d'éteindre cette dette au plus vite.

— Hélas ! je n'en ai pas les moyens.

— Certains de vos amis les ont, et ces 1 000 florins vous sont acquis.

— Je refuse !

— Ne soyez pas stupide. D'après vos confidences que je m'engage à ne pas ébruiter, votre combat est loin d'être terminé. Cet argent ne comblera malheureusement qu'une partie du gouffre ouvert sous vos pieds.

— Qui m'aide ainsi ?

— Des amis. Ne vous souciez plus de Lackenbacher, je m'en occupe[1].

— Remerciez vivement la comtesse Hatzfeld, je vous prie. Son fils restera à jamais présent en mon cœur.

L'homme d'affaires s'éclipsa.

1. À la mort de Mozart, cet usurier ne figurera pas parmi ses débiteurs.

Francfort-sur-le-Main, le 3 octobre 1790

Je vis ici encore très retiré jusqu'à ce jour, écrivit Wolfgang à Constance, *et je ne sors pas de la matinée mais reste dans ce trou qui est ma chambre, et je compose. Ma seule distraction est le théâtre où je retrouve nombre d'amis de Vienne, de Munich, de Mannheim et même de Salzbourg. Je crains qu'une vie mouvementée ne commence – on veut déjà m'avoir partout – et si je répugne à me laisser regarder de tous côtés, j'en reconnais néanmoins la nécessité et, au nom de Dieu, je dois en passer par là. Je suppose que mon concert ne réussira pas trop mal et je voudrais qu'il soit passé, uniquement pour être plus près du moment d'embrasser à nouveau mon amour !*

Francfort-sur-le-Main, le 8 octobre 1790

Le 4, Leopold II avait fait une entrée tonitruante dans la ville de son couronnement avec une suite de 1 493 carrosses, chacun tiré par quatre ou six chevaux. Et Salieri se pavanait parmi les invités.

Contrairement aux prévisions, le directeur d'une troupe venue de Mayence ne redonna pas *Don Juan* mais un opéra de Ditters von Dittersdorff, *L'Amour à l'asile*. Détestant les Francs-Maçons, il ne voulait surtout pas aider Mozart à briller.

Toujours soucieux de son avenir financier, Wolfgang supplia Constance de mener à bien l'affaire commencée avec son Frère Hoffmeister et de se faire assister d'Anton Stadler si nécessaire. Ainsi, une belle somme rentrerait rapidement.

Grâce à l'aide de Schweitzer et de la comtesse Hatzfeld, il ne tarderait pas à donner un concert dont il n'attendait pas une fortune, car les habitants de Francfort étaient encore plus pingres que les Viennois !

Dès son retour, il proposerait des petites musiques de quatuor en souscription et prendrait de nouveaux élèves. *Si seulement tu pouvais voir dans mon cœur*, lui confia-t-il, *il s'y déroule un combat entre le souhait, le désir de te revoir et de t'embrasser, et l'envie de ramener beaucoup d'argent à la maison. Je t'aime trop pour pouvoir rester séparé de toi trop longtemps. Et ce qu'on fait dans les villes de l'Empire n'est qu'ostentation !*

Wolfgang se rendit compte à quel point il avait changé. Les voyages, la gloire, les applaudissements, les contacts superficiels, tout cela ne l'intéressait plus.

Un autre destin l'appelait.

26.

Francfort-sur-le-Main, le 15 octobre 1790

Le 9, messe solennelle de Righini à la cathédrale, sous la direction de Salieri, pour le couronnement de Leopold II. Le 12, la troupe de Boehm s'était amusée à monter *L'Enlèvement au sérail* et, le 15 à onze heures du matin, Mozart avait enfin réussi à donner, au théâtre municipal, le concert tant espéré. Jusqu'à quatorze heures, vêtu d'un bel habit de satin, il joua deux concertos, dirigea une symphonie et termina par des improvisations.

Maigre public, échec financier, car le souverain offrait ce jour-là un grand déjeuner, et les troupes de Hesse commençaient leurs manœuvres ! La tête ailleurs, Francfort souhaita néanmoins une nouvelle académie. Dépité, ne songeant qu'à retourner à Vienne, Wolfgang accepta.

Le 16, il quitta avec joie la ville du couronnement et s'arrêta chez un célèbre éditeur de musique, Johann André[1].

— Vos œuvres sont devenues trop difficiles, Mozart. Un seul impératif : rapprochez-vous des goûts du public.

1. Mozart décédé, il achètera des manuscrits à Constance.

— Je préfère mourir de faim plutôt que de travailler contre ma propre vision de la musique.

Mannheim, le 22 octobre 1790

Après avoir joué au château de Mayence en présence du prince-électeur et reçu 165 florins, Mozart séjourna à Mannheim. Le 24, y seraient représentées pour la première fois *Les Noces de Figaro*.

Devant la porte de la salle où l'on répétait, le jeune comédien Backhaus montait la garde. Ce qu'entendit le compositeur ne l'enchanta pas.

— Puis-je entrer ?

— Interdit, déclara sèchement Backhaus. Revenez le 24 et payez votre place.

— Ne permettrez-vous pas à Mozart d'écouter son opéra ?

Le comédien trembla de tous ses membres.

— Vous ne seriez pas...

— Je crois que si.

La porte s'ouvrit. Interprètes et musiciens supplièrent l'auteur de les conseiller, et il assista à la première avant de reprendre son chemin.

Munich, le 4 novembre 1790

Le 29, Mozart s'était installé chez son vieil ami Albert, « le savant aubergiste » de l'Aigle-noir et, le soir même, avait rendu visite à ses Frères Cannabich et Marchand en compagnie de Thamos.

Aucun suiveur.

Wolfgang ne comptait rester qu'une seule journée, mais les Francs-Maçons organisèrent une Tenue exceptionnelle et lui permirent de participer à une académie en l'honneur du roi Ferdinand IV de Naples et de son épouse, dans la salle des empereurs de la Résidence.

Prestation appréciée, excellente pour son renom. Ce fut surtout une Tenue chaleureuse et musicale, en compagnie d'excellents instrumentistes, qui remonta le moral défaillant du compositeur.

Aussi décrivit-il brièvement à Constance ces heureux moments et lui proposa-t-il de refaire ce voyage avec elle, l'été prochain, en essayant une autre cure. Le changement d'air ne leur serait-il pas bénéfique ?

Vienne, le 10 novembre 1790

Le petit Karl Thomas, âgé de six ans, embrassa son père. Jaloux, Gaukerl exigea de longues caresses. Ses premiers devoirs accomplis, Wolfgang put enfin étreindre Constance.

— Comment trouves-tu notre nouvel appartement ?

— Superbe !

— Viens voir ton cabinet de travail.

Le compositeur apprécia d'emblée la pièce la plus claire de la maison où il comptait noircir beaucoup de papier à musique.

— Merci d'avoir si bien géré nos affaires, ma chérie, tout en assurant ce déménagement. Grâce à l'aide inattendue reçue à Francfort et aux petites sommes que je rapporte, nous pouvons signer immédiatement un emprunt de 1 000 florins en hypothéquant notre mobilier[1].

Constance approuva cette décision. Peu à peu, les Mozart sortaient de la tourmente financière.

1. Il sera remboursé en 1791.

— Voici une lettre en provenance d'Angleterre.

Il la décacheta et lut un texte surprenant :

« À Monsieur Mozart, célèbre compositeur de musique à Vienne.

Par une personne attachée à Son Altesse Royale le prince de Galles, j'apprends votre dessein de faire un voyage en Angleterre, et comme je souhaite connaître personnellement les gens de talent, et que je suis actuellement en état de contribuer à leurs avantages, je vous offre, Monsieur, une place de compositeur. Si vous êtes donc en état de vous trouver à Londres vers la fin du mois de décembre prochain pour y rester jusqu'à la fin de juin 1791, et de composer au moins deux opéras sérieux ou comiques, selon le choix de la Direction, je vous offre trois cents livres sterling avec l'avantage d'écrire pour le concert de la profession ou toute autre salle de concert, à l'exclusion seulement des autres théâtres. Si cette proposition peut vous être agréable et si vous êtes en état de l'accepter, faites-moi la grâce de me donner une réponse à vue, et cette lettre vous servira de contrat.

« J'ai l'honneur d'être, Monsieur, votre très humble serviteur.

« Robert Bray O'Reilly, directeur de l'Opéra italien de Londres. »

L'Angleterre, le pays de la liberté, une gloire nouvelle, deux opéras, de l'argent... Mais il fallait se plier au choix de la Direction et quitter Vienne pendant de longs mois au cours desquels il comptait travailler à son prochain opéra rituel en compagnie de Thamos et d'Ignaz von Born.

À Londres, il serait à l'abri, loin de la police, de la jalousie de Salieri et des mesquineries de ses alliés. Avait-il le droit d'abandonner sa Loge et de fuir comme un lâche ?

Cette proposition venait trop tard ou trop tôt. Avant d'être initié, Mozart aurait répondu favorablement. Et si la persécution de la Franc-Maçonnerie devenait intolérable, il saurait où se réfugier.

Vienne, le 5 décembre 1790

Avec l'accord de la Prusse, l'armée autrichienne réoccupait Bruxelles. La Hongrie s'apaisait, les Turcs acceptaient la paix. Triomphant, Leopold II oubliait un peu la politique étrangère et se consacrait à rétablir l'ordre dans les secteurs de l'administration, de l'agriculture et des affaires ecclésiastiques.

Chacun ressentait les effets de la poigne de fer du souverain qui décidait et agissait en fonction des rapports de son ministre de la Police, le comte de Pergen, désormais maître de son armée de fonctionnaires et d'indicateurs.

Grâce à deux nouveaux élus élèves, Mozart gagnait mieux sa vie. Au docteur Frank, il avait demandé : « Jouez-moi quelque chose. » Et le pianiste amateur s'était exécuté de son mieux.

— Pas mal ! Écoutez ceci.

De ses doigts agiles et charnus, Wolfgang développa de manière stupéfiante le thème balbutié par Frank.

— Quel miracle ! s'étonna le docteur. Sous vos mains, le piano se transforme en plusieurs instruments !

Wolfgang ne savait pas enseigner autrement. Les leçons l'ennuyaient au point qu'il passait le plus clair du temps à improviser, préparant ses œuvres futures. Et ce n'était pas ce maudit *Adagio et allegro* pour orgue mécanique qui lui redonnait envie de créer ! Il fallait pourtant terminer cette commande d'un curieux personnage, le comte Joseph Deym, alias Müller, naguère obligé de quitter Vienne à cause d'une sombre histoire de duel. De retour dans la capitale, il avait fondé une sorte de musée où il exposait des figurines de cire représentant des personnalités récemment décédées, notamment le fameux maréchal Laudon, mort le 14 juillet. Et c'était lors de l'exposition de sa statuette au public que l'orgue mécanique de Deym, également baptisé « horloge musicale », jouerait la musique de Mozart à vocation funèbre.

— Je me demande parfois si j'en viendrai à bout, confessa-t-il à Constance.

— Débarrasse-toi vite de ce fardeau.

— J'y retourne.

Constance masquait son inquiétude. Quand le génie de Mozart s'exprimerait-il à nouveau ?

27.

Vienne, le 7 décembre 1790

Un collègue bien intentionné avait fait parvenir à Wolfgang l'article de la fort sérieuse *Musikalisches Wochenblatt* de Berlin : « Il n'existe pas de connaisseur qui tienne Mozart pour un artiste sérieux et simplement correct. Encore moins le critique averti le tiendra-t-il pour un auteur subtil. »

— Oublie cet imbécile et ses semblables, recommanda Thamos.

— Ne suis-je pas l'objet du mépris général ?

— Tes opéras sont déjà joués dans plusieurs pays par des troupes itinérantes auxquelles ils rapportent de l'argent dont, malheureusement, tu ne profites pas. Tes créations iront bien au-delà des limites de ton existence.

— Justement, je ne crée plus ! Cette année fut presque stérile.

— Notre Frère Johann Tost, hongrois et violoniste amateur, apprécie ta musique de chambre. En échange d'une somme importante, il souhaite une ample partition.

— Un quintette à cordes... Je n'en ai pas écrit depuis trois ans.

Wolfgang prit aussitôt sa plume.

Le voyant déjà absorbé, Thamos s'éclipsa.

— Comment le trouvez-vous ? lui demanda Constance, inquiète.

— Il compose.

Le sourire de la jeune femme exprima un profond soulagement.

Enfin, son mari sortait des ténèbres !

Vienne, le 10 décembre 1790

— Bonne nouvelle ! clama Anton Stadler en levant sa chope de bière.

— Ton nouvel enfant ? demanda Wolfgang.

— L'accouchement s'est bien passé ! Je voulais parler de la grave maladie du vieux Leopold Hofmann, le maître de chapelle de la cathédrale Saint-Stéphane. C'est le moment de solliciter son poste. Vu ta carrière, le conseil municipal te l'accordera sans difficulté. Comme tu aimes jouer de l'orgue, cette tâche-là devrait te plaire davantage que l'enseignement !

— Je ne dis pas le contraire, mais...

— J'ai préparé une requête en termes administratifs, tu n'as plus qu'à signer. Au moins, tu te mets sur les rangs.

Vienne, le 14 décembre 1790

Avant de dîner avec un impresario venu de Londres, Mozart, Joseph Haydn et trois autres Frères jouèrent le quintette en *ré* majeur[1] qui marquait le retour de Wolfgang à la composition, après un long silence.

Le premier mouvement était tourmenté, grave et

1. K. 593.

batailleur. Chacun remarqua la maîtrise du créateur qui parvenait à organiser ce véritable tourbillon et se livrait, dans l'adagio, à une méditation si déchirante qu'elle aurait pu le briser. Le menuetto déployait une sérénité lucide, l'allegro final témoignait d'un formidable dynamisme. La jeunesse avait disparu, certes, mais la puissance demeurait intacte.

Jupitérien, l'impresario Johann Peter Salomon fit honneur au copieux repas offert par Mozart.

— Je suis heureux d'engager l'illustre Joseph Haydn, révéla-t-il : plusieurs concerts et une belle somme en perspective ! Après le décès du prince Nicolaus Esterházy, son successeur, le prince Anton, lui accorde une rente annuelle de 2000 florins et, surtout, la liberté !

Voir partir Haydn désespérait Mozart.

— Cher papa, vous n'êtes pas bâti pour courir le monde, et vous parlez si peu de langues !

— La langue que je parle est comprise du monde entier.

— Haydn a mille fois raison ! approuva Salomon. Et vous aussi, Mozart, devriez venir à Londres. Gloire et fortune vous y attendent.

— D'impérieuses obligations me retiennent à Vienne.

— Je parviendrai à vous convaincre, vous verrez !

Vint le moment des adieux.

— Auriez-vous de graves soucis ? s'inquiéta Haydn.

— J'ai l'impression que nous nous voyons pour la dernière fois.

— Ne dites pas de bêtises ! Je ne suis plus tout jeune et je déteste voyager, mais je reviendrai et vous transmettrai mon expérience londonienne. Bientôt, c'est vous qui enchanterez les Anglais.

Vienne, le 25 décembre 1790

Noël, le réveillon, la joie de Karl Thomas à la vue des cadeaux, celle de Gaukerl devant un repas de fête, l'amour de Constance... Ces bonheurs atténuaient la tristesse de Wolfgang.

— J'osais appeler Haydn « papa », mon Frère d'un seul soir ! Il m'a toujours soutenu et ne m'a jamais trahi. Cette séparation est une épreuve cruelle. Je comprend ses raisons et je les approuve ; à Londres, il connaîtra enfin le triomphe qu'il mérite, et l'Europe entière saluera son œuvre. Ne plus pouvoir lui parler et jouer de la musique avec lui, quelle souffrance !

— Je la partage, dit Constance, car Joseph Haydn t'aime comme un père. Peut-être t'aiderai-je à supporter son absence.

Wolfgang serra tendrement les mains de son épouse.

— Je suis enceinte, murmura-t-elle.

Paris, le 26 décembre 1790

— Je refuse la Constitution civile du clergé, dit Louis XVI à Marie-Antoinette. N'étant plus nommés par le pape, les prêtres devraient prêter serment à des instances profanes.

— Ne provoquerez-vous pas la fureur des extrémistes ?

— Leur but, de moins en moins voilé, consiste à supprimer la monarchie pour imposer une tyrannie militaire et policière au nom de grands idéaux qui plongeront la France dans la tourmente.

— Comment l'éviter ? demanda la reine.

— J'espérais trouver un terrain d'entente avec

l'Assemblée constituante. Pure illusion ! Je sais aujourd'hui que notre devoir consiste à combattre cette Révolution. En conséquence, il nous faut quitter Paris, cette prison à ciel ouvert, franchir la frontière de l'Est et rejoindre nos alliés allemands et autrichiens. De l'extérieur, nous déclencherons une guerre de reconquête.

— Majesté, je vous approuve.

28.

Vienne, le 29 décembre 1790

— Je te présente notre Frère Franz-Heinrich Ziegenhagen, dit Thamos à Mozart. Il vient de Hambourg et cherche à réformer la Franc-Maçonnerie.

— On ne peut plus continuer ainsi, estima Ziegenhagen. Nos Loges sont remplies d'aristocrates stupides, de bourgeois avides de relations et d'intellectuels bouffis de vanité, sans oublier les curés et leurs espions !

— Vos propositions ? demanda Wolfgang.

— Oublions les vieilles badernes et préoccupons-nous des jeunes ! Ce sont eux qu'il faut former. D'abord, l'esprit : excluons toute religion dogmatique et développons une véritable liberté spirituelle. Ensuite, l'activité quotidienne : cessons d'encenser les faux penseurs qui engendrent malheurs et désordres, rétablissons la dignité et la grandeur du travail manuel. Enfin, le corps : à cause de l'Église et de la morale bourgeoise, l'hypocrisie a pris le pouvoir. Pratiquons le naturisme, voyons-nous tels que nous sommes, sans vanité ni fausse pudeur. De mon point de vue, voici une révolution paisible.

— Qu'en penses-tu ? demanda Thamos à Mozart après le départ du Hambourgeois.

— Enfin du nouveau ! Mais notre Frère oublie l'essentiel : l'Art royal et la communion des Frères et des Sœurs, si maltraitées par la Franc-Maçonnerie. Privés des prêtresses du soleil, les prêtres seraient des pantins.

— Ignaz von Born nous attend. Ton grand projet se précise, me semble-t-il.

Mozart sourit.

— N'en êtes-vous pas le véritable auteur ?

Vienne, le 4 janvier 1791

Le jour où l'on redonnait *Les Noces de Figaro*, Joseph Anton, comte de Pergen et ministre de la Police, frappa un coup décisif. Il remit à l'empereur un mémoire accusant la Franc-Maçonnerie de propager des idées pernicieuses qui visaient à miner la réputation et le pouvoir des monarques. Les Francs-Maçons ne poussaient-ils pas les révolutionnaires français aux pires extrémités ?

— Le péril est-il si grave ? questionna Leopold II.

— Majesté, j'ai passé la majeure partie de mon existence à l'étudier et mes conclusions sont tout à fait réalistes.

— Le roi Frédéric-Guillaume II de Prusse et moi-même demandons aux autorités françaises d'instaurer un système monarchique compatible avec le bien-être de leur nation.

— Sauf votre respect, Majesté, vous serez déçu.

— Jusqu'à présent, comte de Pergen, j'ai obtenu des succès en privilégiant la négociation à l'affrontement. Votre haine de la Franc-Maçonnerie vous aveugle. Tout en tenant compte de vos avertissements, je vous rappelle que c'est moi, et moi seul, qui gouverne.

Vienne, le 5 janvier 1791

Mozart acheva un surprenant concerto pour piano[1]. Nulle révolte, nul combat, mais un détachement presque total et une fluidité lumineuse. Ce dépouillement était celui de la grâce réservée à une infime minorité d'êtres capables de percevoir l'invisible et d'en transmettre la voix.

En apparence, une musique proche de n'importe quel auditeur. En réalité, un lointain voyage qui éveilla une crainte chez Thamos : Wolfgang reviendrait-il de ce pays merveilleux et aurait-il le désir d'achever son Grand Œuvre ?

Mozart était un étranger sur cette terre. Il ne vivait pas la vie des autres êtres et, pourtant, il leur offrait une lumière inespérée. Absent des contingences, l'esprit véritablement ailleurs, il incarnait ses perceptions afin que la Sagesse, nourrie de force et d'harmonie, ne fût pas tout à fait occultée par la folie et la stupidité de la race humaine.

Certains créateurs s'élevaient parfois jusqu'au ciel ; Mozart, lui, venait de l'au-delà[2].

La mission qu'avait confiée à Thamos l'abbé Hermès n'était pas encore accomplie : Mozart, le Grand Magicien, deviendrait-il l'alchimiste capable de façonner le socle sur lequel bâtir un nouveau temple ?

1. K. 595, le 27e et dernier concerto.

2. Phrase prononcée par le chef d'orchestre Joseph Krips (cf. Hildesheimer, *Mozart*, p. 19, note 9). Saint-Foix, II, p. 591 : « Nous assistons, lorsque nous interrogeons l'œuvre de Mozart, arrivé à la fin de sa courte existence, à une ascension que nous sommes bien forcés de considérer sur un plan tout spirituel, ou plutôt tout à fait surnaturel, car ici, les événements extérieurs n'ont plus de prise. »

Vienne, le 14 janvier 1791

Âge de vingt-cinq ans, Franz Xaver Süssmayr, le nouvel élève de Mozart, était compositeur, chanteur, violoniste et organiste.

— Il ne me plaît guère, avoua Wolfgang à Constance.

— Il semble plutôt agréable et poli.

— Simple façade. Ce garçon a beaucoup d'ambition.

— Serait-ce un grave défaut ?

— Pas toujours, peut-être. En ce qui concerne l'intelligence, Süssmayr a beaucoup de progrès à faire ! Enfin, nous verrons s'il résiste à mes leçons.

Une certaine joie de vivre retrouvée, Wolfgang composa, au cœur de l'hiver, trois chansons [1] célébrant le printemps, l'éveil à une vie nouvelle et la gaieté des bambins s'amusant de mille et une choses. Les premiers auditeurs, Karl Thomas et Gaukerl, furent ravis.

Et Constance rêva de mettre au monde un enfant aussi robuste que son fils.

Vienne, le 27 janvier 1791

Wolfgang fêta gaiement son trente-cinquième anniversaire. Autour d'un véritable banquet arrosé de champagne, Stadler, les Jacquin, Constance et Thamos souhaitèrent tous les bonheurs au héros du jour.

— On a redonné tes *Noces* le 20, rappela Stadler.

1. *Nostalgie du printemps*, K. 596, qui reprend le thème du rondo final du dernier concerto ; *Éveillé à une vie nouvelle au début du printemps*, K. 597 ; *Le Jeu d'enfants*, K. 598. Alberti publia ces trois *Lieder* dans un recueil pour enfants.

Salieri en fait une jaunisse ! As-tu terminé tes nouvelles danses pour les bals de la Redoute ?

— Six menuets[1], et je prépare six joyeuses allemandes[2].

— Tous ces fêtards qui se trémoussent sur du Mozart ! Apprécient-ils seulement la qualité de ta musique ? Souvent, je m'énerve en pensant que ce travail est indigne de toi.

— Il m'aide à faire vivre ma famille, et je l'accomplis au mieux.

— Comme tout Vienne goûte cette musique-là, ajouta Gottfried von Jacquin, le renom de Mozart s'en trouve conforté auprès de l'empereur. Et avec le sien, celui de la Franc-Maçonnerie !

— N'y croyez pas trop, recommanda Thamos. Aucun argument ne dissuadera le chef de la Police de nous espionner et de chercher à nous détruire. Et notre Frère Wolfgang demeure le plus exposé d'entre nous.

1. K. 599.
2. K. 600.

29.

Vienne, le 1er février 1791

Inquiets, peureux ou se sentant menacés, de nombreux Frères quittaient L'Espérance couronnée dont les effectifs se réduisaient mois après mois. Dernier démissionnaire notoire : le juriste Franz Hofdemel. Son épouse, Maria Magdalena, restait cependant l'élève de Mozart.

— Plusieurs indices m'incitent à penser qu'il y a un traître parmi nous, confia Thamos à Mozart. Nous connaissons l'espion de l'archevêque de Vienne, si benêt qu'il ne représente pas un grand danger. Le véritable informateur, en revanche, nous cause le plus grand tort. Sans doute communique-t-il à la police nos rituels et nos sujets de travaux.

— Comment un Frère peut-il agir ainsi ? s'indigna Wolfgang.

— Souviens-toi du mythe du Maître Maçon : la trahison fait partie intégrante de la vie initiatique. L'oublier a conduit bien des confréries au désastre.

— Avez-vous des soupçons précis ?

— Depuis plusieurs semaines, certains comportements m'intriguent. Tôt ou tard, j'aboutirai.

Vienne, le 1er mars 1791

Menuets, danses allemandes, contredanses et *Ländler*[1] de Mozart enchantaient les trois mille danseurs de la petite et de la grande salle de la Redoute, au palais impérial de Vienne. Jusqu'à cinq heures du matin, ils buvaient et mangeaient tout en se déguisant. Particulièrement appréciés furent le trio de la « Course au traîneau », agrémenté d'un cor de postillon et de grelots, et « le Triomphe des dames ».

Leopold-Aloys Hoffmann quitta la petite salle peu après minuit afin de se rendre à un rendez-vous avec Geytrand que la fraîcheur nocturne ne gênait pas.

— Du nouveau, Hoffmann ?

— Rien d'important. La Loge ronronne.

— Allons, cher ami, ne tentez pas de jouer au plus fin ! Nous possédons, à votre sujet, un dossier fort compromettant. N'étiez-vous pas le Frère Sulpicius, chez les Illuminés ?

Hoffmann dévoila aussitôt les événements de la dernière Tenue de L'Espérance couronnée. Satisfait, Geytrand s'éloigna.

Frigorifié, Hoffmann resserra les pans de son épais manteau.

— Bonsoir, faux Frère.

Thamos l'Égyptien lui barrait le chemin.

— Vous... vous êtes ici depuis longtemps ?

— Je t'ai suivi.

— C'est... c'est insensé !

— Au contraire, j'ai enfin compris qui tu étais.

— Moi, je ne comprends rien !

1. K. 601 à 607.

— Puisse le destin te réserver le pire des châtiments, crapule ! Ne reviens jamais en Loge.

Le traître sentit que Thamos ne parlait pas à la légère et qu'il mourait d'envie de lui tordre le cou.

Se jurant d'éviter tout contact avec la Franc-Maçonnerie, Hoffmann disparut dans la nuit.

Vienne, le 2 mars 1791

Le comte Deym avait passé une nouvelle commande à Mozart pour alimenter l'orgue mécanique de son musée de figurines de cire. Cette fois, sans s'ennuyer, Wolfgang composa rapidement une *Fantaisie* [1] qui ne ressemblait pas à une petite pièce de genre. Un allegro fugué précédait et suivait un andante plutôt majestueux. Influence de Jean-Sébastien Bach, rigueur, sens du tragique... En écoutant cette œuvre brève, Constance perçut une nouvelle évolution du style de Mozart [2].

— Excellente nouvelle, ma chérie. Trois éditeurs ont vendu plusieurs partitions, des quatuors et de la musique de danse tant prisée des Viennois. Une rentrée de 600 florins, quel soulagement ! À présent, l'avenir s'éclaircit.

— Et ton grand opéra ?

— Il m'envahit peu à peu. Bientôt, j'en dessinerai les contours.

1. K. 608, en *fa* mineur.
2. Peut-être faut-il dater de cette époque le menuet en *ré* pour piano, K. 355.

Vienne, le 3 mars 1791

— Nous venons de perdre notre informateur, déclara Geytrand à Joseph Anton. En raison de problèmes de conscience, il quitte la Franc-Maçonnerie.

— Hoffmann, une conscience ! Lui as-tu offert une augmentation ?

— Même une forte prime ne le fera pas revenir sur sa décision.

— Seule explication possible : ses Frères l'ont identifié et menacé.

— Le noyau de L'Espérance couronnée sera très difficile à briser, déplora Geytrand. Les initiés ne sont plus qu'un petit nombre, et leurs liens se sont resserrés.

— À cause de Mozart, évidemment ! Au fond, cette situation ne doit pas lui déplaire. En tant que chef d'orchestre, il élimine les mauvais éléments et garde les solistes. Autrement dit, nous sommes désormais privés d'yeux et d'oreilles.

— Je tenterai d'acheter un nouvel informateur, promit Geytrand, mais sans certitude de réussir.

Alors qu'il avait obtenu tant de succès pendant la période où il agissait dans l'ombre, le comte de Pergen aboutissait à une impasse. Apparemment très affaiblie, la Loge de Mozart tenait bon, et la Franc-Maçonnerie viennoise menaçait de renaître ; quant à Leopold II, pourtant hostile aux sociétés secrètes, il exigeait de son chef de la Police une déplorable modération !

Simple contre temps ou signe du destin ? Quoi qu'il en fût, Anton continuerait à se battre.

L'influence de Mozart, le véritable meneur, ne cessait de s'étendre. Et quelle incroyable capacité de résistance aux multiples attaques ! Ce Frère-là paraissait aussi indestructible que l'Homme de pierre de Don Juan. À l'abri de la trahison, quel projet échafaudait-il ?

Vienne, le 4 mars 1791

Sans enthousiasme, Mozart participa à un concert dont la vedette était le clarinettiste Joseph Bähr, attaché à la cour de Russie, qui souhaitait accueillir une grande tournée du compositeur des *Noces de Figaro*.

Chez le restaurateur Ignaz Jahn, Wolfgang joua l'un de ses concertos pour piano[1] et ne prêta guère attention aux applaudissements. Il ne rêvait ni d'apparitions en public ni de brillantes démonstrations de virtuosité, mais de l'opéra initiatique menant au cœur du Temple. Même s'il lui fallait encore produire de la musique de danse, comme « Les Filles malicieuses »[2], sa pensée se tournait chaque jour davantage vers l'Égypte.

1. K. 595. Ce fut le dernier concert de Mozart.
2. Contredanse K. 610.

30.

Vienne, le 5 mars 1791

— Merci de me recevoir, Majesté, dit Lorenzo Da Ponte de sa voix la plus onctueuse en s'inclinant bien bas devant Leopold II. Je suis entièrement à votre service et vous promets d'écrire des livrets d'opéra fort distrayants.

— Votre plume n'est pas toujours aussi... distrayante. Je n'apprécie ni vos pamphlets ni vos critiques. En conséquence, vous ne faites plus partie du personnel de la cour.

— On cherche à me nuire, Majesté ! Je vous assure de ma fidélité, je...

— Sortez...

Face à la colère froide de l'empereur, Da Ponte n'insista pas. Comment regagnerait-il sa confiance ?

Migraineux, il reçut la visite de Mozart.

— Une catastrophe, révéla l'abbé. Leopold II me congédie ! Salieri se cache derrière tout ça et veut m'éliminer. Mais je me battrai. Personne n'a le droit de piétiner ainsi Lorenzo Da Ponte !

Inutile, constata Mozart, d'envisager une nouvelle collaboration avec l'abbé, puisqu'il passerait désormais son temps à tenter de reconquérir son poste. Comme

Thamos l'avait pressenti, il lui faudrait trouver un nouveau librettiste.

Vienne, le 6 mars 1791

Malgré la souffrance et la fatigue qui le contraignaient à garder la chambre, le Vénérable Ignaz von Born fut heureux d'accueillir Mozart et Thamos. Il leur montra la lettre de félicitations du Franc-Maçon américain Benjamin Franklin à propos de son étude, *Les Mystères égyptiens*.

— J'ai décidé de consacrer un opéra aux mystères d'Isis et d'Osiris, annonça Mozart.

— Quel extraordinaire projet ! Es-tu conscient des risques ? Aux yeux des autorités et de la police, tu deviendras un redoutable propagandiste. L'Église t'accusera de paganisme, la Franc-Maçonnerie de briser la règle du silence. Certains te jalouseront pour avoir cheminé si loin sur la voie de l'initiation, d'autres te reprocheront d'accorder une place trop importante à la Femme.

— « Quand on bâtit la Maison, m'a-t-il été dévoilé, quand le Mâle et la Femelle sont unis ensemble, alors la pierre est parfaite[1] ». La Franc-Maçonnerie a oublié la nécessité vitale de l'initiation féminine[2], et le moment est venu de rétablir l'harmonie.

— Tu cours vraiment un grand danger, insista von Born. Dans le climat actuel, bousculer ainsi les institutions t'attirera les pires inimitiés.

— Peu importe, car nous allons bâtir un temple où

1. *Le Zohar, Cantique des cantiques*, p. 65.

2. Article 3 des *Constitutions* rédigées en 1723 par Anderson pour régir la Franc-Maçonnerie : « Elle n'admet en son sein que des hommes de bonne réputation, à l'exclusion des esclaves, des femmes et des gens immoraux ou déshonorés. »

s'effectueront les travaux qui révéleront le grand secret et offriront la vraie lumière de l'Orient[1].

— Le Grand Œuvre, l'union du Roi et de la Reine, l'initiation du couple royal au-delà des trois grades, murmura von Born. Ainsi, tu transmettras le cœur même des Grands Mystères !

— Acceptez-vous de travailler avec moi ?

— Aussi longtemps que mes forces me le permettront. Alors, ne tardons plus.

S'inspirant de textes divers[2], Wolfgang avait jeté lui-même les bases d'un livret[3].

— Comme titre, j'ai choisi *La Flûte magique*[4]. Cet instrument extraordinaire, taillé dans le bois le plus profond d'un chêne millénaire lors d'un orage monstrueux qui vit le déchaînement du feu céleste, sera le symbole de la Règle. En jouer permet d'apaiser la sauvagerie des hommes et des bêtes, et de dominer la violence. Grâce à elle, l'Homme et la Femme vivront ensemble les Grands Mystères.

— As-tu choisi un librettiste ?

— Impossible de faire appel à Da Ponte. J'ai songé au Frère Schikaneder pour plusieurs raisons. D'abord,

1. Textes de la *Cantate maçonnique*, K. 623.

2. Par exemple *Lulu ou la Flûte enchantée*, conte oriental traduit par Wieland ; *La Pierre des sages*, de Schack ; le *Sethos* de l'abbé Terrasson ; l'*Obéron* du Frère Paul Wranisky ; les *Éthiopiques* d'Héliodore ; *L'Âne d'or* d'Apulée ; et plusieurs textes alchimiques et kabbalistiques.

3. Sur Mozart, véritable auteur du livret de *La Flûte enchantée*, voir H. Abert, *Introduction à la partition de La Flûte enchantée*, Londres-Zurich-New York, s.d. ; J. et B. Massin, *Mozart*, p. 1145 ; et 1138, n. 1 ; C. de Nys, *Mozart*, Paris, 1985, p. 158 ; J. Chailley *La Flûte enchantée*, p. 25.

4. *Die Zauberflöte*, « la flûte magique, enchanteresse, qui enchante », et non « la flûte enchantée », contresens malheureusement imposé par l'usage.

il est attaché à l'idéal maçonnique et saura comprendre mes exigences ; ensuite, cet excellent professionnel fera une mise en scène conforme à mes désirs ; enfin, il dispose d'une troupe aguerrie et d'un théâtre appartenant à mon Frère et ami Joseph von Bauernfeld. Certes, c'est une salle des faubourgs fréquentée par un public populaire. Pourquoi le mépriser ? Peut-être sera-t-il plus réceptif que l'aristocratie viennoise, tellement superficielle ! Grâce à Schikaneder, je réaliserai ma vision.

— Excellent choix, approuva Ignaz von Born. Et notre Frère Alberti publiera le livret.

— À la différence des trois opéras consacrés à l'Apprentissage, au Compagnonnage et à la Maîtrise, ajouta Wolfgang, ce texte ne sera pas rédigé en italien mais en allemand. Et les récitatifs seront parlés, non chantés.

Le Vénérable but une gorgée de la potion qu'avait concoctée Thamos. Elle soulageait la douleur et rallongeait son existence de quelques semaines, voire de quelques mois. Alchimiste expérimenté, von Born savait sa fin prochaine et se réjouissait de participer au Grand Œuvre de son disciple.

Quant à Thamos, il vivait une émotion d'une intensité comparable à celles partagées avec ses Frères dans son monastère de Haute-Égypte, avant qu'il n'eût été détruit par les fanatiques musulmans. Depuis l'identification du Grand Magicien, un long chemin avait été parcouru, jusqu'au seuil de ce temple des prêtres et des prêtresses du soleil qui allait s'ériger, note après note.

31.

Vienne, le 7 mars 1791

— Directeur de théâtre, quel dur métier ! s'exclama Emmanuel Schikaneder. J'ai été obligé de rédiger un règlement intérieur fort sévère. Désormais, indisciplinés et retardataires seront passibles d'une amende versée à la caisse de secours pour comédiens errants. N'est-ce pas une belle application du principe de solidarité que prône la Franc-Maçonnerie ?

— Cette rigueur me plaît, reconnut Mozart, et me donne envie de collaborer avec vous.

L'œil de Schikaneder s'alluma.

— Un projet... sérieux ?

— Très sérieux.

— Auriez-vous un livret ?

— Je suis en train de l'élaborer, et vous m'aiderez à le mettre en forme si vous acceptez de suivre mes indications.

— Topez là ! approuva Schikaneder en frappant de sa paume droite celle de Mozart. Et je vous apporterai quelques idées amusantes qui enchanteront notre public.

Vienne, le 8 mars 1791

Wolfgang composa un air de basse [1] destiné à Franz-Xaver Gerl [2], puis vérifia la prochaine publication chez son Frère Artaria de douze danses allemandes et de douze menuets en réduction pour piano avant de se rendre chez von Born.

Thamos les rejoignit.

— Pas de policier en faction, déclara-t-il, soulagé.

— Pourquoi Leopold II ferait-il surveiller un vieux savant malade et dépourvu d'influence ?

— Parce que le ministre de la Police ne vous considère pas ainsi, Vénérable Maître. D'après lui, vous restez la tête pensante d'une Franc-Maçonnerie secrète dont Mozart est le bras agissant. Sa redoutable compétence nous oblige à ne jamais baisser la garde.

Ignaz von Born approuva. Au moment où Mozart abordait une fabuleuse aventure, il fallait le préserver de tout danger.

— Trois personnages seront au cœur du rituel, annonça Wolfgang. Au sommet du triangle, le Vénérable auquel je propose de donner le nom de Sarastro.

— À la fois une évocation de Zoroastre et du « prince de l'astre », le soleil [3], nota Thamos. Il dissipera les préjugés, les ragots et les mensonges accablant les Loges et préparera, contre l'avis de certains Maçons, l'initiation de l'Homme *et* de la Femme. Ce couple royal lui succédera pour faire revivre la tradition des Grands Mystères.

1. K. 612, avec contrebasse obligée.
2. Il sera le premier Sarastro de *La Flûte enchantée*.
3. Cf. Autexier, *Mozart*, p. 173.

— Il vous revient de donner les noms des deux héros, dit von Born à Thamos.

— Lui s'appellera Tamino, elle Pamina. Dans les deux cas, la racine *min* est utilisée. En égyptien hiéroglyphique, elle signifie « être stable, durable », et fait référence aux monuments solidement construits. Il incombera à ce couple d'édifier le nouveau temple après la célébration du mariage sacré. Min est aussi le nom d'Osiris ressuscité qui se redresse et sort du sommeil de la mort. Tamino, « Celui de Min », et Pamina, « Celle de Min », doivent traverser *ensemble* cette épreuve. J'ai d'ailleurs inversé les articles, *Ta* étant féminin et *Pa* masculin, car *Cosi fan tutte* nous a appris comment procéder à la conciliation des contraires et à l'inversion des lumières. Leurs noms montrent que Tamino et Pamina sont indissociables. Ménès, autre manière d'écrire la racine *min*, fut à la fois le premier pharaon, l'unificateur des Deux Terres et le sage monarque de *Thamos, roi d'Égypte*. Tamino signifie aussi « mon roi » et Pamina « ma reine »[1] : il s'agit ici du seul véritable haut grade de la Franc-Maçonnerie initiatique, l'accomplissement de l'Art royal.

— Tamino incarne la voie longue de l'alchimie, parsemée d'épreuves, ajouta von Born, et Pamina la voie brève. C'est pourquoi elle recevra directement l'enseignement de Sarastro qui appellera les bénédictions divines sur le couple auquel, au terme de son initiation, seront accordés le bonheur et la consécration d'Isis.

— Le rituel consistera à conduire Tamino et Pamina l'un vers l'autre, décida Mozart. Ils vivront épreuves et

1. Pour ces interprétations, voir Autexier, *Mozart*, p. 173 (avec référence à Nettl) et Veyssière-Lacrose, *Lexikon Aegyptiaco-Latinum*, publié à Oxford en 1775, qui donne les mots coptes hérités de l'ancien égyptien. L'ouvrage était connu des Francs-Maçons travaillant sur les traditions antiques.

purifications pour aller au-delà de leur propre existence et connaître l'amour créateur d'où naît l'initiation.

Vienne, le 30 mars 1791

Depuis une semaine, les Viennois visitaient le mausolée du comte Deym consacré à la mémoire du maréchal Laudon, brillant guerrier qui avait vaillamment combattu les Turcs. À chaque heure, les envieux avaient la surprise d'entendre la musique funèbre de Mozart [1], l'habile compositeur de danses et de contredanses.

Sur un thème de Gerl [2], son futur Sarastro, Wolfgang acheva huit variations pour piano, intitulées « Une femme est la plus magnifique des choses [3] », paisibles et recueillies.

— Tant que l'initiation féminine n'aura pas été restaurée, dit-il à Thamos, ce monde ira de travers.

— Il faut retrouver le souffle des anciens mystères et ancrer la Franc-Maçonnerie dans sa tradition d'origine, la pensée égyptienne. Tel est bien l'enjeu de *La Flûte magique*.

1. K. 608.
2. Selon d'autres musicologues, il s'agirait d'un thème de Schack, un ami de Schikaneder.
3. K. 613.

32.

Vienne, le 30 mars 1791

— Vous avez magnifiquement servi l'Empire, comte de Pergen, et méritez donc un long repos.

— Majesté, je préférerais continuer mon travail à la tête de la police. Tous les dangers sont loin d'être écartés, en particulier la Franc-Maçonnerie.

— Cette obsession vous aveugle.

— Regardez l'Amérique, la France et bientôt d'autres pays ! Les Francs-Maçons veulent renverser les monarques, imposer leurs idées et prendre le pouvoir. Si nous n'intervenons pas de manière radicale, l'Autriche sombrera.

— Je saurai éviter un tel désastre. À partir de ce jour, vous n'êtes plus ministre de la Police.

Joseph Anton s'inclina et se retira.

Ainsi, Mozart triomphait ! Grâce à son réseau d'influences et de complicités, il avait convaincu Leopold II de ne pas interdire la Franc-Maçonnerie, société de bienfaisance respectueuse de l'empereur !

Mais la lutte n'était pas terminée.

En rentrant dans la clandestinité, le comte ne serait pas dépourvu de moyens.

Ignaz von Born malade, Mozart devenait l'homme à

abattre. Et, cette fois, il fallait envisager son élimination physique sans qu'une enquête, à supposer qu'elle eût lieu, mène à Joseph Anton.

Précaution indispensable : multiplier les pistes et les suspects. Par bonheur, Mozart ne manquait pas d'ennemis.

Vienne, le 1er avril 1791

— Heureux de vous recevoir, comte de Pergen, dit sur un ton compassé Anton Migazzi, l'archevêque de Vienne. J'ai été désolé d'apprendre votre renvoi.

— Un seul responsable : le Franc-Maçon Mozart.

— Encore lui ! Serait-il si puissant ?

— Bien plus que vous ne le supposez, Éminence. Il est le chef occulte de la Maçonnerie viennoise et joue un rôle déterminant à Prague.

— Je n'oublie pas qu'il m'a défié, le 12 août 1785, en faisant jouer dans sa Loge une musique rituelle lors de l'initiation de Karl von König, un Franc-Maçon vénitien condamné par la Sainte Inquisition.

— Depuis, il a parcouru du chemin ! Sûr de sa force, il ne tardera pas à combattre ouvertement l'Église.

— Ne craindrait-il pas de perdre son âme ?

— Mozart ne croit qu'à l'initiation, et plus précisément à l'enseignement égyptien.

— Grand Dieu ! Serait-il païen ?

— La lecture des *Mystères égyptiens* de son Maître Ignaz von Born vous édifiera. Éminence, la foi catholique est en danger.

— Que préconisez-vous ?

Le comte de Pergen prit un long temps de réflexion.

— Je prie le Seigneur Tout-Puissant de protéger Ses

fidèles et je songe à l'Ancien Testament. La colère divine ne frappe-t-elle pas les impies et les idolâtres ?

— On ne se penche jamais assez sur les Saintes Écritures, monsieur le comte. Puisse Dieu inspirer les actions des hommes de bonne volonté.

Vienne, le 10 avril 1791

Après avoir reçu 30 florins de son Frère Puchberg, Mozart s'était rendu chez le Franc-Maçon hongrois Johann Tost, riche homme d'affaires passionné de musique de chambre, pour y jouer une œuvre de commande, un quintette à cordes [1] où prédominait la sérénité d'un créateur maître de son art. En pleine préparation de son Grand Œuvre, Mozart exprimait optimisme et détachement.

En lui chantait déjà Sarastro, le Vénérable chargé de conduire le rituel d'initiation de Tamino et de Pamina, tout en luttant contre la branche obscurantiste de la Franc-Maçonnerie qui voulait la réduire à une affaire de mâles et contre l'aspect obscur de l'âme féminine, symbolisée par la Reine de la Nuit, préférant la destruction à l'initiation. Peu à peu prenait forme la communauté des prêtres et des prêtresses du soleil, entrevue dès la composition de *Thamos, roi d'Égypte*.

Vienne, le 17 avril 1791

La veille et ce soir-là, Antonio Salieri dirigeait un grand orchestre d'une centaine d'exécutants lors des concerts du carême, fort prisés des Viennois.

1. K. 614, en *mi* bémol majeur, le dernier quintette de Mozart.

— Cet hypocrite ne manque pas de culot, dit Da Ponte à Mozart. Alors qu'il vous déteste, il choisit l'une de vos symphonies[1] ! Séduire l'aristocratie, voilà son unique but. Pourri d'ambition, ce rat mord quiconque se met en travers de son chemin. C'est lui, j'en suis certain, qui a convaincu Leopold II de me chasser de la cour afin d'imposer ses propres librettistes. Mais je lutterai jusqu'au bout.

— Vos partisans se montrent-ils assez convaincants ?

— J'en doute, déplora l'abbé, et je dois passer mes journées à contrecarrer l'influence pernicieuse de Salieri. Surtout, Mozart, méfiez-vous de ce parasite. Comme la plupart des médiocres, il peut devenir violent et dangereux.

— Je ne lui fais aucune ombre.

— Détrompez-vous ! Vous avez du talent, lui des relations. Salieri sait que ses opéras de circonstance ne lui survivront pas et que les vôtres, malgré la critique et l'insuccès, recèlent des trésors hors de sa portée. Méfiez-vous, je le répète.

1. K. 550.

33.

Vienne, le 18 avril 1791

Pour ses trois opéras initiatiques précédents, *Les Noces de Figaro*, *Don Juan* et *Cosi fan tutte*, Mozart avait composé l'Ouverture en dernier. Cette fois, il en discuta avec Ignaz von Born et Thamos.

— Célèbre le Nombre Trois et la pensée ternaire, les fondements de notre démarche vers la connaissance, préconisa le Vénérable.

— Selon l'Égypte, précisa Thamos, Trois sont toutes les forces divines : le mystère, la lumière et la formulation. À travers le Trois, le Un, inaccessible à la pensée humaine, se rend transmissible.

— Le Trois sera bien présent dans *La Flûte* [1], assura Wolfgang. Le rituel s'ouvrira par sa sublimation, à savoir le Neuf, Nombre secret du grade de Maître. Aussi, au début de l'Ouverture, y aura-t-il trois accords différents et, au milieu, trois fois trois accords, signifiant la célébration des Grands Mystères : le Vénérable Sarastro veut transmettre l'Art royal au couple formé de Pamina et de Tamino.

1. Par exemple, les trois portes du temple, les trois Dames, les trois enfants solaires.

— *La Flûte magique*, prédit Thamos, sera une œuvre à la fois ésotérique et populaire, parlant à tous les cœurs.

— J'ai pris la décision de fonder un nouvel Ordre initiatique, révéla Mozart. Il s'appellera la Grotte et offrira d'authentiques rituels dont *La Flûte magique* fournira les bases. Notre Sœur Thun et notre Frère Stadler acceptent de participer à l'aventure [1].

— La lumière de l'Égypte illuminera cet Ordre, jugea von Born.

Vienne, le 21 avril 1791

Malgré la préparation du livret, Wolfgang trouva le temps de composer le chœur final d'un opéra de Sarti [2] et de participer à un concert chez von Greiner, avocat, importateur de denrées alimentaires et Franc-Maçon initié à La Vraie Concorde.

Invité à cette soirée exceptionnelle, Puchberg, friand de ce genre de festivités, apporta un violon à Mozart et fut heureux d'être accueilli dans ce salon que fréquentaient philosophes, poètes et musiciens.

— Greiner vous a-t-il correctement payé ?

— Il me l'a promis, mais j'ai oublié de lui demander mon dû.

1. C'est une lettre de Constance aux éditeurs de Leipzig, Breitkopf et Hartel, qui révèle les intentions de Mozart : « Au sujet de l'Ordre ou de la Société du nom de Grotte qu'il voulait ériger, écrit-elle, je ne peux pas vous donner plus d'explications. Le clarinettiste de la cour, Stadler l'Ancien, qui a rédigé le reste des statuts, le pourrait, mais il doit avouer qu'il a des craintes, car il sait que les Ordres ou les sociétés secrètes sont haïs. » Voir aussi *Dictionnaire Mozart*, p. 169.

2. K. 615, « Vivons heureux dans un doux contentement », œuvre perdue.

— Je m'en occupe, trancha Puchberg. Qu'est-ce qui vous préoccupe au point de négliger l'essentiel ?

— Un projet. Un très grand projet.

— Excellente nouvelle !

L'intervention du Puchberg fut la bienvenue car Anton Stadler demanda à Mozart une belle somme, nécessaire pour continuer la fabrication de la clarinette basse dont le compositeur tirerait des merveilles. Avec l'accord de Constance, Wolfgang persistait à financer ce projet. Il rêvait aussi d'un piano qui donnerait à ses partitions un rayonnement supérieur à celui des pianofortes, même perfectionnés. Dans l'avenir, il s'attacherait à augmenter la qualité du son en favorisant la naissance de nouveaux instruments.

La Flûte magique, premier acte, première scène [1]

— Le décor jouera un grand rôle, annonça Mozart, et la mise en scène devra respecter un dispositif rituel [2].

— Quel univers symbolique as-tu conçu ? demanda Ignaz von Born.

— Un paysage rocheux parsemé d'arbres. Des deux côtés de la scène, des montagnes. L'une symbolise l'initiation masculine, l'autre l'initiation féminine. Au milieu, un temple.

— Ainsi est reconstitué le signe hiéroglyphique *akhet*, commenta Thamos, le soleil de l'esprit se levant entre deux collines, l'Orient et l'Occident.

— Vêtu d'un luxueux vêtement de chasse japonais,

1. Voir W. A. Mozart, *La Flûte enchantée*, traduction de C. Jacq, Maison de Vie Éditeur, 2006.

2. Ignorant les précisions du livret et le caractère initiatique de l'opéra, nombre de mises en scène « modernes » de *La Flûte enchantée* dénaturent l'œuvre et trahissent la pensée de Mozart.

Tamino descend d'un rocher, poursuivi par un serpent qu'il ne peut tuer. Sa seule arme est un arc inutile, puisque son carquois est vide. Autrement dit, il n'a pas encore la maîtrise des flèches, les rayons du soleil.

— Cette allusion au Japon, l'Orient extrême, nota von Born, signifie que Tamino est sous la protection de la Lumière de l'au-delà, l'Orient éternel. Ignorant sa prédestination, il « chasse » la connaissance, sans les moyens appropriés. Et sur le chemin menant à sa véritable patrie, il rencontre l'Ennemi.

— Se croyant perdu, Tamino prend conscience qu'il servira d'offrande au monstre contre lequel il ne saurait lutter davantage. Toute tentative de fuite est inutile. Alors, il implore les dieux charitables et les supplie de le sauver.

« Les dieux ! Ce terme déclenchera les foudres de l'archevêque », pensa von Born.

— Son appel au secours formulé, Tamino s'effondre, évanoui.

— Ainsi perd-il toute puissance humaine pour entrer dans une mort initiatique, précisa Thamos. Le voici donc à la merci du serpent destructeur qui boit l'eau du fleuve céleste afin de l'assécher, de priver de vie le cosmos et d'empêcher la renaissance du soleil.

— La porte du temple s'ouvre ! Apparaissent trois Dames voilées, chacune armée d'un javelot d'argent, couleur de la lune, symbole de l'acte juste au moment juste. Ensemble, grâce à la force du Trois, elles tuent le serpent et sauvent Tamino. Le temple où elles résident est celui de la Reine de la Nuit, indiqua Wolfgang. Elle a perdu paix et sérénité depuis qu'une déchirure la sépare du temple du soleil.

— Cette scène rituelle, ajouta Thamos, illustre un épisode des mystères d'Horus au cours duquel des initiées clouent le monstre au sol avec leurs harpons.

— La beauté de Tamino fascine les trois Dames. Chacune voudrait le conquérir, mais le trio forme une entité indissociable. Aussi regagnent-elles le temple pour informer la Reine de la Nuit. Ce merveilleux jeune homme ne serait-il pas porteur d'un avenir radieux ?

— Tamino sort du sommeil initiatique, dit Thamos. Il voit le serpent maléfique et sait qu'il ne l'a pas vaincu. Quelle puissance supérieure a entendu son appel ? Où se trouve-t-il ?

— Au loin, le son d'une flûte. Un étrange personnage s'approche, Tamino se dissimule derrière un arbre.

34.

Vienne, le 25 avril 1791

Contrairement aux prévisions, le vieux Leopold Hofmann[1], maître de chapelle de la cathédrale, pourtant à l'article de la mort, s'était rétabli. Mozart se sentit obligé d'écrire une lettre officielle aux conseillers municipaux afin de préciser sa position. D'un caractère impossible, Hofmann gagnait 2000 florins par an, sans compter le bois de chauffage et les chandelles. Wolfgang ne lui voulait aucun mal et tenait à le faire savoir.

Aussi prit-il sa plus belle plume :

Très honorés et très sages seigneurs de la municipalité de Vienne ! Lorsque M. le maître de chapelle Hofmann est tombé malade, j'ai voulu prendre la liberté de solliciter sa place du fait que mes talents musicaux, mes œuvres et ma science de la composition sont connus à l'étranger. Comme on accorde partout quelque considération à mon nom et que j'ai eu, voici plusieurs années, la grâce d'être engagé à la très honorable cour de ce lieu en tant que compositeur, j'ai pensé ne pas être indigne de ce poste et mériter la bienveillance d'une aussi sage municipalité.

1. Il ne décédera qu'en 1793, longtemps après Mozart.

Mais le maître de chapelle a recouvré la santé et, comme je souhaite et désire de tout cœur la prolongation de sa vie, j'ai pensé qu'il serait peut-être avantageux pour le service de la cathédrale et pour vous, messieurs, que je sois adjoint à M. le maître de chapelle, dans un premier temps sans rétribution, et que j'aie ainsi l'occasion d'aider cet honnête homme dans son service et d'acquérir la considération de la très sage municipalité par un travail véritable dont ma connaissance approfondie du style sacré me permet de me croire capable plus qu'un autre.

La Flûte magique, premier acte, scène deux

— Tamino voit arriver un homme couvert de plumes qui descend de la montagne et porte sur le dos une grande cage contenant divers oiseaux, indiqua Wolfgang. S'accompagnant d'une flûte de Pan, il chante son désir de trouver une épouse, tout en précisant qu'il a l'intelligence de cet instrument.

— Nous l'appellerons Papageno, décida von Born. Ce nom dérive d'un mot grec signifiant « engendrer, générer », puisque ce personnage incarne la multiplicité des désirs face à l'unité spirituelle de Tamino. Certains y verront une allusion à *Papegeai*, le perroquet, désignation d'un degré élémentaire de l'Ordre des Illuminés.

— Tamino est la puissance créatrice, le fixe, intervint Thamos ; Papageno, la manifestation de la création, le volatil. Grâce à leur rencontre s'ouvre le chemin de Lumière.

— Papageno veut rentrer dans le temple, reprit Wolfgang, Tamino le retient par la main. Il déclare qu'il est fils de roi, donc prince et prédestiné. Quant à Papageno, il ne sait ni où il est né ni qui sont ses parents !

Un vieillard fort gai l'a élevé, et sa mère fut la servante de la Reine de la Nuit, capable d'enflammer les étoiles. Pour la satisfaire, il attrape toutes sortes d'oiseaux. En échange, elle lui donne à boire et à manger. « Puis-je la voir ? » demande Tamino. « Quel regard humain pourrait percer son voile tissé de noir ? répond Papageno, quel mortel peut se vanter de l'avoir jamais vue ? » Tamino se souvient que son père, le roi, lui a souvent parlé de cette Reine de la Nuit dont il doit découvrir le secret. Un doute l'assaille : ce Papageno couvert de plumes est-il vraiment un homme ? Certes, confirme l'interpellé, et sa force colossale lui a permis d'étrangler le serpent maléfique !

— Élevé par un « gai vieillard », désignation de l'alchimiste, ajouta Thamos, « l'agent volatil » Papageno est chargé de réunir les deux éléments du couple royal, Tamino et Pamina.

Vienne, le 26 avril 1791

Joseph Anton se terrait dans le vaste bureau de son hôtel particulier. Les rideaux tirés à cause de la lumière qu'il détestait, le comte de Pergen relisait ses dossiers. Lui seul connaissait la Franc-Maçonnerie, lui seul savait la combattre.

— Alors, Geytrand ?

— J'ai préservé une partie de notre ancien réseau en sélectionnant les meilleurs éléments. Hélas ! ils sont devenus gourmands.

— Paie-les suffisamment pour qu'ils ne nous trahissent pas.

— Bien entendu, j'ai fait reprendre, de manière très discrète, la surveillance du domicile d'Ignaz von Born. Mozart s'y rend fréquemment.

— Un nouvel opéra initiatique, voilà ce qu'ils préparent ! s'exclama Joseph Anton. Mozart créera une véritable machine de guerre maçonnique dont von Born lui dicte les plans. Ce maudit Vénérable continue à régner.

— Sa santé décline. Peut-être pourrions-nous accélérer le processus.

— De quelle manière ?

— Naguère, un Franc-Maçon nommé Gugomos a menacé d'empoisonner les Frères qui lui déplaisaient avec de l'*aqua toffana*, une substance fort efficace. On peut l'administrer à petites doses, indétectables. Selon vos instructions, j'en ai acquis une jolie quantité.

Anton parut hésitant.

— Nous ne sommes plus un service officiel, monsieur le comte, et vous seul décidez sans en référer à quiconque. Éliminer Ignaz von Born me paraît prioritaire. Demain, il reprendra la tête de la Franc-Maçonnerie et lui redonnera sa vigueur passée.

— Il faut éviter le moindre soupçon.

— Un de nos agents empoisonnera quotidiennement la nourriture de von Born. Lui décédé, nous serons débarrassés de Mozart. Comment se remettrait-il de la mort de son maître ? Désemparé, brisé, il se contentera de composer des danses et des contredanses.

35.

La Flûte magique, premier acte, scènes trois et quatre

— Papageno s'était vanté d'avoir étranglé le serpent, rappela Wolfgang, et les trois Dames rétablissent la vérité. Leurs visages toujours cachés, elles offrent au vantard, de la part de la Reine de la Nuit, de l'eau pure au lieu de vin et une pierre à la place de gâteaux. Aux figues douces, symbole de multiplicité féconde, la troisième Dame substitue un cadenas en or et ferme la bouche de Papageno. Appliquons ce châtiment aux bavards et aux prétentieux, et l'existence sera plus douce !

— Ce cadenas, précisa von Born, se réfère au secret de l'œuvre alchimique. Papageno, incarnation de l'agent de liaison entre les éléments, ne peut et ne doit le transmettre.

— Les trois Dames remettent à Tamino un médaillon que lui envoie la Reine de la Nuit. À l'intérieur, le portrait de sa fille. Si cette merveilleuse jeune femme ne lui est pas indifférente, il connaîtra le bonheur, l'honneur et la gloire. Tamino éprouve aussitôt un amour qui n'est pas de ce monde. Il ne contemple pas une femme, mais une image divine, jamais offerte au regard d'un mortel. Magiquement enchanté, il souhaite conclure une éternelle union.

— Cette vision d'Isis nous emmène au-delà du grade de Maître, poursuivit von Born. Nous voici au seuil de l'Art royal, à l'instant précis où le Frère prend conscience de l'importance de la Sœur, où le futur roi se dirige vers la future reine pour reformer l'unité primordiale.

Vienne, le 28 avril 1791

La veille, Wolfgang avait participé à un nouveau concert chez le Frère von Greiner auquel avait été convié Puchberg, toujours aussi friand de ces délicieuses soirées.

Alors qu'il écrivait la suite de *La Flûte*, Constance pénétra dans son cabinet de travail, une lettre à la main.

— Elle provient de la municipalité.

— Le poste à la cathédrale... La chance nous sourirait-elle ?

Wolfgang décacheta la missive.

La déception remplaça l'espérance.

— La municipalité refuse ma requête.

— Ne sois pas abattu, chéri. Ton projet d'opéra te rend tellement enthousiaste que cet incident ne doit surtout pas te décourager.

— Rassure-toi, j'irai jusqu'au bout. Et tant pis pour l'orgue de la cathédrale !

La Flûte magique, premier acte, scènes cinq à huit

Ignaz von Born voulait oublier ses souffrances et continuait à travailler au livret de *La Flûte*. Ses jours désormais comptés, il n'écoutait ni son médecin ni ses proches qui l'enjoignaient de se reposer.

— Après l'éveil de l'amour initiatique, lié à la vigilance, déclara Mozart, le prince Tamino reçoit des trois Dames la seconde qualité majeure, indispensable à l'initié : la persévérance. Elles lui apprennent que la Reine de la Nuit lui confie le devoir de sauver sa fille Pamina, le modèle du portrait dont il découvre ainsi le nom. Alors qu'elle méditait dans un bois de cyprès, à l'orée d'une cérémonie d'initiation, elle fut enlevée par un démon. Mais rien, pas même la violence, ne saurait l'entraîner vers le vice.

— Puisque Tamino s'engage à délivrer sa bien-aimée, intervint Thamos, la Reine de la Nuit apparaît avec le fracas du tonnerre.

— Les montagnes s'entrouvrent, indiqua Mozart, et laissent la place à une salle somptueuse. Assise sur un trône orné d'étoiles transparentes, la souveraine convainc Tamino de sauver sa fille. Libérée, elle sera sienne éternellement. Fasciné, Tamino implore les dieux de lui donner le courage nécessaire. De retour, les trois Dames ôtent le verrou qui fermait les lèvres de Papageno, gracié par la Reine de la Nuit. Il promet de ne plus jamais mentir, et tous ensemble forment un vœu : si l'on plaçait un semblable verrou à la bouche de tous les menteurs, l'amour et les liens fraternels remplaceraient la haine, la calomnie et le fiel.

— Les servantes de la Reine de la Nuit remplissent une autre mission : remettre à Tamino une flûte en or. Elle le protégera du malheur, lui permettra d'agir en tout-puissant et de transformer les passions des hommes en multipliant le bonheur et la joie.

— Cette flûte qui vaut davantage que l'or et les couronnes, ajouta Thamos, est la Règle des initiés.

— À Papageno, auquel elles ordonnent de devenir le

serviteur de Tamino et d'aller au château de Sarastro, reprit Mozart, les trois Dames attribuent un autre objet magique, un carillon formé de clochettes.

— La souveraine des ténèbres offre ses principaux trésors aux deux hommes parce qu'elle croit les avoir convertis, précisa Thamos. Ne s'en serviront-ils pas pour éliminer le Vénérable Sarastro et arracher Pamina à la voie initiatique ? Rejetée, exclue du temple, la Reine de la Nuit n'a qu'un seul but : le détruire.

— Comment trouver le château ? demandent Tamino et Papageno aux trois Dames. Incapables de les guider, elles confient les deux voyageurs à une autre ternarité, de nature céleste et lumineuse, formée de trois sages garçons dont il faudra écouter les conseils.

— La Reine de la Nuit ne tient-elle pas sa vengeance ? interrogea von Born. Bientôt, la communauté des initiés aux mystères d'Osiris et d'Isis sera décapitée.

36.

Vienne, le 1er mai 1791

Les finances de la petite famille s'amélioraient jour après jour. Malgré leurs dettes, les Mozart demeuraient élégants, mangeaient à leur faim et se soignaient aussi bien que possible.

Supportable, le loyer était payé à l'heure et chacun, Gaukerl compris, appréciait le confort d'un appartement suffisamment vaste. S'opposant à toute dépense irréfléchie, la maîtresse de maison commençait à rembourser certains créanciers. Certes, Wolfgang ne prenait qu'un maigre plaisir à composer menuets, danses et contredanses, une musique de grande consommation, mais il remplissait avec rigueur cette fonction officielle qui lui rapportait un indispensable salaire, auquel s'ajoutaient les revenus des publications et des leçons.

Et se profilait cette *Flûte magique*, réalisation de tous ses rêves de musicien et de Franc-Maçon. Enfin, la vision de *Thamos, roi d'Égypte* se concrétisait. Un metteur en scène initié, un théâtre, une troupe, un livret idéal... Peut-être, cette fois, le succès serait-il au rendez-vous.

Grâce à l'élixir de Thamos, Ignaz von Born supportait mieux la souffrance et ne cessait de songer au développement rituel de *La Flûte magique*.

— Voici le domaine de Sarastro, annonça le compositeur. Il ignore que l'un de ses serviteurs, le Maure Monostatos, à l'âme et à la peau noires, est un traître et un pervers. Au lieu de veiller sur la précieuse Pamina, avenir de l'initiation féminine, il la convoite et veut la soumettre par la force.

— Nous avons connu quelques traîtres, rappela l'Égyptien. Quel sera ton modèle ?

— Soliman l'Africain ! Il a quitté Vienne pour rejoindre les révolutionnaires français et combattre ses ex-Frères. En italien, *soli-mena* signifie « celui qui se tient seul », autrement dit Monostatos en grec !

— Songeons à un autre misérable, Leopold-Aloys Hoffmann. Ex-Secrétaire de la Loge À la Bienfaisance, il s'est fort mal occupé de ta candidature avant de trahir les Illuminés et les Francs-Maçons.

— Pamina ne tente-t-elle pas de s'évader ? interrogea von Born.

— Monostatos la rattrape, et ses esclaves la ramènent, enchaînée. Face à son tortionnaire, menaçant, elle s'évanouit. Et Papageno la sauve en se heurtant à Monostatos ! S'effrayant l'un l'autre, ils s'enfuient. Pamina s'éveille de la mort. Le premier être qu'elle rencontre dans sa nouvelle vie est... Papageno, l'envoyé de la Reine de la Nuit, sa mère chérie qu'elle voudrait tant revoir ! Examinant son portrait qui a suscité l'amour de Tamino, Papageno s'assure qu'il s'agit bien de Pamina. Alors, il lui révèle que ce prince est amoureux d'elle.

— L'événement se produit peu avant midi, l'heure symbolique de l'Ouverture des travaux de Loge, précisa von Born. Ainsi débute l'initiation de Pamina aux Grands Mystères.

— Papageno se plaint de l'absence d'une Papagena, Pamina espère être bientôt libérée par Tamino. Ensemble, ils chantent un hymne à l'amour, toujours à l'œuvre dans le cercle de la nature. Un véritable couple n'atteint-il pas à la divinité ?

— Nous sommes encore loin de cet idéal, observa Thamos, car Tamino doit subir de nombreuses épreuves. Lui recommandant d'être persévérant, patient et secret, les trois garçons célestes l'amènent devant trois portes. Quand il tente d'ouvrir celles du temple de la Raison et de la Nature, une voix crie : « Arrière ! » Il ne lui reste qu'à frapper à la porte du temple du milieu, celui de la Sagesse. Un prêtre âgé apparaît et lui assène la vérité : ce ne sont pas l'amour et la vertu qui guident Tamino, mais la mort et la vengeance.

— Le prince considère Sarastro comme l'incarnation du mal, reprit Mozart. S'il gouverne le temple de la Sagesse, tout est donc fausseté hypocrite ! Lui affirmant qu'une femme bavarde l'a trompé sur le compte de Sarastro, le prêtre admet que ce dernier a bien arraché Pamina aux bras de sa mère. Devant respecter le silence, il refuse de lui en dire davantage. Les ténèbres se dissiperont si la main de l'amitié conduit Tamino au sanctuaire. Quand la lumière m'éclairera-t-elle ? s'angoisse-t-il.

— Bientôt ou jamais ! répond le chœur des initiés, indiqua von Born. Et il lui révèle que Pamina est bien vivante. Jouant de sa flûte, Tamino charme les animaux sauvages, mais la femme aimée, elle, ne l'entend pas. La musique le conduira-t-elle vers Pamina ?

Vienne, le 2 mai 1791

Professeur de gynécologie, chirurgien et Franc-Maçon, Johann Hunczowsky n'était pas peu fier de sa récente promotion. Nommé chirurgien personnel de Leopold II, il devenait l'une des hautes personnalités de la capitale.

Il gardait en travers de la gorge les violentes critiques du Frère Mozart, après la mort accidentelle de sa fille Anna-Maria qui n'avait vécu qu'une seule heure. Comment osait-il l'accuser, lui, un spécialiste de renom, d'avoir commis une impardonnable erreur ?

— Mes félicitations, lui dit l'archevêque de Vienne. Professeur, vous méritez la confiance de notre souverain.

— Merci de me recevoir, Éminence. Malgré mon appartenance à une société secrète que vous n'appréciez guère, je tiens à vous assurer de ma foi chrétienne et de mon absolu respect. Grâce à vous, la conscience morale de Vienne demeure inébranlable. Malheureusement, tous les Francs-Maçons ne partagent pas mes sentiments, et certains osent même critiquer notre Sainte Église.

— Vos propos m'inquiètent, mon fils. Luttez-vous contre cette déplorable tendance ?

— Comptez sur moi, Éminence, et n'ayez aucune indulgence à l'égard de certains meneurs dont les idées subversives menacent notre société.

— Pensez-vous à quelqu'un en particulier ?

— Vous me gênez beaucoup.

— Dieu vous ordonne de parler, mon fils.

— Ignaz von Born conduisait les Loges dans une mauvaise direction. Aujourd'hui, il est bien malade et privé de tout pouvoir maçonnique. En revanche, son principal disciple, Mozart, demeure un élément actif et développe les idées païennes de son maître. Un individu fort dangereux, me semble-t-il.

Gardant un visage onctueux, l'archevêque fulminait. Mozart, toujours Mozart ! Il faudrait que la colère divine se déclenchât, et c'était son rôle de l'aider à frapper juste.

Ex-ministre de la Police et principal adversaire des Francs-Maçons, le comte de Pergen poursuivait-il sa croisade ? En ce cas, il saurait trouver les moyens appropriés.

37.

La Flûte magique, premier acte, scènes seize à dix-neuf

L'élixir alchimique de Thamos produisait de bons résultats. Ignaz von Born retrouvait l'appétit et marchait un peu. Mais l'organisme était trop usé pour qu'un miracle se produisît. Conscient de son état, le Vénérable mettait toute son énergie dans l'élaboration de cet opéra rituel, véritable plan d'œuvre de la Maçonnerie du futur.

— Tamino cherche Pamina, dit Mozart. Elle entend le son de la flûte. Monostatos et ses sbires la rattrapent et veulent la ligoter. Se servant de son carillon magique, Papageno les rend inoffensifs en les faisant chanter et danser.

— Trompettes et cymbales annoncent la venue de Sarastro, déclara von Born.

— Affolé, Papageno tente de se cacher. Que dire ? « La vérité », répond Pamina.

— Sage et Vénérable auquel tous se consacrent, Sarastro descend d'un char tiré par six lions, précisa Thamos. Il incarne la vigilance et le rayonnement de l'initiation.

— Quelle faute reconnaît Pamina ? Certes, elle a tenté de s'enfuir et de quitter le royaume de la lumière, mais uniquement parce que l'infâme Monostatos voulait abuser d'elle.

— Sarastro apaise Pamina, ajouta von Born. Il sait qu'elle aime un homme qu'elle n'a pourtant jamais vu. Néanmoins, il ne lui rend pas la liberté, car elle irait retrouver sa mère, la souveraine des ténèbres, et se perdrait à jamais.

— Monostatos amène Tamino devant le Vénérable Sarastro, indiqua Thamos. Croyant le conduire à une mort certaine, il permet à Tamino et à Pamina de se voir pour la première fois. Ils se reconnaissent aussitôt, promis l'un à l'autre de toute éternité. Ils s'enlacent, se demandant s'ils ne célèbrent pas leur mort. Monostatos les sépare et réclame leur châtiment.

— Conformément à son devoir, le Vénérable accorde au traître un juste salaire, décréta von Born : soixante-dix-sept coups de pied !

— Monostatos expulsé, reprit Wolfgang, le chœur, composé de Frères *et* de Sœurs, vénère la sagesse de Sarastro. Il ordonne de conduire Tamino et Papageno au temple des épreuves afin qu'ils soient purifiés. On leur recouvre la tête d'un sac, les privant de l'usage de la vue. Désormais, ils s'en remettront à la main qui les guide.

— Et le chœur conclut ainsi le premier acte, déclara Ignaz von Born : « Si la Vertu et la Justice répandent la gloire sur le chemin des Grands, alors la terre est un royaume céleste, et les mortels sont semblables aux dieux. »

Vienne, le 9 mai 1791

Après avoir honoré, le 4 mai, une commande de Deym destinée à son musée de cire en composant une petite pièce pour orgue mécanique[1], Wolfgang se replongea dans l'écriture de *La Flûte*.

Constance le délivrant de tout souci matériel, il s'adonnait entièrement au Grand Œuvre, base de la Grotte, future société initiatique qui permettrait à l'initiation féminine de se développer et aux mystères égyptiens de reprendre leur véritable place.

— Une lettre de la municipalité, annonça Constance, alors que Gaukerl sautait sur les genoux de son maître.

Constance lut la missive avec étonnement.

— Après avoir été refusée, ta requête est acceptée. À la mort de Leopold Hofmann, tu deviendras maître de chapelle de la cathédrale Saint-Étienne.

— Ce nouveau salaire nous remettra définitivement à flot ! Mais ne souhaitons pas la mort d'Hofmann, même s'il déteste Joseph Haydn.

— À Dieu de décider, rappela Constance qui espérait une intervention raisonnable du Seigneur.

Wolfgang créa un kyrie en *ré* mineur[2] où la gravité, presque inquiétante, se mêlait à la quiétude.

La Flûte magique, second acte, scènes une à six

— La scène est devenue une palmeraie, souligna Mozart. Les troncs des arbres sont en argent, les palmes en or. Au milieu, une pyramide et les plus grands palmiers. Sur chacun des dix-huit sièges réservés aux Frères, une petite pyramide et un cor noir serti d'or. Ainsi sont évoqués la tradition égyptienne, la capacité des initiés à jouer la musique des sphères et le grade alchimique de Rose-Croix. D'un pas solennel, chacun

1. K. 616.
2. K. 341. Pour la datation, nous suivons Monika Holl.

tenant une palme, les membres de la Loge arrivent en procession pour célébrer une Tenue exceptionnelle.

— Aux initiés, serviteurs d'Isis et d'Osiris, intervint von Born, Sarastro déclare que cette assemblée est l'une des plus importantes de notre temps. D'abord, la Loge reconnaît la capacité de Tamino à affronter les épreuves suprêmes, puisqu'il a le sens du secret, possède la vertu et se montre bienfaisant. Sarastro associe son initiation à celle de Pamina, qu'il élève lui-même vers la connaissance afin de reformer un couple dont le rayonnement sera indispensable aux Loges.

— Il se heurte à des Frères dubitatifs, voire hostiles !

— À Sarastro de se montrer convaincant et d'emporter l'adhésion de la confrérie. Et si Tamino succombait, il rejoindrait Isis et Osiris au-delà de la mort. À ces deux grands dieux, formant le premier couple à l'origine de l'initiation, Sarastro demande d'accorder l'esprit de sagesse à Tamino et à Pamina et de guider leurs pas.

— La scène devient un parvis de temple plongé dans les ténèbres, reprit Mozart. Deux initiés ôtent le sac recouvrant la tête de Pamino et de Papageno. Ils vont à présent subir les épreuves de la nuit, de la solitude et du silence. À coup sûr, notre Frère Schikaneder montrera le désarroi de Papageno ! Il ne songe qu'à fuir ces lieux angoissants pour boire, manger et trouver une Papagena ! Tamino, lui, est prêt à lutter au péril de sa vie afin de conquérir la fraternité et l'amour. Sa victoire ? La connaissance de la Sagesse. Sa récompense ? Pamina. Aussi donne-t-il la main à son initiateur, non pas le Commandeur faisant mourir Don Juan au terme de son chemin de Compagnon, mais un ritualiste qui introduit le futur Vénérable au cœur du temple. Épreuve suprême : lorsque Tamino reverra Pamina, il devra garder un silence total.

— Les forces des ténèbres essayent d'empêcher cette initiation, indiqua l'Égyptien. Les trois Dames réapparaissent et promettent à Tamino et à Papageno mort et perdition s'ils persévèrent sur cette voie. Tamino respecte son serment et se tait. De l'intérieur du sanctuaire, la voix des initiés vient à son secours et précipite en enfer les trois ennemies.

— Le voyage continue, déclara von Born. Persévérante et virile, la conduite de Tamino a triomphé de cette épreuve-là. Mais il reste à parcourir un périlleux chemin. Avec un cœur pur et l'aide des dieux, peut-être réussira-t-il.

38.

Vienne, le 11 mai 1791

L'archevêque de Vienne et Joseph Anton se rencontrèrent en grand secret dans un palais appartenant à l'Église.

— Je ne vous cache pas mon profond mécontentement, monsieur le comte. Savez-vous que la municipalité, forcément influencée par la Franc-Maçonnerie, promet à Mozart le poste de maître de chapelle de la cathédrale ?

— J'étais informé, Éminence.

— Ah... Poursuivriez-vous vos activités de manière occulte ?

— À vous, un homme de Dieu, je peux l'avouer.

— Comptez sur mon absolue discrétion. Ce Mozart... Combien de temps encore nous défiera-t-il ?

— Il se rend fréquemment chez Ignaz von Born, révéla Joseph Anton. À mon avis, Mozart prépare une œuvre qui prônera ouvertement l'idéal maçonnique. Comme il a du génie, je redoute le pire.

— Du génie... Que voulez-vous dire ?

— Qu'il sait transmettre une pensée créatrice au moyen d'une forme si belle qu'elle ne la trahit pas. Elle touche le cœur des êtres et dépasse le dogme.

— Dépasser le dogme ! Voilà bien un crime de Franc-Maçon ! Monsieur le comte, il faut empêcher ce démon de nuire.

— J'ai été révoqué, Éminence.

— Dieu vous donne les pleins pouvoirs et moi l'absolution.

— Quoi que je fasse ?

— Quoi que vous fassiez.

La Flûte magique, second acte, scènes sept à douze

Pour devenir digne de Tamino, à quels dangers Pamina serait-elle confrontée ?

— Au désir bestial de Monostatos, répondit Mozart. Pamina dort sous une tonnelle recouverte de roses, symbole du secret de l'initiation. Le traître au visage noir, brûlant d'un feu mauvais, s'approche d'elle.

— En surgissant hors des ténèbres, intervint von Born, la Reine de la Nuit repousse son allié Monostatos. Où se trouve le jeune Tamino ? demande-t-elle, irritée. Il s'est consacré aux initiés, répond Pamina. Le plan de la reine a donc échoué. Tamino lui échappe et, avec lui, Pamina ! Alors, elle explique pourquoi, à la mort de son mari, sa puissance s'est évanouie. La jugeant indigne de le recevoir, il a transmis à Sarastro le cercle solaire aux sept rayons, symbole de l'union de l'initiation masculine et de l'initiation féminine.

— La Reine de la Nuit veut détruire le temple auquel elle n'aura jamais accès, ajouta Thamos. Pamina proteste : pourquoi n'aurait-elle pas le droit d'aimer un initié, appartenant à une confrérie dont son père louait la sagesse, l'intelligence et la bonté ? Sarastro en personne n'est-il pas le plus vertueux de ces êtres d'exception ?

— Cette lucidité rend folle de rage la Reine de la

Nuit, jugea Mozart. Ainsi, Pamina aime un initié, allié à Sarastro, son ennemi mortel ! Le cœur bouillonnant d'une vengeance infernale, la souveraine des ténèbres jure d'abandonner sa fille si elle ne tue pas Sarastro avec le poignard remis par sa mère. Désespérée, la jeune femme se sent incapable de devenir un assassin.

— Monostatos a tout entendu, observa Thamos. À présent, il tient entre ses mains la vie de Pamina et celle de sa mère, car il peut révéler le complot à Sarastro. Seule issue : que la jeune femme accepte de l'aimer ! Face à son refus, et bien qu'elle le supplie de l'épargner, Monostatos s'apprête à la poignarder.

— Sarastro la sauve, proposa Ignaz von Born, et chasse le sombre Monostatos. Le Vénérable sait que la Reine de la Nuit a forgé le poignard et rumine sa vengeance en errant dans les salles souterraines du temple. Ignorant ce sentiment, les initiés pratiquent une authentique fraternité. Le seul but de Sarastro consiste à recréer le couple royal, formé de Tamino et de Pamina. Mais le jeune homme n'a pas encore vaincu les ténèbres.

Vienne, le 13 mai 1791

En juin 1787, la Loge L'Espérance couronnée comptait plus de cent Frères, la plupart guère assidus. Aujourd'hui, il restait trente-neuf inscrits.

Les Frères s'assirent sur des bancs couverts d'étoffe et contemplèrent la flamme de l'Orient, avec l'espoir qu'elle éclairerait leur chemin.

Après l'Ouverture des travaux célébrant la recréation de l'univers par la lumière et la mise en ordre du monde par les Trois Grands Piliers Sagesse, Force et Beauté, le Vénérable donna la parole au comte Canal, venu de Prague pour alerter ses Frères viennois.

— Notre Ordre est en danger, déclara-t-il. Les effectifs de la police ne cessent d'augmenter, et les Loges de Prague font l'objet d'une surveillance constante.

— Peu importe, puisque nous ne faisons rien de mal, estima le comte Thun dont les élans mystiques dissipaient les réalités gênantes.

— Vous avez raison, mon Frère, approuva Thamos l'Égyptien, mais l'empereur n'est malheureusement pas de votre avis. D'après ses conseillers, nous ne songeons qu'à prôner la liberté de pensée en accusant le pouvoir et l'Église d'abêtir le peuple. Aussi Leopold II exècre-t-il cette Franc-Maçonnerie coupable de s'attaquer à la morale, à la religion et à la société. Nous déshonorons l'idéal de bienfaisance qui aurait dû rester notre seul but.

— Il faut détromper l'empereur, préconisa le comte Thun, et le convaincre que nous restons ses bons et loyaux sujets !

— Nos Frères haut placés s'y emploient chaque jour. Tâche ardue, car nos adversaires sont puissants et déterminés.

— En cas de péril, quelle solution adopter ?

— Continuer, affirma Mozart. Rien n'est plus important que l'initiation. Si le monde en était privé, il ne serait qu'un champ de bataille livré à la cupidité et à la violence. En raison de notre tiédeur, nous ne sommes pas exempts de reproche. Renforçons notre cohésion, ne cédons à aucun chantage et ouvrons les portes de nos temples à ceux et celles qui le méritent.

— Mon Frère, s'étonna un dignitaire, vous ne nous proposez quand même pas d'initier des femmes ? Les Loges d'adoption et quelques cérémonies mondaines leur suffisent bien !

— L'œuvre alchimique, nous le savons tous, s'accomplit par l'union symbolique du roi et de la reine.

Refusant de s'engager sur ce terrain, d'autres Frères mirent en avant la nécessité de plaider leur cause auprès des autorités afin d'éviter un désastre.

Sans le regard fraternel de Thamos l'Égyptien, Mozart se serait senti bien seul.

39.

La Flûte magique, second acte, scènes treize à vingt-cinq

— La réaction de la majorité des Frères ne me surprend pas, dit Ignaz von Born, car il ne convient pas de troubler leurs habitudes. Excellente raison pour construire un nouveau temple.

— Tamino et Papageno, impénitent bavard, poursuivent leur chemin, indiqua Mozart. Se prétendant âgée de dix-huit ans et deux minutes, une vieille femme lui révèle qu'il est son amoureux et disparaît avant de donner son nom. Descendant du ciel dans une machine volante, les trois garçons remettent aux deux voyageurs les objets magiques qui leur avaient été enlevés : la flûte et le jeu de clochettes. Ils leur offrent un repas et promettent que, s'ils se revoient une troisième fois, la joie sera le salaire de leur courage. Papageno mange et boit, Tamino joue de la flûte.

— Comme il pratique la Règle, intervint Thamos, Pamina apparaît. Ayant entendu la juste voix de l'instrument magique, elle cherche réconfort et secours auprès de l'être aimé. Mais Tamino doit garder le silence.

— Même Papageno, cette fois, refuse de parler,

ajouta Wolfgang. Tamino ne m'aime plus, conclut Pamina, et cette offense est pire que la mort. Au lieu du bonheur espéré, solitude et désespoir.

— Tamino, lui, continue sur la voie des épreuves, reprit von Born. Au sein de la salle voûtée d'une pyramide, les initiés forment un triangle, symbole du principe créateur. Chacun tient une pyramide transparente de la taille d'une lanterne. Vénérant Isis et Osiris, ils chantent leur joie de recevoir bientôt un Frère qui se consacrera à l'initiation, grâce à l'envergure de son esprit et à la pureté de son cœur. Tamino, cependant, doit encore parcourir deux chemins périlleux. Sarastro accueille Pamina à laquelle il redonne la vue en ôtant lui-même le sac recouvrant son visage. Alors, elle contemple son bien-aimé.

— Épreuve plus cruelle encore, constata Thamos, puisque Tamino lui fait ses adieux avant de courir de terrifiants dangers.

— Pourtant, précisa von Born, Sarastro affirme qu'ils se reverront et connaîtront la joie.

— Pamina est certaine que Tamino n'échappera pas à la mort ! souligna Wolfgang.

— La volonté des dieux s'accomplira. Bien qu'ils soient assurés de leur éternelle fidélité, Tamino et Pamina se séparent. « À jamais », pense-t-elle, désespérée.

— Papageno, lui, renonce volontiers aux joies célestes des initiés, nota Wolfgang. Il obtient le verre de vin tant désiré et, jouant de son carillon, implore la venue d'une jolie petite femme pour jouir de l'existence en sa compagnie. Et la vieille réapparaît ! S'il la repousse, il sera condamné à la prison, à l'eau et au pain. Donc, il lui promet fidélité... jusqu'au jour où il en trouvera une plus belle ! Ce faux serment suffit à la transformer en une jeune et ravissante Papagena que le Frère Orateur interdit à

Papageno de toucher, car son prétendant ne se montre pas encore digne d'elle. Et la terre l'engloutit.

— Les deux couples sont disjoints, remarqua Thamos. Reste l'épreuve la plus rude, celle de la mort.

Vienne, le 14 mai 1791

À quarante et un ans, le compositeur Antonio Salieri était au faîte de la fortune et de la gloire. Choisi par Joseph II comme musicien officiel de la cour de Vienne, il avait réussi à convaincre le rigide Leopold II de ne lui ôter aucun de ses privilèges. Salieri continuerait donc à régner sur la musique viennoise et à distraire la cour avec ses opéras aussi vite écrits qu'oubliés.

— Je suis l'un de vos fervents admirateurs, déclara Joseph Anton. Votre talent nous fait oublier les nuages noirs amoncelés au-dessus de l'Europe.

— Seriez-vous pessimiste ?

— La fermeté de l'empereur nous évitera la tourmente qui emporte la France vers l'abîme, mais il faut museler les propagateurs d'idées perverses, tel l'un de vos concurrents.

— Lequel ? s'inquiéta Salieri.

— Mozart.

— Mozart ? Vienne l'a oublié !

— Il prépare un nouvel opéra.

— Un opéra, marmonna Salieri. Pourtant, il n'a pas connu de grands succès dans ce domaine.

— Ces échecs n'enlèvent rien à son génie.

— Mozart... S'il vit longtemps, il nous éclipsera tous !

— Si l'on agissait efficacement, nous serions débarrassés de cet esprit subversif.

— Je n'ose vous comprendre, monsieur le comte !

— Osez, cher Salieri, osez ! Sinon, votre étoile risque de pâlir.

— Je ne suis qu'un artiste épris de belle musique et...

— Vous êtes un courtisan décidé à défendre ses intérêts, et vous voilà averti du danger. Ou bien vous prenez les mesures nécessaires, ou bien vous subirez les conséquences de votre inertie.

Abandonnant un Salieri désemparé, Joseph Anton rejoignit Geytrand, muni des rapports de ses indicateurs.

— Satisfait de votre entretien, monsieur le comte ?

— Salieri n'est pas très intelligent, mais il tient à sa position privilégiée.

— Le croyez-vous capable d'envisager la disparition de Mozart ?

— Pas impossible. L'homme est prétentieux, égoïste et rusé. S'il se sent menacé, il réagira. En tout cas, voici un nouvel allié dont on peut espérer d'heureuses initiatives !

— Je m'étonne de la résistance d'Ignaz von Born, avoua Geytrand. Il continue à recevoir Mozart et à travailler de longues heures avec lui.

— L'importance du projet en cours lui donne l'énergie nécessaire, estima Joseph Anton. Ils façonnent ensemble une véritable machine de guerre afin de redonner à la Franc-Maçonnerie la place perdue. En jetant ses dernières forces dans cette bataille, Ignaz von Born transmet à son disciple une puissance spirituelle qui le rendra encore plus redoutable.

40.

La Flûte magique, second acte, scènes vingt-six au finale

Une fois encore, Thamos l'Égyptien avait déjoué la surveillance des guetteurs pour se rendre chez Ignaz von Born. En reprenant ses factions, la police secrète prouvait qu'elle n'était pas dupe et considérait toujours le minéralogiste comme la tête pensante de la Franc-Maçonnerie. Mozart, son principal disciple, figurait à présent en tête de liste des initiés subversifs et dangereux.

Vu l'état de santé du Vénérable, impossible d'organiser ailleurs les réunions de travail. Et l'essentiel consistait à terminer le rituel de *La Flûte magique*.

— Les trois êtres de Lumière descendent à nouveau du ciel, annonça von Born, car la mort rôde et menace d'anéantir les espoirs de Sarastro et des initiés. Mais le soleil illuminera bientôt le chemin d'or et, une nouvelle fois, la sérénité de la sagesse s'incarnera dans le cœur des êtres. Alors, la terre deviendra un royaume céleste.

— Désespérée, Pamina menace de se suicider avec le poignard qui aurait dû frapper Sarastro, dit Wolfgang. Ainsi, elle refuse de se comporter comme un mauvais Compagnon et d'assassiner le Maître. Puisque épouser

Tamino est impossible, puisque le couple primordial ne sera pas reconstitué, autant mourir.

— Les trois garçons la détrompent, indiqua Thamos. Bien qu'il soit contraint au silence, Pamina l'aime. Et cet amour lui donne la force d'affronter la mort. Nul ennemi ne peut les séparer, les dieux les protègent. Tout en gardant le secret à propos de l'ultime épreuve, les trois garçons conduisent Pamina vers Tamino.

— La scène se transforme en deux grandes montagnes, précisa Mozart. Dans l'une, de l'eau bouillonnante ; dans l'autre, du feu. On aperçoit la puissance de ces éléments à travers des grilles. Deux initiés, portant une cuirasse noire et coiffés d'un casque servant de support à un feu, lisent à Tamino, pieds nus et légèrement vêtu, l'inscription gravée sur la pyramide au centre de la scène : « Celui qui parcourt cette voie pleine de pénibles charges sera purifié par le Feu, l'Eau, l'Air et la Terre. S'il surmonte l'effroi de la mort, il s'élancera de la terre jusqu'au ciel. Illuminé, il sera capable de se consacrer totalement aux mystères d'Isis. »

— L'initiation aux trois grades est ainsi résumée, constata von Born. À présent, il faut aller au-delà.

— Aucune mort n'effraie Tamino, affirma Mozart. Il parcourt joyeusement ce chemin périlleux et ordonne qu'on lui ouvre les portes de l'effroi.

— Sans Pamina, observa Thamos, échec assuré ! Autorisée à cheminer avec lui, elle le rejoint. Pouvant enfin lui parler, il sait que rien, même le trépas, ne les séparera.

— Ils se dirigent vers le temple, intervint von Born. Une femme qui ne craint ni la nuit ni la mort est vénérable et sera initiée. En tous lieux, la reine sera aux côtés du roi. Elle le guidera, et l'amour l'orientera sur un sentier de roses parsemé d'épines. Pamina prend Tamino par la main et lui demande de jouer de la flûte magique qu'a taillée son père au plus profond d'un chêne millénaire, alors que rugissaient l'éclair, le tonnerre et la tempête. Grâce à la puissance de la musique, le couple chemine, joyeux, à travers la sombre nuit de la mort. Il traverse le feu et l'eau avant d'apercevoir l'entrée d'un temple vivement éclairé et de découvrir la perfection de la lumière.

— Le bonheur d'Isis leur est offert, commenta Thamos. Au noble couple qui a vaincu le danger, la consécration de la grande déesse est accordée.

— N'oublions pas Papageno ! rappela Wolfgang. Ne pouvant rejoindre sa Papagena, il préfère se pendre. Les trois garçons descendent à nouveau du ciel, l'empêchent de se suicider et lui recommandent d'utiliser son instrument magique, le carillon qu'il a eu grand tort de négliger. Ses sons attirent Papagena, et le couple se forme, désireux d'avoir beaucoup d'enfants.

— Reste à régler le cas de la Reine de la Nuit et de son clan, ajouta Ignaz von Born. Maniant des torches noires, les puissances ténébreuses tentent de violer le temple, d'attaquer les initiés par surprise et de les supprimer. Leur forfait accompli, Pamina sera offerte au traître Monostatos. Mais se déclenchent tonnerre, foudre et tempête. Toute la scène se transforme en un soleil, les êtres maléfiques sont précipités dans le néant. La lumière chasse la nuit et détruit la puissance mal acquise des hypocrites. Exprimant leur reconnaissance, prêtres et prêtresses accueillent le couple d'initiés, vêtus d'habits rituels. La Force triomphe et couronne la Beauté et la Sagesse d'une éternelle couronne. Sagesse, Force et Beauté, les Trois Grands Piliers de l'initiation, intronisent le couple royal. Sarastro a mené le Grand Œuvre à son terme, et s'ouvre une ère nouvelle renouant avec la tradition primordiale.

Un long, très long silence succéda à la conclusion de *La Flûte magique* que venait de dicter le Vénérable Ignaz von Born.

— Ce qui me causerait le plus de joie, confessa le compositeur, serait le succès par le silence.

— Tu n'écris pas pour notre époque, lui répondit von Born, ni même pour la Franc-Maçonnerie profanisée. Fonder un nouvel Ordre initiatique est la voie juste.

Depuis leur première rencontre, Thamos était persuadé que le Grand Magicien remettrait en lumière la vision des anciens Égyptiens. Restait à créer une musique capable de traverser les âges en la transmettant.

41.

Vienne, le 23 mai 1791

Âgé de six ans, le petit Karl Thomas ne comprit pas pourquoi sa mère lui interdisait de chanter à tue-tête.

— D'habitude, je...

— Ton papa travaille.

— Il travaille tout le temps !

— Comme il écrit une œuvre très importante, expliqua Constance, il évite le moindre bruit. Dans son propre bureau, il marche sur la pointe des pieds et, lorsqu'il se promène avec Gaukerl, il fait « chut ! » aux passants trop bruyants.

— C'est quoi, cette œuvre ?

— Un grand opéra, *La Flûte magique*. Ni toi ni moi ne devons l'importuner. Au contraire, aidons-le à se concentrer et à rassembler ses forces.

Réticent, Karl Thomas accepta ces contraintes.

Après avoir terminé un quintette pour harmonica de verre [1] – instrument inventé par le Franc-Maçon Benjamin Franklin – destiné à la virtuose aveugle Marie-Anne Kirchgässner, Wolfgang sut que naissait

1. K. 617, avec flûte, hautbois, alto et violoncelle.

enfin l'opéra initiatique qu'il portait en lui depuis si longtemps.

Dès sa toilette matinale, il allait et venait en façonnant des mélodies, l'essence de la musique. L'esprit toujours en éveil, d'excellente humeur, il semblait regarder le monde extérieur, mais ne sortait plus de son œuvre. À table, il prenait souvent un coin de sa serviette, le passait et le repassait devant son nez, et restait plongé dans ses réflexions tout en échangeant des propos anodins. Bien qu'il se tuât à la tâche, il ne se plaignait jamais.

— Tu es bien pâle, dit-il à son épouse.

— Un peu de fatigue.

— Ne me cache rien, chérie.

— Mes pieds et mes jambes sont douloureux. Le médecin me recommande une cure à Baden.

— Alors, tu dois l'écouter.

— Nos finances...

— Ta santé avant tout.

— Où loger sans trop dépenser ?

— Je vais écrire une lettre à mon ami Anton Stoll, instituteur et chef de chœur de l'église paroissiale de Baden. Il te trouvera un appartement confortable et abordable. Étant donné ton état, il vaut mieux qu'il soit de plain-pied. Quoique dépourvu d'intelligence, Stoll nous rendra ce service. Je songe au rez-de-chaussée qu'a habité Goldhann, une sorte de banquier qui me prête un peu d'argent.

Vienne, le 5 juin 1791

Enceinte de sept mois, Constance s'était rendue à Baden avec le petit Karl Thomas, Gaukerl, une femme de chambre et Süssmayr, l'élève de Mozart, chargé d'aider son épouse à régler les problèmes matériels.

Wolfgang congédia sa domestique Leonore et alla dormir chez le balourd Leutgeb, corniste et marchand de fromages. Mme Leutgeb lui nouait son jabot beaucoup moins bien que Constance, lui écrivit-il aussitôt, et il tremblait pour elle en pensant au bain de Saint-Antoine, redoutant son dangereux escalier. Surtout, qu'elle prenne garde de ne pas tomber ! Et il lui envoyait 2 999 baisers et demi.

Le 6, Wolfgang déjeuna à la Couronne de Hongrie en compagnie de Süssmayr, revenu de Baden, passa la soirée à l'Opéra et rentra dans son appartement, désespérément vide.

Vienne, le 7 juin 1791

Emmanuel Schikaneder but une première chope de bière afin de s'éclaircir les idées, puis dégusta un beau morceau de pâté de lièvre.

— Mon théâtre marche de mieux en mieux, dit-il à Mozart. Les bourgeois et le bon peuple aiment le spectacle, s'il est divertissant. Où en est notre futur opéra ?

Wolfgang raconta en détail sa *Flûte magique*.

— Formidable ! s'exclama Schikaneder. Je vais mettre tout ça en forme, avec un maximum de scènes comiques et d'effets théâtraux. Le rôle de Papageno, je me le réserve ! Le public l'applaudira à tout rompre.

— Je veillerai à chaque mot de ce texte, précisa Wolfgang.

— Entendu, entendu ! Moi, j'imagine déjà l'oiseleur, la machine volante des trois garçons, les animaux sauvages charmés par la flûte magique, la délicieuse

Papagena et la splendeur du temple égyptien ! Mettons-nous au travail, mon Frère.

— La santé de mon épouse m'inquiète. Demain, je la rejoins à Baden. Néanmoins, j'ai déjà commencé la composition.

— Un triomphe... *La Flûte* sera un triomphe !

Vienne, le 11 juin 1791

Après avoir rendu une brève visite à Constance, Wolfgang était rentré à Vienne, nerveux et inquiet. Ce traitement quotidien par les eaux lui semblait excessif. Ne fallait-il pas l'interrompre au moins une journée ? écrivit-il à sa femme.

Levé à quatre heures et demie, il réussit à ouvrir sa montre mais ne trouva pas la clé pour la remonter. Dépité, il remonta donc la grande horloge et, luttant contre la solitude, composa l'air de *La Flûte magique* où les deux prêtres, hostiles à l'initiation des femmes, les critiquaient vertement [1].

Aujourd'hui, il rencontrerait le « banquier » Goldhann, marchand de fer et usurier plutôt douteux, dont le prêt permettrait au compositeur d'oublier ses problèmes financiers.

Le sirupeux bonhomme se présenta au domicile de Mozart au milieu de la matinée. Surchargé de travail, il lui promit de revenir entre midi et treize heures. Le musicien l'attendit en vain jusqu'à quinze heures, manquant ainsi un déjeuner avec son Frère Puchberg. Il grignota, seul, à la Couronne de Hongrie, dans une salle vide, avant de rentrer chez lui et d'y attendre Goldhann. Incapable de travailler correctement à cause de ces

1. Duo des prêtres du second acte, n° 11.

contretemps, il reçut, à dix-huit heures trente, un billet d'excuses. Son « banquier » lui assurait qu'il tiendrait parole.

Wolfgang retourna à la Couronne de Hongrie, y dîna puis écouta, au Leopold Theater, l'opéra allemand de Wenzel Müller au titre singulier : *Kaspar le bassoniste ou la Cithare magique* ! « Le basson fait beaucoup de bruit, constata-t-il, mais il n'y a rien du tout là-dedans. »

Demain serait un meilleur jour.

42.

Vienne, le 12 juin 1791

Seul, accablé de soucis matériels, privé de l'aide indispensable de Constance, Wolfgang subissait un véritable supplice au moment où il aurait eu besoin de toutes ses forces créatrices.

Levé dès cinq heures, il s'habilla aussitôt et se rendit chez Goldhann.

Il trouva porte close, et l'angoisse le saisit. Le banquier cherchait-il à l'éviter ? Sans un prêt, Wolfgang ne pourrait pas assumer les frais de la cure de Constance à Baden. *Qui le relancera à ma place ?* lui écrivit-il. *Si on ne le harcèle pas, il se refroidit.* Et il embrassa 2 000 fois sa petite épouse chérie.

La Tenue au grade de Compagnon lui redonna de l'énergie. Stadler lui apprit que la fabrication de la clarinette basse prenait bonne tournure. Bientôt, les investissements consentis seraient couronnés de succès.

— Tu me sembles soucieux, lui dit Thamos.

— La santé de Constance m'inquiète. Cette nouvelle cure lui sera-t-elle profitable, sa grossesse se terminera-t-elle de manière heureuse ? Nous avons déjà connu tant de malheurs ! Rassurez-vous, je n'oublie pas *La Flûte* une seule seconde.

Vienne, le 13 juin 1791

À l'issue d'un nouveau déjeuner avec Schikaneder qui, selon les directives très précises de Mozart, écrirait le livret, Wolfgang força la porte de Goldhann à quinze heures.

— Je veux bien vous aider, cher Mozart, mais quelles sont vos garanties ?

— Mon salaire de musicien chargé de composer des danses pour les bals de la Redoute, la promesse de la municipalité de m'offrir un poste à la cathédrale, et un nouvel opéra monté par Schikaneder. Momentanément interrompue, ma carrière reprend son cours. Et je ne parle ni de mes élèves ni de mes futurs concerts.

— Intéressant... Voyons ça en détail.

L'entretien dura jusqu'à neuf heures du soir. Satisfait, Wolfgang écrivit à Constance que « le banquier » comptait lui rendre visite à Baden et qu'il la priait de bien l'aiguillonner ! Toujours aussi jaloux, il lui demandait de ne pas se rendre au casino, de ne surtout pas danser vu l'état de son pied et de ne fréquenter personne.

Baden, le 17 juin 1791

Anton Stoll fut ravi de revoir Mozart, qui lui prêtait sa musique religieuse et celle de son ami Michael Haydn.

— Merci d'avoir fait le nécessaire pour Constance.

— C'était tout naturel ! Si j'osais... Nous arrivons à la Fête-Dieu, et si vous pouviez composer un petit motet...

— Songez-vous à un texte précis ?

— L'*Ave verum corpus*, un texte latin du XIVe siècle. Il n'est pas liturgique mais devrait vous plaire.

Stoll connaissait la vénération du jeune Mozart envers la Vierge.

Le Maître Maçon lut les quelques lignes :

Salut, corps véritable né de la Vierge Marie, qui avez vraiment souffert et avez été immolé sur la croix par les hommes ; Vous, dont le côté percé a versé de l'eau et du sang, soyez notre viatique dans l'épreuve de la mort.

L'épreuve de la mort... Celle que Tamino et Pamina surmontaient afin d'accéder à l'initiation.

Depuis longtemps, le Franc-Maçon Mozart s'était éloigné de la religion et de la croyance. Néanmoins, ce petit texte résonna profondément en lui. Et puis le caractère païen de la Fête-Dieu, de nouveau autorisée après l'interdiction de Joseph II, l'intéressait. En cette occasion, l'Église et la déesse Terre s'unissaient ! Promesse de bonnes récoltes, leur mariage se célébrait lors d'une procession qui s'arrêtait à quatre stations, correspondant aux directions du cosmos.

— Un lointain héritage de la fête de Min, dit Thamos avant que Mozart, en ce 18 juin ensoleillé, créât son *Ave verum corpus*[1] pour petite chorale, cordes et orgue, dans la modeste église de Baden.

— Un problème grave ? s'inquiéta Wolfgang, surpris de la présence de l'Égyptien.

— Je pressentais un grand événement et ne voulais le manquer à aucun prix. Dirige, je t'en prie.

L'*Ave verum* ouvrait à l'âme les portes de la contrée de lumière, au-delà de la mort. Brève, dépouillée, l'œuvre bouleversa Thamos. Indissociable de l'initiation

1. K. 618. Mozart n'a retenu que cette partie du texte.

future, cette musique était marquée au sceau de l'Orient éternel.

Les deux Frères se retrouvèrent au-dehors.

— Peut-être existe-t-il une opportunité de célébrer une véritable fête de la Saint-Jean d'été, dit l'Égyptien. Acceptes-tu de composer une brève cantate à la gloire du soleil, âme de l'univers [1] ?

— Bien entendu !

— Je souhaitais te remettre les derniers chapitres du *Livre de Thot*. Ils nourriront ton inspiration et t'aideront à construire *La Flûte magique*.

Vienne, le 25 juin 1791

La fête de la Saint-Jean d'été n'avait pas eu lieu, et la cantate de Mozart demeura inachevée. La majorité des Frères craignait de s'attirer les foudres de l'Église en célébrant un rite fortement empreint de paganisme.

La composition de *La Flûte magique* donnait à Mozart un formidable élan créateur que rien ne pouvait entraver. Levé avant cinq heures, il écrivit à Constance à cinq heures et demie, et décida de faire une bonne farce au lourdaud Leutgeb en le persuadant qu'un vieil ami de Rome le cherchait partout. Le nigaud mit son beau costume du dimanche et se coiffa magnifiquement ! Tous ses proches éclatèrent de rire quand la supercherie fut dévoilée.

Wolfgang demanda à son Frère Puchberg 25 florins [2],

1. *Dir, Seele des Weltalls*, K. 429 (468a). La date et l'auteur du texte sont controversés.

2. Au total, depuis 1788, il reçut de Puchberg 1 415 florins, somme relativement modeste, puisqu'il percevait un salaire annuel de 800 florins et bénéficiait de revenus complémentaires.

nécessaires au bien-être de Constance à Baden. Ce serait son dernier emprunt, car il gagnerait bientôt suffisamment. De plus, il remercia son Frère de servir d'intermédiaire lors d'une vente de partitions d'une valeur de 450 florins, dont le compositeur ne réclamait que le tiers.

Les difficultés s'estompaient, Mozart pouvait se consacrer entièrement aux mystères d'Isis et d'Osiris.

43.

Vienne, le 26 juin 1791

— La femme de Mozart prend les eaux à Baden, apprit Geytrand à Joseph Anton. Il s'y rend de temps en temps, continue à fréquenter sa Loge, mais va moins souvent chez von Born. Soit l'état de santé du Vénérable s'aggrave, soit leur travail commun est en voie d'achèvement.

— Je crains le pire, mon brave ami ! Quant aux nouvelles en provenance de France, elles sont catastrophiques. Face à l'expansion de la folie révolutionnaire, Louis XVI a tenté de quitter son pays. Hélas ! on l'a arrêté à Varennes-en-Argonne. Refusant d'utiliser la force, il s'est livré pieds et poings liés aux fanatiques qui ont ramené à Paris le corbillard de la monarchie ! Une foule furieuse a menacé le couple royal des pires sévices, l'accusant de pactiser avec les ennemis de la Révolution. Un désastre s'annonce, Geytrand. Les doctrinaires exigeront tôt ou tard l'exécution du roi et de la reine, sèmeront une terreur sanglante et l'étendront à l'Europe entière. Et voilà l'insupportable désordre que prônent Mozart et ses amis francs-maçons !

Geytrand toussota.

— D'après nos informateurs, monsieur le comte,

Mozart n'éprouve aucun attrait pour la Révolution française.

— Nous l'accuserons de complicité. Ainsi, l'empereur le considérera comme un personnage dangereux et nuisible.

Vienne, le 26 juin 1791

Si Mozart négociait avec les piaristes[1], ce n'était certes pas en raison d'un retour de croyance, mais parce qu'il comptait confier à cette communauté religieuse plutôt stricte l'éducation de Karl Thomas dont le manque d'obéissance lui déplaisait. Le garnement n'en faisait qu'à sa tête, et seule une stricte discipline le maintiendrait sur le bon chemin. L'avenir de son fils dépendait d'un enseignement de qualité, quels que fussent les frais.

Wolfgang demanda à Constance de lui envoyer les deux costumes d'été, le blanc et le brun. Une recommandation : ne prendre des bains qu'un jour sur deux, et une heure seulement. La meilleure solution consisterait à ne pas se baigner du tout en attendant qu'il retournât auprès d'elle.

Thamos emmena Mozart chez von Born, cloué au lit.

— La situation française s'aggrave de jour en jour, déclara l'Égyptien. La famille royale est prisonnière des révolutionnaires, les Francs-Maçons sont soupçonnés de soutenir les Jacobins et de préparer la révolution en Allemagne.

— Autrement dit, estima von Born, c'est le plus mauvais moment pour créer *La Flûte magique*. En mettant l'initiation en avant, notre Frère Mozart risque de graves représailles.

1. Congrégation de clercs réguliers fondée en 1597.

— Vénérable Maître, affirma Wolfgang, je m'en moque. L'heure est venue de formuler ce que nous avons perçu.

— Sois bien conscient du danger, recommanda von Born. Toi, et toi seul, seras accusé de défendre l'Ordre maçonnique.

Mozart sourit.

— Je ne mérite pas cet honneur, mais je tenterai de m'en montrer digne.

Vienne, le 2 juillet 1791

Thamos présenta à Mozart plusieurs Francs-Maçons anglais. Ils souhaitaient rencontrer un artiste qui, malgré les multiples suspicions à l'égard de l'Ordre et le renforcement de la surveillance policière, n'hésitait pas à afficher son appartenance.

— Ne devriez-vous pas venir à Londres ? suggéra l'un des visiteurs. Là-bas, vous vous exprimerez en toute liberté et connaîtrez un succès éclatant.

— Je n'abandonnerai pas mes Frères en pleine tourmente. Nous parviendrons à persuader l'empereur de l'utilité de la Franc-Maçonnerie et de la noblesse de son idéal.

— Ne seriez-vous pas trop... optimiste ?

— Ne suffit-il pas de quelques êtres déterminés pour accomplir l'impossible ?

— Ne soyez pas imprudent, Frère Mozart. Londres vous attend.

Grâce aux deux services de courrier quotidiens entre Vienne et Baden, Wolfgang correspondait aisément avec Constance. *Je te prie de dire à Süssmayr, ce maladroit, de m'envoyer ma partition du premier acte, afin que je puisse faire l'instrumentation. Il serait bon qu'il expédie le paquet aujourd'hui, de manière qu'il parte demain matin par la première voiture ; je l'aurai ainsi dès midi. Même si tout va de travers, je n'ai qu'un souci : que tu sois en bonne santé. Alors, tout m'est bon.*

Vienne, le 3 juillet 1791

— Mon cher Frère, dit Schikaneder à Wolfgang, je mets à votre disposition un petit chalet dans le jardin proche du théâtre où sera représentée notre *Flûte magique*. L'endroit est charmant et reposant. À l'intérieur, une table, une chaise, du papier à musique et de l'encre à volonté ! Les membres de la troupe vous encourageront et vous apporteront à manger et à boire.

Ainsi se succédèrent Franz-Xaver Gerl, le futur Sarastro, marié à l'interprète de Papagena, Josepha Hofer, sœur de Constance et Reine de la Nuit, Mlle Gottlieb, toute jeune Pamina, et Schack, fier Tamino, dont l'épouse serait la troisième Dame.

Très soudés, chanteurs et chanteuses découvraient avec passion ce nouvel opéra. Lors d'une pause, Wolfgang, par lettre, recommanda à Constance de boire du vin, sain et peu coûteux, car l'eau était vraiment trop mauvaise.

Puchberg lui apprit qu'il venait de vendre des partitions au Frère Franz Deyerkauf, marchand de musique à Graz, en Styrie, et grand admirateur de l'œuvre de Mozart à la gloire duquel il comptait ériger un monument dans son jardin.

Le lendemain, Wolfgang envoya 3 florins à Constance, et 25 le surlendemain. Le travail avançant bien, il rendit visite au baron Wetzlar, homme d'affaires qui l'aiderait à résoudre ses ultimes difficultés financières.

Dès que tout cela sera réglé, confia-t-il à son épouse,

je serai tout de suite près de toi. J'ai décidé de me reposer entre tes bras, et j'en aurai besoin, car les soucis, l'anxiété et les allées et venues me fatiguent passablement.

44.

Vienne, le 6 juillet 1791

— Mozart travaille jour et nuit dans un petit chalet, proche du théâtre de Schikaneder, révéla Geytrand à Joseph Anton. La troupe me paraît être un ramassis de Francs-Maçons.

— Il nous faut un indicateur.

— Les bavardages suffisent, monsieur le comte.

— Résultats ?

— Mozart compose un grand opéra. Il en a écrit lui-même le texte, à la suite des séances de travail avec Ignaz von Born, et Schikaneder l'adapte pour le théâtre. Il s'agit d'une féerie, alternant passages chantés et parlés.

— Le sujet précis ?

— L'histoire d'une flûte magique et d'un couple d'amoureux. Schikaneder semble particulièrement fier de son rôle, un personnage vêtu de plumes qui amusera beaucoup son auditoire. Se sachant exclu des grandes salles en raison de ses échecs, Mozart ne cherche qu'à distraire le public populaire d'un théâtre de quartier.

Vienne, le 7 juillet 1791

Chaque matin, à sept heures, Wolfgang discutait avec Goldhann pour mettre au point les modalités de son prêt sans être trop pénalisé. Il s'excusa auprès de Constance de ne lui adresser qu'une seule lettre par jour, tant il avait de travail.

Loin d'elle, le temps lui paraissait interminable, mais il lui fallait progresser coûte que coûte dans l'écriture de *La Flûte magique. Je ne peux t'expliquer mes sentiments*, lui confia-t-il, *c'est une sorte de vide qui me fait bien mal, une certaine aspiration jamais satisfaite. Elle ne cesse donc jamais, et s'accroît même de jour en jour. Quand je songe quelle gaieté enfantine était la nôtre à Baden ! Ici, je vis des heures tristes et ennuyeuses. Même mon travail ne me charme plus, car j'étais habitué à m'interrompre de temps à autre pour échanger quelques mots avec toi, et ce plaisir est maintenant impossible. Si je me mets au piano et chante quelque chose de mon opéra, je dois tout de suite m'arrêter, cela m'émeut trop. Basta ! Dès que mon affaire sera conclue, je pars sur-le-champ.*

Wolfgang ne pouvait vivre heureux sans Constance, surtout en cette période de labeur intense où il aurait aimé lui parler de sa musique, tellement intense qu'il n'en supportait pas l'impact ! Le rituel de *La Flûte magique* l'emmenait au-delà de lui-même, au cœur du mystère de l'initiation. Les notes et les mélodies provenaient d'une lumière d'en haut qu'il parvenait, grâce à un effort épuisant, à formuler sur le papier. Jamais une œuvre n'avait autant exigé de lui.

Baden, le 9 juillet 1791

À Baden, Constance reçut un créancier et l'apaisa en lui promettant un prochain paiement. Wolfgang s'inquiéta des conséquences de cette démarche et d'éventuelles pénalités, alors que les derniers détails du contrat avec Goldhann n'étaient pas encore réglés.

Parfois découragé, il avait envie de tout abandonner et de retrouver la quiétude auprès de son épouse. C'eût été une fuite enfantine, et Schikaneder le suppliait de ne pas perdre un instant. Monter *La Flûte magique* était sa grande affaire, tant il croyait au succès de l'opéra.

À Baden, Süssmayr servait de domestique à Constance. Mozart l'appelait volontiers *Sauer*mayr, « l'acide », plutôt que *Süss*, « le doux », car il le jugeait envieux et peu intelligent. Au moins, il se rendait utile.

Enfin, le 9 juillet, le compositeur se précipita à Baden, serra Constance dans ses bras après avoir caressé Gaukerl, et réprimanda Karl Thomas, beaucoup trop turbulent.

— Tu es épuisé, constata-t-elle.

— Et toi, comment te portes-tu ?

— Cette cure m'est très bénéfique.

— Te sens-tu complètement remise ?

— Pas encore, mais je rentre avec toi à Vienne.

— Songe d'abord à te soigner, je t'en prie. Si je te sais heureuse et gaie, je supporterai n'importe quelle épreuve.

— Je veux être auprès de toi afin que tu puisses travailler en paix.

Vienne, le 12 juillet 1791

Comme les piaristes demandaient à Mozart de diriger une messe et qu'il persistait à leur confier l'éducation du turbulent Karl Thomas, il pria son ami Anton Stoll, maître de chœur à Baden, de lui envoyer la partition de l'une de ses musiques d'église qu'il lui avait confiées.

Le retour de Constance le mettant d'excellente humeur, il commença sa lettre avec entrain : *Très cher Stoll, excellent fol ! Très grand drôle, tu es soûl ! N'est-ce pas que le bémol te colle ?*

La missive expédiée, Wolfgang reçut Thamos, accompagné de Franz-Heinrich Ziegenhagen, Franc-Maçon, négociant et pédagogue de Hambourg.

L'Égyptien cherchait des appuis pour la future société initiatique, la Grotte, et Ziegenhagen, ravi de revoir Mozart, avait conçu un projet original par rapport aux Loges conventionnelles.

— Nous devons permettre l'épanouissement de l'esprit et du cœur, rappela le Hambourgeois. Les adeptes seront délivrés de toute religion dogmatique, apprendront un métier manuel et penseront librement. J'ai écrit l'hymne de la nouvelle communauté. Acceptez-vous de le mettre en musique ?

— Son contenu ? demanda Wolfgang.

— D'abord un récitatif dédié au Grand Architecte : « Vous qui louez le créateur de l'univers infini, qu'on le nomme Jéhovah ou Dieu, Fu ou Brahma, écoutez ! Écoutez par la voix du trombone les paroles du Maître de l'Univers ! Leur son éternel retentit à travers les continents, les planètes et les astres. Et vous aussi, êtres humains, écoutez-le ! »

— Puisse le Grand Architecte vous entendre, souhaita le musicien. Ensuite ?

— Un mouvement lent recommande d'aimer l'ordre, la mesure et l'harmonie. La véritable noblesse n'est-elle pas la clarté d'esprit ? Alors, il sera possible d'unir les mains des êtres lucides, de se débarrasser de l'erreur et de découvrir la vérité que célébrera un allegro, chassant les fausses croyances. On transformera le fer des armes en soc de charrue et l'on fera sauter les rochers avec la poudre noire servant jadis à fabriquer des munitions pour tuer des hommes. Un deuxième mouvement lent proclame qu'il ne faut pas accepter le règne du mal comme une fatalité. La raison peut l'emporter et vaincre malheur et aveuglement. Soyons sages, soyons forts, soyons Frères ! Nos plaintes deviendront des chants d'allégresse et les déserts se transformeront en jardins d'Éden. Et l'ultime allegro affirme : ainsi sera atteint le vrai bonheur de la vie.

— Votre texte et vos idées me conviennent, approuva Wolfgang. J'écris immédiatement une cantate [1].

L'œuvre fut simple, dépouillée, presque austère.

Mozart n'était plus seul ! Un autre Maçon cherchait à faire sortir les Loges de l'ornière. Si son expérience réussissait, Frères et Sœurs de la Grotte trouveraient de précieux alliés [2].

1. K. 619, *Une petite cantate allemande*.

2. Ce fut en Alsace que Ziegenhagen tenta d'implanter une confrérie. À la suite de son échec, il se suicida.

45.

Vienne, le 12 juillet 1791

Élégamment vêtu, sans ostentation, l'abbé Lorenzo Da Ponte fut reçu, en tête à tête, par l'empereur Leopold II, à onze heures du matin.

— Majesté, je tiens à proclamer ma parfaite loyauté à votre égard et à vous remercier de l'insigne faveur que vous m'accordez.

— Trêve de politesses alambiquées, l'abbé. Vous avez écrit et inspiré des pamphlets contre ma personne.

— On m'a beaucoup calomnié ! Si j'ai commis des erreurs, j'implore votre pardon.

— En échange de quel service ?

— Mes talents de librettiste nourrissent de nombreux opéras destinés à distraire nos chers Viennois, et je pourrais vous fournir quantité d'informations sur tel ou tel personnage de votre cour dont les propos et les actes sont parfois douteux.

— Des exemples précis ?

Da Ponte colporta mille et un ragots, mêlant vérité et mensonge. Il n'épargna personne, surtout pas ses concurrents.

— Vous avez souvent travaillé avec Mozart.

— J'ai écrit trois opéras qui lui ont permis de devenir célèbre.

— Qu'avez-vous à m'apprendre à son sujet ?

— Pas grand-chose ! Il aime passionnément son métier et compose à une vitesse extraordinaire.

— Ne complote-t-il pas contre les autorités ?

— Pas à ma connaissance, Majesté.

— Vous semblez mal informé, l'abbé.

— Majesté, je...

— Restons-en là.

À midi et demi, Lorenzo Da Ponte sortit du palais. Il n'avait pas réussi à séduire l'empereur et à reconquérir ses bonnes grâces.

Seule solution : s'enfuir[1].

Vienne, le 14 juillet 1791

Directeur du Théâtre national de Prague, Domenico Guardasoni arriva de fort méchante humeur dans la capitale de l'Empire. Il y rencontra Mazzolà, poète officiel et bien en cour, afin de préparer *La Clémence de Titus*, un *opera seria* qui serait joué à Prague lors du couronnement de Leopold II comme roi de Bohême. Vantant la générosité et la tolérance d'un empereur romain auquel serait identifié l'Autrichien, l'œuvre allumerait un contre-feu à la Révolution française, accusant tous les souverains d'Europe d'être des tyrans. En proclamant la largeur d'esprit de Leopold II, *La Clémence* serait une superbe propagande.

Certes, en avril 1789, Guardasoni avait passé com-

1. Après un séjour londonien, Da Ponte partit pour New York où il mourut, âgé de quatre-vingt-neuf ans, après avoir assisté à la création de *Don Juan*.

mande à Mozart, mais sans lui signer un contrat en bonne et due forme. L'étoile du musicien devenue trop pâle, le directeur de théâtre préférait confier ce travail délicat à l'auteur le plus en vogue, Antonio Salieri. Hélas ! à quatre reprises, il avait décliné la proposition.

Aussi Guardasoni voulait-il le voir en personne et le convaincre d'accepter. Imbu de sa grandeur et considérant Prague comme une ville de province dépourvue d'attrait, Salieri consentit néanmoins à recevoir ce quémandeur obstiné.

— Un opéra à l'antique... Cette mode-là est complètement dépassée !

— Les circonstances, maître, exigent ce style noble et sérieux.

— Je n'ai pas envie de gâcher mon talent.

— Il s'agit d'une commande officielle !

— Nous sommes le 14 juillet, le couronnement aura lieu le 6 septembre. Aucun compositeur – vous m'entendez bien, aucun ! – ne se lancerait dans une telle aventure au risque de produire une œuvrette ridicule qui déplairait fort à Sa Majesté.

— Je me permets d'insister et...

— Moi, je ne vous le permets pas. Débrouillez-vous avec votre *Clémence de Titus* et ne m'importunez plus.

Vienne, le 15 juillet 1791

— Très heureux de vous revoir, mon cher Mozart ! s'exclama Guardasoni. Prague vous garde toute son admiration. Vous souvenez-vous de notre contrat moral, à propos de *La Clémence de Titus* ?

— Je l'avais oublié.

— Le 6 septembre, vous ne l'ignorez pas, notre vénéré empereur sera couronné roi de Bohême.

— J'ai tant de travail, à l'heure actuelle, que je n'y songeais pas.

— Moi, je n'ai songé qu'à vous pour écrire cet opéra à la gloire de notre souverain ! Malheureusement, des difficultés administratives m'ont empêché de vous contacter plus tôt. Nous sommes mi-juillet, j'en suis conscient, et vous seul pouvez réaliser un exploit presque surhumain.

— Je termine un opéra auquel je tiens par-dessus tout et ne saurais avoir l'esprit occupé ailleurs.

— Terminez-le, Mozart, terminez-le vite ! Ensuite, écrivez *La Clémence de Titus*.

— Le 6 septembre... Irréalisable.

— Pensez à la reconnaissance de l'empereur !

Croyant à la parole de Guardasoni, Mozart avait composé plusieurs passages de cet opéra destiné à Prague et oublié au fond d'un tiroir. En travaillant très dur, il parviendrait peut-être à fournir à temps une partition convenable. N'était-ce pas le moyen d'obtenir un poste à la cour, de revenir au premier plan et de mieux protéger la Franc-Maçonnerie ?

— J'accepte, dit Mozart à Guardasoni, soulagé.

Vienne, le 16 juillet 1791

D'un geste incontrôlé, Antonio Salieri renversa son verre de vin.

— Mozart ? Mozart écrira *La Clémence de Titus* à ma place !

— Affaire conclue, confirma son secrétaire.

— Il ne dispose pas du temps nécessaire ! Ce prétentieux connaîtra un cuisant échec que l'empereur ne lui pardonnera pas. Cette fois, ce maudit intrigant sera piétiné et ne se relèvera plus.

— Espérons-le, maestro.

— Aucun doute ! Même en travaillant jour et nuit, il ne bâtira pas une tragédie musicale qui tiendra debout.

— Et si l'insensé réussissait ? En ce cas, il sortirait de l'ombre où ses échecs l'avaient relégué !

Se souvenant de son entretien avec le comte de Pergen, Salieri commença à prendre au sérieux ses suggestions. Se débarrasser de ce rival encombrant ne devenait-il pas impératif ?

46.

Vienne, le 23 juillet 1791

Joseph Anton venait d'apprendre deux mauvaises nouvelles.

La première était la commande officielle à Mozart de l'opéra prévu pour le couronnement de Leopold II à Prague. Pourquoi Salieri avait-il refusé ce contrat ? Délai trop court, à l'évidence ! De l'avis général, Mozart échouerait. Mais le comte de Pergen se méfiait de ce diable d'homme. Il appartenait à cette race très rare de constructeurs qui, surchargés de travail, étaient encore capables d'en faire davantage, défiant le temps et la fatigue. En cas de succès, le Franc-Maçon ne rentrerait-il pas en grâce auprès de l'empereur ?

La seconde provenait de Paris.

Le 17, au Champ-de-Mars, la population était venue signer une pétition réclamant la déchéance de Louis XVI. À la suite de heurts violents, la Garde nationale avait tiré sur la foule, et la responsabilité de ce désastre était attribuée au monarque, considéré par les révolutionnaires comme un traître à la patrie. Bientôt, ils n'hésiteraient plus à supprimer cet adversaire gênant, au terme d'une parodie de procès dont le résultat serait connu d'avance.

Les Loges maçonniques, et particulièrement celle de Mozart, prendraient le relais de cette vague destructrice.

Vienne, le 24 juillet 1791

— L'accouchement approche, annonça Constance à son mari. À la manière dont ce bébé s'agite, c'est forcément un garçon.

— Que les dieux nous soient favorables, pria Wolfgang. Après tant de souffrances, nous méritons bien un deuxième enfant doté d'une excellente santé.

— *La Flûte magique* lui portera bonheur.

Thamos interrompit les époux.

— Ignaz von Born désire te parler.

Le Vénérable, modèle de Sarastro, agonisait.

Seulement âgé de quarante-huit ans, il ressemblait à un vieillard usé par la douleur, mais faisait preuve d'une remarquable dignité.

Von Born donna à Mozart son tablier de Vénérable et son sceau, porteur d'une équerre.

— Que ce symbole demeure ton guide, mon Frère. Norme de toute construction, elle incarne la justesse et la rectitude. Grâce à elle, tu percevras les lois de l'univers et tu ordonneras la matière. Toute Loge naît de Dieu et de l'équerre ; sur elle sera fondée ta communauté initiatique où Frères et Sœurs vivront les Grands Mystères.

Wolfgang présenta un épais manuscrit à von Born.

— Voici notre œuvre, Vénérable Maître. J'ai terminé *La Flûte magique*. Puisse ma musique prolonger votre pensée.

— Elle la dépassera, mon Frère, et s'étendra à l'univers entier.

Ignaz von Born ferma les yeux.

Aucune cérémonie ne fut organisée en son honneur, aucun journal ne mentionna son décès.

Vienne, le 26 juillet 1791

Encore sous le coup de cette disparition, Wolfgang faisait les cent pas dans son appartement. Cette fois, pas de grand professeur de médecine, mais une sage-femme expérimentée.

Songeant sans cesse à Ignaz von Born, dont l'absence pesait déjà lourdement, Wolfgang admirait le courage de Constance qui, malgré quatre deuils cruels, n'avait pas renoncé à donner naissance.

À son exemple, il ne devait pas renoncer, quels que fussent les coups du destin. *La Flûte magique* verrait bientôt le jour, la société initiatique la Grotte naîtrait, et Mozart en assurerait la direction pour donner une vraie espérance aux futures générations.

La mine réjouie, la sage-femme sortit de la chambre.

— C'est un garçon, Franz Xaver. Et celui-là ne s'éteindra pas en bas âge [1] ! Votre épouse est fatiguée, mais se porte bien.

L'achèvement de son grand opéra, la mort d'Ignaz von Born, la naissance d'un fils... Pris dans un tourbillon, Wolfgang invita ses Frères Stadler et Jacquin à vider plusieurs bouteilles afin de reprendre pied.

1. Franz Xaver Mozart vécut cinquante-trois ans.

Vienne, le 28 juillet 1791

— Vous désiriez me voir, Süssmayr ? s'étonna Antonio Salieri.

— Merci de me recevoir, maître.

— Vous êtes l'élève et l'ami de Mozart qui vient de me voler *La Clémence de Titus* !

— Son élève, pas son ami ! Si vous saviez comment il me traite... Il est tellement imprévisible, tellement original ! Moi, j'ai besoin d'une existence paisible.

— Soyez plus clair, Süssmayr.

— J'aimerais travailler pour vous, maître.

Salieri réfléchit longuement. Engager un proche de Mozart, récolter ainsi mille et un détails précieux et les utiliser à bon escient... Trop beau, beaucoup trop beau !

— Décampez, jeune homme, et rejoignez votre professeur.

— Je suis sincère, maître ! Avec Mozart, il n'y a pas d'avenir. Avec vous, au contraire...

— Cessez de me prendre pour un imbécile ! C'est lui qui vous envoie, n'est-ce pas ? Mission ratée ! Mozart ne parviendra ni à me tromper ni à me ridiculiser, dites-le-lui fermement.

Dépité, Süssmayr battit en retraite. Humilié de servir de domestique à Constance, irrité par les remarques de Mozart, il aurait aimé les quitter.

À la suite d'un tel échec, impossible. Brisé, Süssmayr retourna à ses habitudes.

47.

Vienne, le 30 juillet 1791

Satisfait de la bonne marche de ses affaires, Puchberg ne regrettait pas d'avoir aidé Mozart dont la situation financière s'améliorait nettement. Si son nouvel opéra était un succès, comme le promettait le Frère Schikaneder, les dettes de Wolfgang seraient vite remboursées.

Âgé de vingt-huit ans, le comte Walsegg Stuppach, propriétaire de l'immeuble où habitait Puchberg, restait déprimé après la mort de sa jeune et belle épouse Anna, décédée le 14 janvier. Il se réfugiait souvent dans son château isolé, contemplant les sombres montagnes de Semmering.

— J'aimerais un *Requiem* à la mémoire de ma femme, confia-t-il à Puchberg. À condition de le signer moi-même, bien entendu.

— Je connais un auteur talentueux, Wolfgang Mozart.

— Mozart ? s'étonna le comte. Il n'acceptera jamais ! C'est un musicien connu et indépendant qui refusera mes conditions.

Songeant à la belle somme que percevrait son Frère

Wolfgang pour une œuvre religieuse conventionnelle qu'il composerait rapidement, Puchberg insista.

— Tout dépend de la manière de l'aborder, monsieur le comte.

— Qu'envisagez-vous ?

— Un émissaire anonyme lui offrira une rémunération convenable.

— J'y réfléchirai.

Vienne, le 10 août 1791

— Majesté, dit Domenico Guardasoni à Leopold II, j'ai contacté à plusieurs reprises l'illustre Antonio Salieri en le priant de composer *La Clémence de Titus*, mais il m'a opposé un refus définitif. C'est pourquoi j'ai choisi Mozart qui s'engage à respecter les délais.

Le directeur du Théâtre national de Prague redoutait une intervention brutale de l'empereur. L'engagement maçonnique du musicien faisait beaucoup jaser et l'on pouvait craindre sa mise à l'écart irrémédiable.

— Salieri est l'ennemi de tous les autres compositeurs, estima Leopold II. Quant à Mozart, il me coûtera beaucoup moins cher. Vous lui donnerez 200 ducats pour l'opéra et 50 autres pour les frais de voyage [1].

Vienne, le 12 août 1791

Constance se remettait bien de son accouchement, et le bébé se portait au mieux, sous le regard attentif de

1. Soit 1 150 florins. Rappelons que Mozart percevait un salaire annuel de 800 florins.

Karl Thomas, ravi d'avoir un petit frère. Au pied du berceau, Gaukerl montait la garde.

— J'ai accepté les conditions de Guardasoni, annonça Wolfgang à son épouse. Grâce aux prêts et au succès de *La Flûte magique* auquel croit tant Schikaneder, nous sortirons enfin de nos difficultés.

— Le délai est si court !

— Je devrai battre des records de vitesse, mais j'ai déjà composé plusieurs airs, et ce cher Süssmayr se chargera des récitatifs.

— Es-tu satisfait du livret ?

— Il ne me déplaît pas. Valentini [1] a déjà traité ce thème dans un opéra, créé à Crémone en décembre 1769, que j'ai eu la chance d'entendre. Se soumettant à la Sagesse – l'un des buts de l'initiation maçonnique – l'empereur Titus, non exempt de reproches, accorde son pardon, sans stupide pitié ni bienveillance aveugle, à ceux qui complotaient contre lui. Si les monarques actuels étaient éclairés à ce point et se montraient plus généreux et lucides qu'autoritaires, nous connaîtrions la vraie justice.

— Quels sont les ennemis de Titus ? demanda Constance.

— Vitellia, amoureuse du souverain, refuse de l'épouser puisqu'il en préfère une autre. Furieuse, elle demande à son ami Sesto de prendre la tête d'un clan d'insurgés. Leur mission : incendier le Capitole et assassiner Titus. Projet avorté, car le jeune homme ne veut pas devenir un criminel. Or, l'empereur, renonçant à conquérir celle qu'il convoitait parce qu'elle est éprise d'un autre homme, désire s'unir à Vitellia ! Et il découvre le complot : Sesto est arrêté et condamné à mort. Vitellia s'accuse d'être l'âme de la sédition.

1. 1704-1797.

Atteignant la sérénité, elle attend le juste châtiment de ses fautes. Qui a déclenché ce terrible processus, sinon l'empereur en personne ? Reconnaissant sa culpabilité, Titus pardonne à tous, et l'harmonie se rétablit. Ne sommes-nous pas seuls responsables de nos erreurs ? En aucun cas, nous ne devrions accuser autrui de nos faiblesses et de nos imperfections. Rigueur de Sarastro et clémence de Titus : voici les deux qualités majeures d'un vrai roi.

Vienne, le 15 août 1791

— Tu t'es trompé, mon brave Geytrand, jugea Joseph Anton. La mort du Vénérable Ignaz von Born n'a pas réduit Mozart à l'impuissance, bien au contraire. Il a terminé *La Flûte magique*, supplanté Salieri et retrouvé les faveurs du pouvoir tout en poursuivant ses activités maçonniques ! La disparition de son Maître le rend plus fort. Au lieu de s'effondrer, Mozart redouble d'énergie.

— Simple feu de paille, monsieur le comte. Il tente de noyer sa tristesse dans le travail.

— En réalité, il prend la tête d'une Franc-Maçonnerie occulte dont l'organisation lui a été dictée par von Born ! Le voilà en pleine ascension, doté d'une détermination à toute épreuve.

— Puisque j'ai réussi à supprimer von Born sans éveiller le moindre soupçon, rappela Geytrand d'une voix sourde, pourquoi ne pas appliquer la même méthode à Mozart ? Administrée à petites doses, l'*aqua toffana* ne laisse pas de traces. Action lente, mais certaine.

Joseph Anton réfléchit à haute voix.

— L'Église souhaite la disparition de Mozart,

Salieri aussi, et certains Francs-Maçons le jugent révolutionnaire. La multiplication des suspects me paraît excellente. D'une part, personne ne doit remonter jusqu'à nous ; d'autre part, l'un de nos alliés nous précédera peut-être.

Geytrand sourit.

— S'il est un endroit où Mozart ne se méfiera pas, c'est bien la Loge de Prague qu'il fréquentera pendant les fêtes du couronnement. Lors d'un banquet, il absorbera sa première dose de poison.

— Autrement dit, tu peux acheter un Frère Servant et le manipuler à ta guise.

— En effet, monsieur le comte.

Joseph Anton eut une dernière hésitation. Et si *La Flûte magique* était un échec, si le compositeur ne terminait pas à temps *La Clémence de Titus*, si l'empereur se sentait offensé au point de le renvoyer de la cour, si les Maçons l'excluaient de sa Loge à cause de ses audaces, si...

Mieux valait organiser l'avenir.

— Monsieur le comte, murmura Geytrand, m'autorisez-vous à régler le problème Mozart ?

— Commençons le processus. Si les événements tournent en notre faveur, il sera toujours temps de l'interrompre.

48.

Vienne, le 19 août 1791

Jamais Wolfgang ne se consolerait de la mort d'Ignaz von Born. Le Vénérable laissait un vide que personne ne comblerait. Sa pensée survivait dans *La Flûte magique* et prendrait sa pleine envergure lorsque Mozart, Stadler et la comtesse Thun ouvriraient aux Frères et aux Sœurs les portes de la Grotte, la communauté initiatique de demain.

Le soir, Wolfgang assista au concert de la virtuose aveugle Marianne Kirchgessner. À l'harmonica de verre, elle joua plusieurs œuvres, dont l'*Adagio et rondo* composé pour elle [1].

À la sortie de la salle, un homme âgé et sobrement vêtu aborda le musicien.

— Puis-je vous parler, monsieur Mozart ?

— Qui êtes-vous ?

— L'envoyé d'un homme riche et puissant. Il souhaite vous commander un *Requiem*.

— La messe des morts...

L'homme hocha la tête affirmativement.

— Est-il pressé ?

1. K. 617.

— Toutes vos conditions seront acceptées.

Requiem... Le mot résonna comme un coup de tonnerre dans la tête de Mozart. Soudain, la mort, la meilleure amie de l'homme, devenait menaçante.

— J'ai besoin de réfléchir.

— À votre guise, monsieur Mozart. Nous nous reverrons.

Vienne, le 20 août 1791

Les interprètes de *La Flûte magique* apprenaient leur rôle avec enthousiasme. Ils devaient à la fois bien chanter et bien parler, et Schikaneder se montrait intraitable, tant il tenait au succès de cette œuvre surprenante. Ses maigres connaissances maçonniques lui permettaient cependant de percevoir que cet opéra rituel ouvrait les portes d'un nouvel univers. En professionnel aguerri, il mettrait l'accent sur le personnage de Papageno, dont la force comique enchanterait le public.

En promenant Gaukerl, Wolfgang rencontra pour la deuxième fois l'homme âgé et sobrement vêtu.

— Avez-vous pris une décision, monsieur Mozart ?

— J'accepte.

— La somme de 100 ducats vous paraît-elle suffisante ?

— Tout à fait.

— En ce cas, le plus tôt sera le mieux.

— Je suis débordé et...

— Je compte sur vous, monsieur Mozart.

Aucune des questions que Wolfgang aurait aimé poser ne franchit la barrière de ses lèvres.

Les premières notes du *Requiem* chantaient déjà dans son cœur.

Vienne, le 21 août 1791

Après la fermeture des travaux de la Loge L'Espérance couronnée, le prince Karl von Lichnowsky invita chez lui deux Frères.

Le premier, un bourgeois fort aisé, gras et petit ; le second, un haut fonctionnaire, grand et raide.

— Une incroyable rumeur circule, avança le prince. Mozart aurait écrit un opéra trahissant nos secrets et voudrait créer un Ordre où les femmes seraient initiées aux Grands Mystères. Peut-on tolérer un tel scandale ?

— Évidemment non ! s'insurgea le bourgeois. Et certains souhaitaient élire Mozart Vénérable de notre Loge !

— Mes amis et moi-même l'empêcherons d'accéder à cette fonction, affirma le haut fonctionnaire. Hélas ! la mort d'Ignaz von Born ne réduit pas son disciple au silence.

— Je déteste ce Mozart depuis toujours, rappela le bourgeois. Si nous le laissons continuer, il nuira gravement à la Franc-Maçonnerie.

— Comment agir ? demanda le prince.

— D'abord en relançant votre procès dont l'enlisement est fort regrettable ; ensuite, en apprenant à l'empereur que ce musicien, gravement endetté, nuit à la réputation de la cour et ne mérite plus d'y figurer. Accusons-le d'immoralité et de manquements graves aux devoirs d'un homme d'honneur.

— Sera-ce suffisant ? s'inquiéta le bourgeois.

— Impossible d'aller plus loin, jugea Lichnowsky. Il s'agit tout de même d'un Frère !

— Un Frère qui s'apprête à nous renier et constitue une menace, objecta le haut fonctionnaire.

— Il a écrit gratuitement de la jolie musique pour

nos cérémonies, se souvint le bourgeois. La Loge entière en était illuminée !

— Ne cédons pas à la sentimentalité, recommanda le haut fonctionnaire. La Franc-Maçonnerie viennoise a déjà beaucoup souffert et son avenir pourrait être gravement compromis à cause de révolutionnaires comme Mozart. En France, la situation s'aggrave, et la peste propagée par les émeutiers risque de gagner d'autres pays, dont le nôtre. Qui accusera-t-on en premier ? Nous, les Francs-Maçons !

— Quelle injustice ! protesta le bourgeois. Nous sommes de fidèles sujets de l'empereur et n'avons nullement l'intention de bouleverser notre société.

— La police pense le contraire, indiqua le haut fonctionnaire. Von Born et les Illuminés de Bavière ont causé un tort immense. Laisser Mozart reprendre le flambeau serait une erreur fatale. Des informateurs dignes de foi m'ont appris qu'Antonio Salieri voulait sa perte. Et l'ex-ministre de la Police, le comte de Pergen, ne désarmera pas facilement. Si Mozart était victime d'un coup du sort, on désignerait l'un ou l'autre de ses nombreux ennemis, mais sûrement pas nous, ses Frères. Agissons donc en fonction des nécessités et débarrassons-nous de cet encombrant personnage.

Le prince Karl von Lichnowsky savait ce qu'il lui restait à faire.

49.

Vienne, le 24 août 1791

À huit heures du matin, tout était prêt. Constance, dont Mozart jugeait la présence indispensable, avait mis en pension Karl Thomas et le petit Franz Xaver, en excellente santé. Süssmayr s'assurait que son patron disposerait d'assez d'encre et de papier à musique, et Stadler terminait sa nuit dans l'une des confortables voitures à destination de Prague.

Un nouveau voyage, des heures épuisantes en perspective[1] !

Pendant le trajet, Wolfgang écrirait les dernières pages de *La Clémence de Titus* avec l'espoir de satisfaire l'empereur. Redoutant une filature, Thamos protégerait Mozart. Perpétuellement sur ses gardes, l'Égyptien était inquiet. Lors de la dernière Tenue de L'Espérance couronnée, certains Frères avaient semblé hostiles au musicien. Comment les Francs-Maçons accueilleraient-ils l'extraordinaire message de *La Flûte magique* ? La majorité s'opposait à l'initiation des femmes ; au mieux, elles devaient se

1. Mozart a passé environ un tiers de sa courte existence à voyager.

contenter d'imiter celle des hommes. Et quantité de Maçonnes, satisfaites de leurs cérémonies folkloriques et mondaines, les approuvaient.

À l'exemple d'Ignaz von Born, son Maître disparu, Mozart ne refusait-il pas de se soumettre au pouvoir politique et ne favorisait-il pas l'éclosion d'une initiation parallèle, donc dangereuse ?

Mozart prenait d'énormes risques, au-delà du raisonnable.

À l'instant où le compositeur montait en voiture, surgit l'homme âgé et sobrement vêtu.

— Vous partez, monsieur Mozart ?

— Déplacement professionnel.

— Ce voyage vous contraint d'interrompre la composition du *Requiem*, n'est-ce pas ?

— En effet.

— Fâcheux, très fâcheux.

— Dès mon retour, je m'en occuperai.

L'émissaire s'inclina et s'éloigna à pas lents, sous le regard inquiet de Constance.

— Je déteste cet étrange personnage ! Comment s'appelle-t-il ?

— Peu importe. J'avais envie de composer un *Requiem*, et ce commanditaire me place face à la mort.

— Ne parle pas ainsi, tu me fais frémir !

— Pardonne-moi, je ne devrais songer qu'à notre triomphe praguois !

Retrouvant sa bonne humeur, Wolfgang recommanda à Süssmayr de ne pas sommeiller et de continuer à écrire, même médiocrement, le reste des récitatifs.

Prague, le 26 août 1791

L'arrivée d'Antonio Salieri, avec ses cinq voitures et ses vingt musiciens de cour, ne passa pas inaperçue. Précédant Mozart, il restait le premier compositeur de l'Empire. Il contrôlerait les artistes locaux et le programme des concerts donnés pendant les fêtes du couronnement.

Parfait alibi : faire exécuter au moins une messe de Mozart dont il souhaitait ardemment la disparition ! Ici, à Prague, Salieri ne se trouvait pas en terrain conquis, car l'on y appréciait *Les Noces de Figaro* et *Don Juan*.

Salieri savait que ses œuvrettes, des machines bien huilées, ne passeraient pas l'épreuve du temps. Les créations de Mozart, elles, avaient un parfum d'éternité. Certes, le brillant Antonio bénéficiait de l'estime des critiques qui vantaient l'excellence de son art, mais lui-même doutait du jugement des flatteurs, des prétentieux et des imbéciles, esclaves de l'air du temps.

Salieri se gavait de cette nourriture-là et désirait à tout prix préserver sa notoriété.

Vienne, le 26 août 1791

— Prenez la fuite, conseilla Geytrand à Joseph Anton. Si vous répondez à la convocation de l'empereur, vous serez arrêté. L'un de nos exécutants a dû lui révéler que vous n'aviez pas cessé vos activités.

Le comte de Pergen compulsa l'épais dossier de Mozart.

— J'ai toujours été un fidèle serviteur de l'État et je ne me comporterai pas comme un lâche.

Vêtu d'un somptueux habit de soie verte, Joseph Anton se rendit au palais impérial en se remémorant les étapes majeures de son inlassable lutte contre la Franc-Maçonnerie. En dépit des difficultés, il n'avait jamais renoncé.

L'empereur le reçut dans un petit salon.

— Vous n'êtes plus chef de la Police, comte de Pergen, mais vous continuez, avec votre réseau, à surveiller les Loges.

— Exact, Majesté.

— La Franc-Maçonnerie menace-t-elle vraiment la sécurité de l'Empire ?

— Sans aucun doute.

— Les Loges de Vienne et de Prague oseraient-elles importer les idées aberrantes des révolutionnaires français ?

— Malheureusement oui.

— J'espérais que ces folies se limiteraient à leur pays d'origine !

— Détrompez-vous, Majesté.

— Puisque vous vous sentez investi d'une mission, comte de Pergen, accomplissez-la !

— Que dois-je comprendre ?

— Demain, je signe avec le roi de Prusse une déclaration très ferme à l'intention des séditieux français. S'ils dépassent les limites, nous interviendrons militairement. Vous, comte de Pergen, chargez-vous des Francs-Maçons. En cas de guerre, aucune trahison de l'intérieur ne doit altérer la cohésion de l'Empire. Nous partons ensemble pour Prague et vous assurerez ma protection.

50.

Prague, le 28 août 1791

Les paysans rentraient les moissons, les vignes étaient rouge et or, le ciel d'un bleu étincelant, et la vallée du Danube, ornée de belles demeures, déployait ses charmes. Constance savourait chaque moment de ce voyage paisible, Wolfgang ne cessait de composer. De temps à autre, il jetait un œil au paysage, puis se remettait au travail.

À l'approche de Prague, *La Clémence de Titus* était presque terminée.

La voiture du compositeur prit la direction de la Bertramka, la villa des Duschek dont Mozart appréciait le confort et le calme.

— Enfin de retour ! s'exclama la cantatrice Josepha. Pourquoi te fais-tu si rare ? Prague ne songe qu'à t'acclamer !

— Vienne est une dévoreuse, s'excusa Wolfgang.

— Te voilà promu musicien officiel, paraît-il ?

— N'exagérons rien !

— Salieri se pavane, mais l'empereur t'a choisi pour composer l'opéra qui marquera le point d'orgue des fêtes du couronnement.

— Encore faut-il qu'il soit achevé et qu'il lui plaise.

— Ton cabinet de travail t'attend, cher Wolfgang.

Pendant que Josepha et Constance se désaltéraient à l'ombre d'un chêne, le musicien, accompagné de Gaukerl, s'isolait dans une pièce lumineuse et aérée. Doté d'une excellente énergie, il reprit la plume.

Thamos, lui, contactait les Frères praguois, impatients d'accueillir Mozart en Tenue. Curieusement, l'étau semblait se relâcher. Sceptique, l'Égyptien multiplia les vérifications.

De fait, le domicile des principaux dignitaires n'était plus surveillé.

Pourquoi tant de mansuétude, au moment de la venue de l'empereur ? Les mesures de sécurité, au contraire, auraient dû être renforcées !

Troublé, Thamos ne relâcha pas la garde.

Prague, le 31 août 1791

Arrivé le 29, Leopold II résidait à la Hofburg, sur une colline dominant la cité. Le 30, l'impératrice Marie-Louise s'était installée au château Lieben avec une partie de la cour. Et ce mercredi, la procession de l'Invalidenhaus, en direction de la cathédrale Saint-Guy, saluait la présence du couple impérial qui pénétra dans la cathédrale au son d'une musique dirigée par Antonio Salieri.

Les gardes du corps de Leopold II étaient nombreux et voyants. Une seconde brigade, très discrète, avait reçu l'ordre d'intervenir à la moindre menace.

Comme si le pouvoir se désintéressait de la Franc-Maçonnerie locale, les indicateurs habituels n'épiaient plus les Loges. En réalité, l'équipe de Geytrand prenait le relais de policiers trop voyants.

Mozart ne profiterait-il pas de ce séjour pour

recontacter ses Frères et préparer l'avenir ? Anton prouverait à l'empereur que le musicien était bien le chef d'une organisation occulte s'étendant au-delà de Vienne.

Prague, le 2 septembre 1791

La veille, on avait joué des airs de *Don Juan* sur instruments à vent, lors d'un dîner à la cour. Et ce soir, au Théâtre national de la vieille ville, était représenté ce même *Don Juan* en présence du couple impérial dont chaque Praguois savait qu'il n'appréciait guère la musique de Mozart.

Mille personnes remplissaient la salle, et l'on avait refusé l'entrée à un nombre considérable d'amateurs.

Parmi les instrumentistes, ravis de rejouer cette œuvre sublime, Anton Stadler fit chanter la clarinette basse, enfin mise au point après des années d'effort. Il n'exploita pas toutes les ressources sonores de l'instrument, les réservant à son Frère Wolfgang. Ne composerait-il pas un concerto digne de ce nouvel instrument ?

— Tout est en ordre, Majesté, murmura le comte de Pergen à l'oreille de l'empereur. Vous pouvez goûter sans inquiétude votre séjour praguois.

— Que fait Mozart ?

— Il joue au billard avec des amis, boit du vin et travaille.

— Aura-t-il terminé à temps *La Clémence de Titus* ?

— Le connaissant, j'en suis certain.

— Ce petit homme me paraît parfois extraordinaire.

— Il l'est, Majesté. Et donc d'autant plus dangereux.

Prague, le 3 septembre 1791

À la suite d'un joli coup qui lui donna la victoire, Wolfgang quitta le billard et pénétra dans l'arrière-salle du café où il retrouva Thamos, le comte Canal et une dizaine de Frères praguois, conscients de la gravité de la situation.

— La Révolution française inondera l'Europe, prédit l'Égyptien, et inspirera quantité de doctrinaires. Au nom de l'idéologie, tous les crimes seront permis. Un État centralisé imposera sa loi et empêchera toute liberté de pensée. Avant d'être persécutés, les Francs-Maçons feront allégeance au nouveau régime. En Autriche et en Bohême, on les accusera de propager des idées subversives. Et notre Frère Mozart figurera au premier rang, à la fois en tant que disciple d'Ignaz von Born et auteur de *La Flûte magique*, un opéra rituel qui désarçonnera nombre de Frères.

— Ne dramatisons pas, recommanda le comte Canal. Certes, notre Ordre traverse une période difficile. À mon sens, la Révolution française ne dépassera pas le cadre de ses frontières. En cas de débordement, l'Autriche et la Prusse interviendraient, et leurs armées écraseraient facilement la bande de gueux rassemblés par l'adversaire.

Chargé de faire le guet à l'extérieur, le Frère Couvreur frappa plusieurs coups à la porte de ce temple improvisé.

— Nos travaux sont suspendus, décréta Thamos.

Aussitôt, les Frères se dispersèrent. Certains empruntèrent la porte des cuisines, d'autres s'installèrent dans la salle principale, et Mozart retourna au billard.

— Un type bizarre pose de drôles de questions aux

serveurs, indiqua le Couvreur à l'Égyptien. On l'a déjà repéré près de la Loge.

— Le service secret du comte de Pergen continue à nous traquer, conclut Thamos.

51.

Prague, le 4 septembre 1791

En ce beau dimanche de fin d'été fut prêté le serment d'allégeance à l'empereur Leopold II en la cathédrale Saint-Guy, après la célébration d'une messe que dirigeait l'omniprésent Salieri.

Malgré des rumeurs désobligeantes, il demeurait bel et bien le musicien favori de la cour, dont il contrôlait les intrigues d'une poigne de fer.

Restait le problème Mozart. Selon un informateur, il passait plus de temps à jouer au billard qu'à composer *La Clémence de Titus* ! Mais Salieri ne se réjouissait pas, car le comportement de ce musicien-là ne ressemblait à aucun autre. Tout en s'amusant ou en conversant, il concevait les grandes lignes d'une partition et les couchait ensuite sur le papier avec une rapidité extraordinaire.

Salieri fabriquait de la musique, Mozart était habité par elle.

— Magnifique exécution, jugea Joseph Anton. L'empereur est très satisfait de votre prestation.

Salieri se haussa du col.

— Vous, à Prague ?

— Sa Majesté m'a ordonné d'assurer sa sécurité et de réduire au silence d'éventuels contestataires.

— Délicate mission, monsieur le comte !

— Je l'assume. En revanche, je vous trouve particulièrement bienveillant à l'égard de Mozart.

— S'il ne termine pas son opéra à temps, il sera discrédité à jamais ! Il paraît qu'il joue au billard au lieu de travailler.

— Trompe-l'œil, mon cher ! Mozart sera à l'heure, comme d'habitude, et il vous ridiculisera, une fois encore. Continuez à vous boucher les yeux et les oreilles, et vous disparaîtrez.

Salieri fut ébranlé.

— Comment réagir ?

— Ne vous l'ai-je pas suggéré ?

— Je ne suis qu'un musicien et...

— Prague est une ville d'alchimistes. Certains utilisent des substances dangereuses et se débarrassent de leurs ennemis en toute discrétion.

— Je n'ose comprendre !

— Ne jouez pas les naïfs, Salieri. Voici l'adresse d'un de ces spécialistes. Allez donc le voir et suivez ses conseils.

Prague, le 5 septembre 1791

La Tenue secrète s'était terminée vers deux heures du matin par un banquet au cours duquel le comte Canal révéla que la police continuait à redouter l'influence souterraine des Illuminés, décidés à soulever Prague contre Leopold II, et qu'elle considérait Mozart comme l'un de leurs chefs de file.

Cette confirmation des bruits insensés qui couraient également à Vienne ne coupa pas l'appétit du compositeur. Un Frère Servant, aux indéniables talents culinaires, avait préparé d'excellents plats.

Et l'on oublia les dangers et les menaces pour évoquer les mystères d'Isis et d'Osiris, seuls capables de redonner à l'initiation maçonnique sa pleine signification.

En mettant la dernière main à *La Clémence de Titus* dont la première répétition aurait lieu l'après-midi, Wolfgang eut un malaise. Très pâle, les yeux gonflés, le ventre douloureux, il se sentait presque incapable de composer.

— Veux-tu que j'appelle un médecin ? demanda Constance.

— Non, je vais déjà mieux. Je n'ai pas assez dormi, mais l'opéra est terminé.

Anton Stadler dissipa toute inquiétude.

— L'orchestre est excellent et la clarinette basse tout à fait au point. Dès notre retour à Vienne, tu pourras lui offrir un chef-d'œuvre.

— Occupons-nous d'abord de cette *Clémence* !

— Comment es-tu parvenu à tenir des délais aussi courts ?

— Sans nul doute, grâce aux dieux.

Prague, le 5 septembre 1791

Burggraf de Prague et principale autorité de la ville, le comte Rottenham était aussi l'un des confidents de Leopold II. L'empereur écoutait volontiers les avis de l'imposant personnage, fort imbu de sa fonction et dévoué à la famille impériale. Défenseur intraitable de l'ordre établi, il ne supportait pas le moindre mouvement contestataire en Bohême et tolérait à peine l'existence des Loges maçonniques, malgré leurs protestations de fidélité au pouvoir et à l'Église.

À la veille du couronnement, l'emploi du temps de

Rottenham était surchargé. Il accepta néanmoins de recevoir le comte de Pergen, ex-ministre de la Police.

— J'assure la sécurité de l'empereur, dit Joseph Anton, et je redoute une intervention de certains Francs-Maçons, enivrés par des théories révolutionnaires.

— Possédez-vous des preuves concrètes ?

— Un épais dossier, nourri de longues enquêtes. La Loge Amour-et-Vérité est particulièrement suspecte. À mon avis, elle demeure un foyer d'Illuminés et complote contre l'Empire.

— J'en ai entendu dire le plus grand mal, avoua le comte Rottenham, mais je ne dispose d'aucun motif légal pour l'interdire. Ses membres se gardent bien de commettre une faute grave, craignant d'attirer les foudres de la justice.

— Elle n'en est que plus dangereuse, estima Joseph Anton. Et elle ose afficher son impunité en recevant demain son chef occulte, alors qu'on couronne l'empereur !

— De qui voulez-vous parler ?

— De Mozart, l'auteur de l'opéra commandé par Sa Majesté.

Rottenham ne dissimula pas sa contrariété.

— L'empereur doute encore de la culpabilité de Mozart, ajouta Joseph Anton. Or, depuis longtemps, je suis ce musicien à la trace. Il est devenu très vite Maître Maçon et ne cesse d'étendre son influence. Disciple de l'alchimiste Ignaz von Born, Mozart dirige une organisation secrète, chargée de révolutionner nos modes de pensée.

Le comte Rottenham feuilleta les pages du dossier, s'attardant sur quelques passages et se promettant de lire le document en détail.

— Qu'attendez-vous de moi ?

— Intervenez auprès de l'empereur, démontrez-lui

que Mozart est un redoutable comploteur et vous contribuerez à la sauvegarde de l'Empire. Venant d'un homme pondéré, cette mise en garde prendra une grande valeur.

— J'agirai en mon âme et conscience, comte de Pergen.

52.

Prague, le 6 septembre 1791

— Vous êtes bien pâle, mon cher Mozart, observa Salieri.

— Juste un peu de fatigue.

— *La Clémence de Titus* achevée en un temps record... Quel exploit ! J'espère de tout cœur que votre opéra plaira à l'empereur. Pour lui, un grand jour ! Et je suis fier de diriger le programme de musique religieuse qui accompagnera la cérémonie du couronnement. Afin de prouver à Sa Majesté l'excellente entente régnant entre les musiciens de sa cour, j'ai sélectionné deux de vos œuvres, une messe et un motet[1].

— Délicate attention, je vous remercie.

Ce motet-là était un arrangement du premier chœur de *Thamos, roi d'Égypte* ! À l'évidence, Salieri signifiait ainsi qu'il n'ignorait rien des engagements initiatiques de son confrère et qu'il ne les désapprouvait pas.

1. K. 317 (*Messe du Couronnement*), et K. 345.

Prague, le 6 septembre 1791

L'archevêque de Prague dénuda l'épaule gauche de l'empereur et l'oignit des saintes huiles. Puis il la frotta de pain et de sel, avant d'offrir à Leopold la couronne de saint Wenceslas, le sceptre et la pomme dorée, symbole de l'univers sur lequel il était appelé à régner. À la taille, il lui attacha l'épée rituelle.

Les vœux solennels prononcés, le son des trompettes et des timbales emplit la cathédrale Saint-Guy. Au-dehors, des coups de canon annoncèrent l'heureux couronnement du nouveau roi de Bohême.

Prague, le 6 septembre 1791

À dix-neuf heures trente, au Théâtre national de Prague, la cour assista à la création de *La Clémence de Titus*[1], *opera seria* en deux actes de Mozart.

Pour les privilégiés qui avaient eu la chance de trouver une place, l'entrée était gratuite.

Sérieuse, voire sévère, l'œuvre mettait en relief la grandeur d'âme de l'empereur Titus. Au lieu de châtier cruellement ses ennemis, il leur accordait son pardon.

Marie-Louise d'Espagne détesta ce drame austère qu'elle qualifia de *porcheria tedesca*, « cochonnerie allemande ». Elle n'apprécia que le jeu très brillant d'Anton Stadler, au cor de basset et à la clarinette.

Lui-même peu enthousiaste, l'empereur reçut dans sa loge le comte Rottenham, visiblement contrarié.

— J'ai mené une enquête sur les Loges maçonniques praguoises, Majesté, et je soupçonne Amour-et-Vérité

1. K. 621.

d'être un refuge d'Illuminés. Même si leur Ordre a été officiellement dissous, ils continuent à diffuser leurs idées pernicieuses en utilisant le canal de la Franc-Maçonnerie. Et Mozart est leur chef de file occulte.

— En avez-vous la preuve ?

— Disciple d'Ignaz von Born, Illuminé et Franc-Maçon dissident, Mozart suit un chemin identique. Le 9 septembre, une Loge lui rendra les honneurs maçonniques en hommage à son action et à sa pensée que traduira son nouvel opéra, *La Flûte magique*. Il ne faut pas sous-estimer ce musicien, Majesté. Je le crois capable de conquérir à la fois Vienne et Prague, et d'utiliser sa notoriété pour séduire un vaste public. Avec cette *Clémence de Titus*, il espère vous amadouer.

— Autrement dit, conclut l'empereur, j'ai été abusé.

— En effet, Majesté. Empêcher Mozart de nuire davantage me paraît indispensable.

— Votre avis corrobore celui d'un de mes conseillers, le comte de Pergen, le meilleur spécialiste de la Franc-Maçonnerie. Nous agirons donc en conséquence.

Prague, le 7 septembre 1791

Depuis la fenêtre de sa chambre, Mozart contemplait la campagne. La villa de ses amis Duschek ressemblait à un petit paradis où il aurait dû oublier ses soucis. Mais ceux de Wolfgang étaient trop lourds.

— Échec total, dit-il à Constance.

— Ne sois pas excessif. Ton œuvre jouée devant le couple impérial, quel pas en avant !

— Détrompe-toi, chère petite femme. L'impératrice

a prononcé des mots très durs, et l'empereur n'a pas formulé le moindre compliment. Quant au public praguois, il est dérouté par une musique trop austère, tournée vers le style ancien, et tellement éloignée des *Noces de Figaro* !

— L'apologie du généreux Titus n'a-t-elle pas séduit Leopold II ?

— Au contraire, il l'a considérée comme une provocation ! Moi, le Franc-Maçon suspect, n'ai-je pas tenté de me blanchir ?

Prague, le 9 septembre 1791

— Des admirateurs souhaitent te voir, dit Thamos à Wolfgang.

L'Égyptien le conduisit au cimetière juif de Beth-Khayim, « la Maison de Vie » où l'attendaient une dizaine de kabbalistes.

Ensemble, ils arpentèrent ce lieu qu'habitaient les pensées de ceux qui, tout au long de leur existence, avaient recherché l'une des formes de la Sagesse.

Leur doyen saisit les mains de Mozart.

— Le néant n'a plus de prise sur vous. Votre création dépasse le temps et l'espace. Il revient aux initiés de prolonger l'œuvre du Créateur et, ce devoir-là, vous l'accomplissez de toute votre âme.

Les kabbalistes disparurent, Mozart resta seul au cœur d'un étrange silence, à mi-distance entre le ciel et la terre. En lui s'élevèrent les mélodies d'un concerto pour clarinette qu'il offrirait aux Loges de la Grotte.

Prague, le 9 septembre 1791

Dès que Mozart franchit le seuil de la Loge La Vérité et l'Union, le comte Canal vint à sa rencontre et le salua rituellement.

Les Frères entonnèrent la cantate de Mozart consacrée à la joie de l'initiation[1], composée en 1785 à la gloire de son maître, Ignaz von Born.

Ce soir, c'était lui qu'on célébrait, avec sa propre musique.

Thamos conduisit le Grand Magicien à l'Orient.

— À toi, Frère Wolfgang, de transmettre la Sagesse, but et secret de notre Ordre.

Surmontant son émotion, le musicien fit l'éloge de von Born, puis évoqua le thème central de *La Flûte magique*, le mariage alchimique du roi et de la reine.

Thamos ressentit l'enthousiasme des uns et le scepticisme des autres. Néanmoins, l'initiation renaissait.

1. *Die Maurerfreude*, K. 471.

53.

Prague, le 12 septembre 1791

Haïssant Mozart, « petit homme et petit compositeur », le très médiocre Leopold Kozeluch se prosterna devant l'impératrice Marie-Louise.

— Nous avons tous souffert, Majesté, en subissant l'abominable *Clémence de Titus* ! Quelle patience vous avez eue d'écouter jusqu'au bout cet opéra si médiocre ! Soyez certaine que je m'acharnerai à ruiner la réputation injustifiée dont Mozart jouit encore à Prague.

— Aimeriez-vous travailler à Vienne ?

Kozeluch s'inclina encore plus bas.

— Ce serait un très grand honneur, Majesté !

— Le poste de Mozart pourrait être bientôt vacant. Vous le remplaceriez avantageusement [1].

Guilleret, satisfait de pouvoir répandre son venin, Kozeluch raconta cet entretien à Salieri qui le félicita chaudement.

1. Leopold Kozeluch obtiendra satisfaction en juin 1792, avec un salaire double de celui de Mozart.

Prague, le 12 septembre 1791

— Je dois rentrer à Vienne pour retravailler *La Flûte magique*, confia Mozart à Thamos. Quelques morceaux manquent encore, et je veux compléter l'instrumentation.

— Nos Frères praguois désirent te revoir avant ton départ.

— J'ai composé un air de basse, « Je te laisse, chère, adieu[1] ! ». Eux comprendront qu'il s'adresse à la Loge.

À l'issue d'une Tenue clôturée par l'occultation des Trois Grands Piliers et l'effacement du tableau de la Loge sur lequel figuraient les éléments qu'utilisait le Maître d'Œuvre lors de la création du temple, Wolfgang reçut l'accolade des Francs-Maçons qui soutenaient son action et attendaient avec impatience *La Flûte magique*.

Ému aux larmes, le compositeur jura qu'il ne cesserait jamais de combattre en faveur de l'initiation, malgré obstacles et difficultés.

— Il faudrait vous reposer un peu, suggéra le comte Canal. Vous paraissez épuisé.

— Je veux parfaire mon opéra. Et puis il y a cette merveilleuse clarinette basse que j'ai tant envie de faire chanter ! Ensuite, nous verrons.

« Ensuite, pensa le comte Canal, Mozart continuera à créer, car les dieux le veulent ainsi. »

Wolfgang hésitait à partir, comme s'il pensait ne jamais revenir en ces lieux où il avait bénéficié d'une authentique chaleur fraternelle. Des instants privilégiés, savourés à leur juste valeur.

Revivrait-il, à Prague, une chaîne d'union d'une telle ferveur ?

1. K. 621a.

Vienne, le 15 septembre 1791

Le teint pâle, le regard terne et triste, plaisantant beaucoup moins qu'à l'ordinaire, Mozart se surmenait au point d'oublier le monde extérieur. Il désirait recréer le rituel d'Isis et d'Osiris, tout en composant un ample concerto pour clarinette, destiné à sa future communauté initiatique.

Soudain, il tombait sans force et son domestique, aidé de Constance, devait le porter sur son lit, sous l'œil inquiet de Gaukerl.

Puis il ouvrait les yeux, et l'énergie revenait.

— Étrange, confia-t-il à Constance. Naguère, j'ai travaillé davantage et je me portais mieux.

Wolfgang ne manquait pas d'appétit, et appréciait à la fois bière et vin livrés par un nouveau fournisseur, moins onéreux.

— Oublions ma santé, chère petite épouse, et préoccupons-nous de la tienne. Ce dernier accouchement t'a épuisée, et ta jambe te fait souffrir. Ne faudrait-il pas envisager une nouvelle cure à Baden ?

— Plus tard, chéri. Réjouissons-nous de voir grandir notre deuxième fils, si vigoureux et si souriant !

— Dommage que Karl Thomas soit trop turbulent. Nous ne sommes pas assez stricts.

— Ce n'est qu'un bambin !

— Justement ! S'il prend de mauvaises habitudes, il ressemblera à un bâton tordu. Pardonne-moi... je dois retourner au travail.

Vienne, le 15 septembre 1791

La comtesse Thun avait invité Mozart à dîner en tête à tête.

— Avez-vous présenté notre projet à vos Sœurs ?

— La plupart sont effrayées ou réticentes. Pour elles, l'initiation n'est qu'un passe-temps et non un engagement d'ordre spirituel. Elles apprécient les soirées mondaines au cours desquelles elles séduisent un Frère ou bien se laissent conquérir. D'autres ne songent qu'à singer les mâles et à devenir Vénérable Maîtresse, Surveillante ou Experte, sans comprendre qu'elles perdront leur âme en se masculinisant. Je n'en ai trouvé que sept désireuses de vivre une authentique initiation.

— C'est énorme ! estima Wolfgang. Les Frères ne seront peut-être pas plus nombreux.

— La situation serait-elle à ce point tragique ?

— Oui et non. D'après Thamos, l'Égypte elle-même ne comptait qu'un petit cercle d'initiés, et sans doute s'agit-il d'une loi éternelle. Qu'importe la quantité, si quelques êtres sont capables de bâtir le temple ?

L'optimisme de Mozart rassura la comtesse Thun.

— L'un de mes gendres, Razoumovsky, vous admire. Il souhaite vous faire inviter en Russie par le prince Potemkine, qui organisera une tournée triomphale. Vienne devient trop étouffante, mon Frère. Cette ville et ce gouvernement ne vous méritent pas. Quand la Grotte aura été fondée de manière officielle, il sera nécessaire de dépasser le cadre des Loges viennoises.

— Vous avez raison, ma Sœur. Mais attendons d'abord les réactions à *La Flûte magique*.

54.

Vienne, le 20 septembre 1791

« Bilan satisfaisant », jugea Joseph Anton.

La Clémence de Titus était un échec, les interventions de Salieri avaient été efficaces, le renom de Mozart s'effondrait. Enfin, l'empereur prenait pleinement conscience du danger qu'incarnait le compositeur, relais de la pensée révolutionnaire et menace pour la sécurité de l'Empire.

L'élimination de Mozart n'était plus un tabou.

Bien entendu, les autorités n'en seraient pas tenues responsables, et le décès du musicien apparaîtrait comme une mort naturelle, due au surmenage et aux soucis matériels.

— Mozart décline, déclara Geytrand, réjoui. Il a déjà eu plusieurs malaises, et aucun médecin n'en détecte la cause.

« Pourquoi ce génie ne s'est-il pas cantonné à la musique ? s'interrogea Joseph Anton, en proie à un étrange remords. Il aurait pu mener une carrière normale, tels Gluck, Salieri ou même Haydn, Franc-Maçon d'une seule Tenue. »

— Vous semblez inquiet, observa Geytrand. Pourtant, notre plan se déroule à la perfection.

— Hélas, la situation française continue à se dégrader. Le 14 septembre, le roi Louis XVI a été contraint de prêter serment de fidélité aux lois constitutionnelles promulguées par l'Assemblée constituante. En échange, il croit que lui et les siens auront la vie sauve. Quelle naïveté !

— Après la mise en garde de l'Autriche et de la Prusse, rappela Geytrand, les révolutionnaires n'oseront pas assassiner le roi !

— Rien ne les arrêtera.

— Il devient donc urgent de réduire Mozart au silence.

— En effet, mon brave ami. Et nous sommes le dernier rempart contre les ténèbres qui menacent d'envahir l'Europe.

Vienne, le 28 septembre 1791

Se sentant un peu mieux, Wolfgang termina *La marche des prêtres*, début du second acte de *La Flûte magique*, puis il acheva l'Ouverture que Thamos découvrit avec émerveillement. D'une gravité lumineuse, elle formait le prélude parfait à l'immense cérémonie initiatique conduisant à la consécration du couple royal.

— Demain, dit Mozart, c'est la générale de *La Flûte*. Jamais je n'ai été aussi angoissé. Si j'échoue, ce sera un désastre irrémédiable.

— Tu bâtis le socle du nouveau temple et tu n'échoueras pas.

— Tout à coup, je ne crois plus en rien ! Ni à ma musique, ni aux chanteurs, ni à l'orchestre, ni à la possibilité de vaincre le monstre désireux de nous priver de liberté et d'initiation. Je ne suis qu'un petit homme, incapable de supporter une charge trop lourde.

— Tu es l'aimé d'Isis, toute ta vie a été orientée vers le Grand Œuvre. Le doute est un élément essentiel de la création, à condition qu'il soit constructeur.

Vienne, le 29 septembre 1791

Agenouillé sur son prie-Dieu, l'archevêque de Vienne ressentit une vive douleur au mollet qui l'obligea à interrompre son dialogue avec le Père éternel. Irrité, il se releva difficilement et, boitillant, regagna son bureau où l'attendait son secrétaire.

— Des nouvelles de Mozart ?

— Ce soir, Éminence, a lieu la générale de *La Flûte magique*, une œuvre sulfureuse dont la rumeur prétend qu'elle propage le plus subversif des enseignements maçonniques.

— Mozart est donc en parfaite santé !

— Malgré des malaises et une grande fatigue, il dispose encore d'une énergie suffisante pour répandre sa doctrine perverse.

— Le nécessaire n'aurait-il pas été fait ?

— La résistance de ce petit homme dépasse l'entendement, Éminence. Néanmoins, notre patience sera récompensée. Mozart n'est tout de même pas une créature surnaturelle !

Le secrétaire se racla la gorge.

— Antonio Salieri désirerait être entendu en confession.

— Dites-lui que je suis souffrant, et occupez-vous de lui.

— Dieu doit-il lui pardonner ses péchés, Éminence ?

— Dieu pardonne toujours aux vrais croyants.

Vienne, le 29 septembre 1791

La répétition générale n'avait pas rassuré Mozart. Orchestre et chanteurs remplissaient parfaitement leur fonction, mais ce *grand opéra*, comme le mentionnait le catalogue personnel du musicien, lui semblait soudain trop austère pour séduire un vaste public.

Au moins, il resterait le livret, vendu 30 pfennigs à la caisse du théâtre, et dont le frontispice traduisait bien les intentions.

Frère de Loge de Wolfgang, l'éditeur Ignaz Alberti avait tenu ses promesses en publiant le texte à temps et en faisant figurer sur la couverture plusieurs symboles égyptiens et maçonniques. Se référant à Thot, dieu de la connaissance et des sciences sacrées, des hiéroglyphes ornaient la base d'une pyramide. Suspendue à la voûte d'un temple, l'étoile à cinq branches contenait le secret des deux chemins alchimiques, la voie brève de l'illumination et la voie longue des rites. Des pierres éparses, des statues et des colonnes brisées évoquaient le sanctuaire à rebâtir après sa destruction par les forces des ténèbres. Une grande urne funéraire rappelait la mort du Maître assassiné et ressuscité lors de l'initiation au troisième grade. Un sablier, élément du Cabinet de Réflexion, indiquait le passage du temps profane au temps sacré, de l'éphémère à l'éternel. Quelques outils, notamment un compas, permettaient aux Frères de construire en incarnant leur plan d'œuvre.

— Se dévoiler ainsi n'est-il pas imprudent ? s'inquiéta Schikaneder.

— Nos convictions ne sont-elles pas honorables ? répliqua Mozart. Jusqu'à présent, j'ai pris garde de dissimuler le chemin initiatique sous le voile du livret. *La Flûte magique* est beaucoup plus explicite.

— Compte sur moi et ma troupe, mon Frère Wolfgang ! Ce sera un triomphe.

55.

Vienne, le 30 septembre 1791

Le quartier populaire où se trouvait le théâtre de Schikaneder abritait l'église Sainte-Rosalie, des ateliers, des maisons, six grandes cours, un apothicaire, un moulin, un pressoir à huile, un jardin d'agrément aux allées bordées de parterres de fleurs et une auberge proche d'une fontaine à l'abri de vieux arbres. C'est là qu'avaient festoyé tout l'été chanteurs et chanteuses, entre les répétitions.

Le théâtre lui-même était un bâtiment en bois de trente mètres de long sur quinze de large, à la toiture recouverte de tuiles. Pouvant contenir mille spectateurs, il se dressait dans la vaste cour d'un immeuble appartenant à la famille des princes Stahremberg. Quant à la scène, grâce à ses douze mètres de profondeur, elle autorisait de somptueux décors et quantité d'effets surprenants.

Avant de se rendre à la première de *La Flûte magique* qui coïncidait avec la dernière, à Prague, de *La Clémence de Titus*, Mozart travailla à son concerto pour clarinette. En se recueillant, il se détachait du monde.

Sur l'affiche, le nom de Mozart n'occupait qu'une

petite place. Elle proclamait que les acteurs du théâtre Auf der Wieden avaient l'honneur de présenter *La Flûte magique*, un grand opéra en deux actes... d'Emmanuel Schikaneder !

« M. Mozart, par déférence pour le bienveillant et honorable public, et par amitié pour l'auteur de l'ouvrage, était-il précisé, dirigera aujourd'hui personnellement la représentation. »

Ensuite – s'il ne s'agissait pas d'un fiasco –, Henneber, joueur de carillon le soir de la première, serait le chef d'orchestre. Quant à Süssmayr, il tournerait les pages de la partition.

Wolfgang étreignit Constance.

— Je n'ai jamais eu aussi peur ! Cette œuvre est l'accomplissement de ma vie d'initié et de musicien. En cas d'échec, je ne m'en remettrai pas.

Thamos vint chercher son Frère dont l'anxiété était visible.

— Et si les chanteurs s'égaraient ? L'interprète de Pamina, Mlle Gottlieb, n'a que dix-sept ans, et Gerl, celui de Sarastro, me paraît bien jeune ! Winter, l'Orateur, n'est encore qu'Apprenti. Et puis la Reine de la Nuit, Mme Hofer, manque parfois de justesse. Alors, je...

— Assume toutes les imperfections d'une première et dépasse-les en maintenant la cohérence de l'ensemble.

À dix-neuf heures, la salle était remplie d'un public populaire et bon enfant, venu se distraire grâce aux nouvelles féeries de Schikaneder. Fort peu, en vérité, s'intéressaient à la musique de Mozart. D'abord du théâtre, et de l'amusant !

Très tendu, Wolfgang dirigea la grandiose Ouverture de *La Flûte magique* avec une majesté digne d'une Tenue consacrée aux Grands Mystères.

À peine se terminait-elle qu'un musicien, Johann

Schenk[1], se faufila jusqu'à Mozart et, les yeux embués par des larmes d'admiration, baisa les mains du génie qui venait de lui offrir une immense joie artistique.

Toujours aussi inquiet, Wolfgang dirigea du clavecin le premier acte. Thamos eut l'immense bonheur de voir se concrétiser le rituel élaboré en compagnie d'Ignaz von Born et de Mozart, au cours de soirées de travail inoubliables.

La mort du serpent maléfique, l'éveil de Tamino à son devoir initiatique, la Quête de Pamina, les facéties de Papageno enchaîné à ses aspirations profanes, la colère de la Reine de la Nuit décidée à détruire le sanctuaire des initiés, la trahison du Noir Monostatos tentant de conquérir Pamina, l'intervention des trois êtres célestes guidant Tamino vers la vérité, la première rencontre de Pamina et de Tamino en présence du Vénérable Sarastro les faisant conduire au temple des épreuves, le chœur final célébrant la noble voie de l'initiation capable de transformer la terre en royaume du ciel... Thamos vécut intensément ce premier acte qui déconcerta le public, habitué à des spectacles moins ardus.

Les applaudissements furent maigres.

Désespéré, Mozart se réfugia en coulisses. Son rêve s'effondrait, il n'était pas parvenu à rendre perceptible l'œuvre qu'il portait en lui depuis tant d'années. Un désastre mettait fin à sa carrière de compositeur d'opéra.

Cet échec-là était celui d'une vie entière.

— Rien n'est encore perdu, affirma Schikaneder. Le second acte plaira peut-être davantage.

— Inutile, jugea Wolfgang. Que Henneber me remplace.

1. 1753-1836.

— Persévère, recommanda Thamos, et mène ce rituel jusqu'à son terme.

Sortant de son abattement, Mozart retourna à son clavecin et dirigea le second acte comme un Vénérable aurait conduit une Tenue.

Avec *La marche des prêtres*, suivie de la délibération entre Sarastro et les initiés à propos de l'initiation de Tamino et de Pamina, l'attitude du public changea.

La magie de la musique gagna les interprètes, un lien profond s'établit entre eux et les auditeurs. Mozart les enchantait tous et les associait aux redoutables épreuves subies par Tamino et Pamina.

Vibrante d'émotions, la salle réagit à chaque air. Il ne s'agissait pas d'un spectacle mais d'une communion entre des êtres fort différents qu'élevait la puissance de l'œuvre.

Après la consécration du couple royal et le triomphe de l'initiation, il y eut un silence stupéfait, comme si les privilégiés de ce 30 septembre 1791 appréciaient l'ampleur du miracle auquel ils venaient d'assister.

Puis éclatèrent des applaudissements de plus en plus nourris, suivis d'une interminable ovation. On acclamait Mozart, on le réclamait.

Le compositeur avait quitté son clavecin, personne ne savait où il se trouvait. En explorant les coulisses, Schikaneder le découvrit, caché dans un recoin et refusant de se montrer sur scène. Il fallut l'aide de Süssmayr pour traîner de force le petit homme devant les spectateurs enthousiastes.

Comme Wolfgang aurait préféré un silence recueilli ! Gêné, ne sachant quelle attitude adopter, il songeait aux premières notes de *Thamos, roi d'Égypte*. Quel long chemin, combien d'épreuves jusqu'à cette *Flûte magique*, son Grand Œuvre !

Envolée la fatigue, oubliés les soucis matériels ! Quand Thamos lui donna l'accolade fraternelle, tous deux dédièrent ce succès au Vénérable Ignaz von Born. Du haut de l'Orient éternel, n'avait-il pas protégé cette naissance ?

56.

Vienne, le 1er octobre 1791

À la fois régisseur de scène et interprète du premier esclave de *La Flûte magique*, le Frère Karl Ludwig Giesecke était étonné par l'ampleur du succès. Lors de la deuxième représentation que Mozart avait accepté de diriger, de nouveau une salle comble et enthousiaste !

— Je le savais ! proclama Schikaneder qui obtenait un triomphe personnel en interprétant le rôle de Papageno avec force mimiques. Pas une seconde je n'ai douté de la réussite. Bon travail, mon Frère Giesecke.

Le régisseur se haussa du col.

— En revanche, poursuivit Schikaneder, je suis nettement moins satisfait de tes récentes déclarations.

— Je... je ne comprends pas.

— Allons, allons, ne fais pas l'imbécile ! Tu es un intellectuel cultivé, passionné de minéralogie comme von Born, et tu ne resteras pas toujours dans le milieu du théâtre. Mais ce n'est pas une raison pour prétendre que tu as écrit le livret de *La Flûte magique* ! Notre Frère Mozart en est l'unique auteur, même s'il m'a permis de le signer. Alors, plus de mensonges, et tiens-toi à ta place.

« Schikaneder a raison, pensa Giesecke, je ne passerai pas le reste de mon existence dans ce milieu[1] ».

Vienne, le 2 octobre 1791

Antonio Salieri était effondré.

Certes, le public du théâtre Auf der Wieden ne pouvait se comparer à celui du Burgtheater, et ni l'aristocratie ni la critique ne couvriraient Mozart de louanges. Pourtant, le succès couronnait bel et bien *La Flûte magique*, à tel point qu'elle serait jouée tout au long du mois d'octobre ! Et certains amateurs parlaient de chef-d'œuvre.

Mozart... Ce nom devenait insupportable ! Si la substance indétectable ne se révélait pas efficace, la renommée de ce maudit génie ne cesserait de croître, et il rendrait ridicule la totalité de ses collègues, incapables de l'égaler.

Vienne, le 2 octobre 1791

— Un grand succès, dites-vous ? s'étonna l'archevêque de Vienne.

— Malheureusement oui, Éminence, répondit son secrétaire. *La Flûte magique* soulève la ferveur populaire.

— La populace... Quelle importance ?

— Ce triomphe offrira à Mozart d'importantes rentrées d'argent et lui assurera une totale indépendance.

1. En 1794, il étudiera la minéralogie à Fribourg, puis séjournera au Danemark, en Suède et au Groenland avant de devenir professeur de minéralogie à Dublin où il mourra en 1833.

Et certains Francs-Maçons commencent à se méfier de lui.

— Pour quelles raisons ?

— La thèse de cet opéra est révolutionnaire ! D'une part, c'est un retour au paganisme, avec l'apologie des mystères d'Isis et d'Osiris. D'autre part, on assiste à l'initiation d'une femme, devenue l'égale de l'homme !

— Mozart va effectivement très loin, constata l'archevêque. Beaucoup trop loin.

— Ce n'est pas tout, Éminence. D'après des indiscrétions, il désire créer un nouvel Ordre, fondé sur les révélations de *La Flûte magique.*

— Les femmes y seraient donc admises !

— Elles y joueraient même un rôle essentiel. Les Frères suivraient le chemin traditionnel – Apprenti, Compagnon, Maître – et les Sœurs chemineraient selon des rituels spécifiques, issus de l'Égypte et du Moyen Âge. Puis les initiés se réuniraient au sommet pour célébrer le mariage alchimique.

— C'est un défi lancé à l'Église ! Prôner l'existence d'une spiritualité féminine peut conduire aux pires désordres, car aucune femme ne saurait être ordonnée et se substituer à un prêtre. Toutes doivent se soumettre à l'homme. Qui s'opposera à cette loi intangible sera sévèrement puni.

— Ce sont paroles d'Évangile, Éminence.

— En injuriant le Très-Haut, Mozart mérite le châtiment suprême. Cessons de tergiverser et montrez-vous efficace.

Vienne, le 2 octobre 1791

— *La Flûte magique* triomphe, monsieur le comte, déclara Geytrand, consterné. La critique désapprouve le public, mais le théâtre fait salle comble chaque soir, et le bouche à oreille fonctionne à plein régime.

Joseph Anton s'autorisa un petit verre d'alcool de prune.

— Ainsi, avec son opéra le plus ouvertement initiatique, Mozart parvient à toucher tous les cœurs, et beaucoup n'y verront que la victoire du bien sur le mal. Après tout, n'est-ce pas l'essentiel ? Aujourd'hui, Mozart se trompe. Le bien, c'est la révolution, la violence, la corruption et l'injustice ; le mal, c'est l'harmonie, la droiture et le respect de la vie. Ce musicien provient d'une autre planète et d'un autre temps. Personne n'adhérera à sa vision irréaliste.

— Mozart devient un auteur populaire, ajouta Geytrand. S'il continue à plaire et à séduire un vaste public, ses idées prendront une ampleur redoutable.

— Je le sais depuis longtemps, marmonna Joseph Anton, depuis l'instant où j'ai ouvert un dossier à son nom.

— Faut-il agir de manière brutale, monsieur le comte ?

— Surtout pas, mon brave ami. Même si elle prend encore quelques semaines, notre stratégie d'usure me paraît excellente. Et puis nos divers alliés ne restent sans doute pas inactifs.

Geytrand retrouva le sourire.

— Mozart n'a vraiment aucune chance de survivre.

57.

Vienne, le 7 octobre 1791

Après une étude de contrepoint pour basse, alto et deux violons sur « Ah, Dieu ! Du haut du ciel, regardenous[1] ! », Wolfgang avait travaillé à l'instrumentation du dernier mouvement de son concerto pour clarinette[2], un rondo, qu'il enverrait bientôt à Stadler qui se trouvait à Prague en compagnie de Thamos. Ils y rencontraient, en grand secret, des Frères s'intéressant à la création de la Grotte.

— Je suis prête, lui annonça Constance.

Coquette, pomponnée, habillée avec goût, elle était encore plus séduisante qu'à l'ordinaire.

Wolfgang l'enlaça.

— Je n'ai vraiment pas envie d'être seul, mais je dois rester ici et travailler dur. Et toi, tu achèveras de retrouver la santé grâce à cette nouvelle cure à Baden. Tu vas beaucoup me manquer, ma chérie ! Surtout, méfie-toi des séducteurs !

— J'emmène notre petit dernier, il ne quittera pas sa

1. K. 620b, en date du 3 octobre.
2. K. 622.

maman. Et Gaukerl montera autour de nous une garde vigilante.

— Soigne-toi bien, ma chérie.

— Tente de ne pas te surmener, et goûte pleinement le succès de *La Flûte magique*.

— À Baden, je n'ai aucune commodité pour travailler, et je préfère éviter tout embarras. Or, rien n'est plus agréable que de vivre un peu tranquille et de pouvoir parfaire une œuvre.

— Je te comprends et je t'approuve. À très bientôt, mon amour.

Tout de suite après le départ de Constance, accompagnée de sa sœur Sophie, Wolfgang disputa deux parties de billard *avec M. Mozart, celui qui a écrit l'opéra chez Schikaneder !*, comme il le notifia à son épouse.

Sans trop de regrets, en raison de la fatigue interdisant de longues promenades matinales, il vendit son cheval 14 ducats et se fit apporter du café par son valet de chambre et traiteur attitré, Joseph Primus, ainsi surnommé pour se moquer de l'empereur d'Autriche, *Josephus primus*, Joseph Ier ! Il le but en fumant une merveilleuse pipe et reprit sa plume.

Une lettre de ses amis Duschek lui apprit qu'à Prague on connaissait déjà le succès de *La Flûte magique* et que la dernière de *La Clémence de Titus*, en dépit de l'échec financier du spectacle, avait été acclamée !

Persévérance... L'un des enseignements majeurs de l'initiation maçonnique, si difficile à pratiquer, prenait aujourd'hui tout son sens.

À dix-sept heures, Wolfgang sortit de la vieille ville par la Stubentor, fit sa promenade favorite via le glacis et se rendit au théâtre. Ce soir-là encore, la salle était pleine ! Et l'on bissa plusieurs airs sous des applaudissements nourris.

Mais ce qui me fait le plus plaisir, confirma

Wolfgang à Constance dans la lettre qu'il lui écrivit à vingt-deux heures trente, *c'est le succès qui s'affirme par le silence.*

Vienne, le 8 octobre 1791

Dès cinq heures et demie, Primus fit du feu, puis réveilla Wolfgang. À six heures précises, le coiffeur. Vu les fortes pluies, le musicien recommanda à son épouse de se couvrir chaudement afin de ne pas s'enrhumer et de préserver les bienfaits de sa cure.

Après avoir ingurgité un délicieux morceau d'esturgeon, il composa jusqu'à treize heures trente. Détestant manger seul, il courut déjeuner chez son beau-frère Hofer. Il y croisa sa belle-mère et lui promit de l'emmener, le lendemain soir, écouter son opéra. De retour chez lui, il travailla tout l'après-midi avant de céder à la supplique du corniste et marchand de fromages Leutgeb, désireux de voir *La Flûte magique*.

Pour Wolfgang, une épreuve terrible ! Le lourdaud rit de tout, même des passages solennels. En vain, le compositeur tenta d'attirer son attention sur certains dialogues. Borné, Leutgeb ne comprenait rien.

— Tu n'es qu'un Papageno ! s'irrita Wolfgang qui se réfugia dans une autre loge où il écouta, en paix, la suite de l'œuvre.

Quand Papageno chanta en s'accompagnant de son carillon, il décida de tendre un piège à Schikaneder, un peu trop imbu de son succès. Le compositeur se rendit à l'orchestre et s'empara du *glockenspiel*.

Au moment où Schikaneder-Papageno marquait une pause, Wolfgang fit entendre un *arpeggio*. Le chanteur sursauta, regarda vers la fosse et aperçut Mozart. Comme il refusait de continuer, nouvel accord ! Énervé,

Schikaneder frappa son carillon et lui dit : « Ferme ton bec ! », déclenchant les rires du public. Beaucoup de spectateurs comprirent alors que ce n'était pas lui qui en jouait !

Ce soir-là, le triomphe de *La Flûte magique* s'affirma.

Avant de se coucher, Wolfgang écrivit à Constance qu'il semblait plus agréable d'entendre la musique à partir d'une loge située près de l'orchestre. Dès son retour, elle le vérifierait. Et puisque aucun courrier ne devait manquer d'une robuste plaisanterie, il pria son épouse de faire pincer le nez de Süssmayr par un crabe, de lui crever un œil et de lui secouer la tignasse. Ainsi, le benêt se souviendrait des bienfaits qu'on lui accordait.

Vienne, le 9 octobre 1791

Wolfgang se leva à sept heures et dégusta un demi-chapon que Primus lui avait apporté. Les deux hommes cherchèrent en vain les culottes d'hiver jaunes assorties aux bottes. Sans doute Constance les avait-elle envoyées à la lessive…

Mozart fut contraint de se rendre à la messe de dix heures chez les piaristes et tenta de convaincre le directeur de l'école d'admettre Karl Thomas. Indiscipliné, le garçonnet avait besoin d'une éducation rigoureuse.

Wolfgang déjeuna sur place puis regagna son domicile. Primus lui apprit deux nouvelles contrariantes. D'une part, la voiture postale étant partie avant sept heures, il faudrait attendre la suivante, en fin d'après-midi, pour lui confier la lettre de la veille. Constance ne la recevrait donc que dimanche soir. D'autre part, la rumeur prétendait qu'à Baden de nombreuses personnes tombaient malades ! Était-ce vrai ? Surtout, sa petite femme devait se méfier du temps ! Dans une semaine, Wolfgang la rejoindrait.

Le soir, il emmena sa belle-mère voir *La Flûte magique*. Quoique Maria-Cecilia Weber eût consulté le livret, la conclusion de son gendre fut sans appel : *On pourrait bien dire qu'elle a regardé l'opéra, mais pas qu'elle l'a entendu.*

58.

Prague, le 10 octobre 1791

Thamos n'était guère satisfait des premières Tenues secrètes réunissant les rares Francs-Maçons praguois désireux de participer à la création de la Grotte. L'idée les séduisait, mais chacun redoutait des sanctions administratives et, surtout, un excès de travail. Les capacités d'un Mozart n'étaient pas celles de tout le monde ! Et puis une véritable initiation féminine ne poserait-elle pas de délicats problèmes ? La plupart des Sœurs s'y montraient hostiles, car il ne fallait pas confondre l'idéal sublime de *La Flûte magique* avec la réalité des Loges.

L'Égyptien ne renonça pas.

Calme et patient, il expliqua et expliqua encore la nécessité de créer un centre spirituel où revivre l'initiation dans sa toute-puissance.

Anton Stadler appuyait les déclarations de Thamos et confirmait l'engagement d'un petit nombre de Frères et de Sœurs viennois, lassés par la médiocrité de la Franc-Maçonnerie profanisée.

L'enseignement de l'Égypte ne fournissait-il pas un trésor inépuisable dont *La Flûte magique* était une éclatante illustration ? Selon les fondateurs de la Grotte, cet opéra préludait à d'autres constructions rituelles, tant pour les Sœurs que pour les Frères.

À l'issue de débats animés, Thamos et Stadler sortirent de l'immeuble abritant les réunions secrètes.

Une pluie glaciale tombait sur le vieux Prague.

L'Égyptien empêcha son Frère d'avancer.

— On nous observe, chuchota-t-il.

— Impossible, personne ne connaît cette adresse !

— Sauf les participants à cette Tenue.

— L'un d'eux nous aurait-il vendus ?

— Probable.

— Nous avons tous juré de garder le silence !

— Combien d'hommes sont capables de respecter leur serment ? Les pires traîtres sont les initiés qui trahissent la parole donnée. Et comme nous l'apprend le rituel du grade de Maître, ils ne manquent pas.

Stadler frissonna.

— Sors par l'arrière-cour, recommanda Thamos. La ruelle n'est peut-être pas surveillée. Si l'on t'interpelle, crie très fort « au voleur ! », et j'interviendrai.

— Vous-même...

— Je me débrouillerai.

L'Égyptien patienta un bon quart d'heure.

Pas le moindre cri. Stadler avait donc réussi à s'éloigner.

Régulière, implacable, la pluie glaciale continuait à tomber.

Thamos songea à l'automne ensoleillé de la Haute-Égypte, sa saison préférée. La chaleur se faisait douce, le couchant recouvrait d'or les dunes alanguies. Le feu de l'été passé, on respirait mieux, et les nuits fraîchissaient, autorisant un sommeil réparateur. En fin de soirée, l'abbé Hermès l'emmenait volontiers dans le désert pour évoquer ses recherches. Et d'une seule phrase, soudain, tout s'éclairait. Les éléments épars accumulés se rassemblaient, les ténèbres se dissipaient.

Resserrant le col de son épais manteau, l'Égyptien se déplaça à pas pressés. Ainsi, il obligea ses adversaires à bouger.

Ils étaient au moins deux, décidés à le prendre en tenaille. Filature ou arrestation ?

Parfait connaisseur de la topographie de la vieille ville qu'il avait longuement étudiée en prévision de ce genre d'incident, Thamos sema ses suiveurs, qui se heurtèrent l'un à l'autre et faillirent en venir aux mains.

Dépités, ils choisirent des directions différentes.

Peu après, un trio leur succéda. Et d'autres sbires ne tardèrent pas à les rejoindre.

Un tel déploiement de forces impliquait la volonté de mettre fin aux Tenues secrètes des Praguois. L'ex-ministre de la Police, le comte de Pergen, avait probablement repris du service.

S'échapper de cette nasse ne fut pas facile. Par chance, esclaves de leurs consignes, les policiers ne prirent aucune initiative. Leur dispositif repéré, l'Égyptien passa entre les mailles du filet et regagna l'hôtel où Stadler dormait déjà du sommeil du juste.

Vienne, le 10 octobre 1791

À Paris, les révolutionnaires s'opposaient radicalement aux monarchistes. Cette fois, plus de concessions possibles. L'un ou l'autre camp s'imposerait et dicterait sa loi. Pieds et poings liés, Louis XVI aurait-il le courage et la possibilité d'entamer une bataille décisive ? En proie à une insécurité permanente, le pays ressemblait à un vaisseau en perdition.

— Prague est sous contrôle, affirma Geytrand.

— Mozart ? demanda Joseph Anton.

— Il n'a pas quitté Vienne, et son épouse se trouve en cure à Baden.

— Comment se porte-t-il ?

— Il semble aller mieux, mais ce n'est qu'une rémission. Nous avons éprouvé des difficultés, ces derniers temps, à lui faire ingérer la potion en raison des interventions malheureuses de son domestique. Bientôt, nous reviendrons à la normale. Et je compte utiliser un personnage intéressant : l'ex-Frère Franz Hofdemel, qui a quitté sa Loge depuis février. Maria Magdalena, la femme de ce juriste fortuné, est l'élève de Mozart. Puisqu'elle est enceinte, accusons le musicien d'être le véritable père. Fou furieux, Hofdemel voudra supprimer son rival sans se faire prendre, donc en utilisant le poison que nous lui procurerons. Un suspect supplémentaire, monsieur le comte.

— Brillant, mon brave Geytrand.

59.

Vienne, le 10 octobre 1791

En sortant de chez lui, Mozart se heurta à l'homme âgé et sobrement vêtu dont il avait presque oublié l'existence.

— Le *Requiem* a-t-il avancé, monsieur Mozart ?

— J'ai eu trop de travail.

— Je vous offre 30 ducats supplémentaires.

— Quel est le nom du commanditaire ?

— Je ne suis pas autorisé à vous le révéler.

— Est-ce un homme honorable ?

— N'en doutez pas, monsieur Mozart. Plus vite vous terminerez l'œuvre, plus mon patron sera content.

— Disons... un mois. Non, davantage ! Dites-moi votre nom, je vous prie !

— Je ne suis qu'un intermédiaire sans importance. À bientôt, monsieur Mozart.

Ce *Requiem*, Wolfgang désirait l'achever. Dès les premières notes inscrites sur la partition, il franchissait les portes de la mort, à la manière d'un Maître Maçon privilégiant la connaissance à la croyance. Et le *kyrie*, d'une incroyable puissance, était l'alliance parfaite de son art et de celui de Jean-Sébastien Bach. Mozart créait sa propre liturgie, soumettant le texte à la musique, évocatrice du redoutable affrontement des forces de destruction. Toute mort était déchirement et souffrance. Mais la lumière de l'esprit la retournait contre elle-même afin de découvrir la face cachée de la vie.

Demain, Wolfgang retournerait voir *La Flûte magique* en compagnie de Stoll, le maître de chapelle de Baden, et de Süssmayr, qui lui donnerait des nouvelles fraîches de Constance dont l'absence lui pesait chaque jour davantage.

Quant à Thamos, il remplissait une difficile mission à Prague, et le musicien ignorait la date de son retour.

Prague, le 12 octobre 1791

— Étant donné les circonstances, dit le comte Canal à Thamos, mieux vaut différer la création de la Grotte.

— Ce serait une grave erreur, estima l'Égyptien. J'ai rassemblé quelques Frères courageux, décidés à tenter l'aventure.

— Pas courageux, inconscients. Cette fois, la police de l'Empire ne se contente pas de surveiller les Francs-Maçons de Prague, elle les harcèle. L'avenir m'apparaît sombre, mon Frère. Et ce n'est sûrement pas le moment de défier le pouvoir. Chacun doit d'abord songer à sa propre sauvegarde. Nous restreindrons donc nos activités au maximum en prenant garde de ne pas effrayer les autorités et en louant leur tolérance. Croyez-moi, il n'existe pas d'autre solution.

— Mozart, lui, ne renoncera pas.

— N'est-il pas allé trop loin en écrivant *La Flûte magique* ? Sa célébrité ne le rend pas intouchable.

— Détiendriez-vous des informations ? s'inquiéta Thamos.

— Je suis simplement inquiet. Puisse mon très cher Frère Mozart abandonner son projet.

L'espace d'un instant, l'Égyptien se demanda si le comte Canal, pour préserver sa position et ses intérêts, ne collaborait pas avec la police.

— Je ne suis plus en mesure de garantir la sécurité des Frères participant à des Tenues secrètes, déclara le comte. C'est pourquoi je vous prie d'interrompre toute activité illicite.

— Activité illicite... Qualifieriez-vous ainsi l'initiation ?

Canal évita le regard de l'Égyptien.

— Vous nous en demandez trop, mon Frère. À elle seule, la Franc-Maçonnerie ne peut lutter contre toutes les injustices et les imperfections.

— Ni Mozart ni moi-même ne sommes des utopistes, et nous n'ignorons rien du danger. En lui résistant, nous nous renforcerons. En baissant la tête, nous serons écrasés.

— Chacun sa méthode, Thamos. La mienne consiste à laisser passer l'orage.

— Cet orage-là ne passera pas de sitôt. Si nous ne bâtissons pas un robuste centre spirituel, il ne restera que des ruines.

— Quand comptez-vous quitter Prague ?

— Après la création par Stadler du *Concerto pour clarinette* de Mozart. Elle devait marquer la naissance de la Grotte ici même, dans cette ville qu'il a tant aimée et qui l'a tant célébré.

— Adieu, mon Frère. Surtout, ne vous attardez pas.

Conseil ou menace ? Désormais, il fallait oublier Prague et s'intéresser à d'autres villes et à d'autres pays.

En sortant de l'hôtel particulier du comte Canal, Thamos observa les alentours. Peut-être la police de l'empereur l'attendait-elle.

Un moustachu s'approcha de lui.

— Auriez-vous l'heure ?

L'Égyptien consulta sa montre de gousset.

— Bientôt midi.

— Merci, mon Frère. Vous êtes fort aimable. Surtout, quittez Prague au plus vite.

Le passant s'éloigna, personne ne se rua sur Thamos.

En apparence, il restait libre de ses mouvements.

60.

Vienne, le 13 octobre 1791

Wolfgang n'en croyait pas ses yeux. Salieri, Antonio Salieri en personne, sollicitait deux places pour assister à *La Flûte magique* ! Summum d'hypocrisie ou bien tentative de réconciliation ? Il lui fit porter une réponse positive : ce soir même, à six heures, il l'emmènerait au théâtre.

Le compositeur y conduirait un autre privilégié, son fils Karl Thomas, qui se trouvait au pensionnat de Perchtoldsdorf.

— Tu as une mine magnifique, constata son père.

— Ici, je me plais. Je m'amuse au jardin le matin, je mange bien à midi, et je joue l'après-midi.

— Et les études ?

Le garçonnet bouda.

— Ça ne m'intéresse pas trop.

Karl Thomas ne s'améliorait pas d'un cheveu : mauvaises manières, aucun goût pour le travail. Ce pensionnat n'apprenait rien aux enfants. Il était temps de confier ce garnement aux piaristes afin qu'ils lui donnent une véritable éducation.

— Tu restes déjeuner, papa ?

— En effet, et je te réserve une surprise.

Les yeux de Karl Thomas brillèrent.

— Dis-moi vite !

— Ce soir, je t'invite à l'Opéra.

Le garçonnet bondit de joie.

— Je voudrais déjà y être !

À l'heure dite, Mozart passa chercher Salieri et sa maîtresse, la cantatrice Cavalieri.

— Vous nous accordez une grande faveur, cher ami, cher grand ami ! Sans vous, nous aurions dû arriver dès seize heures, avec l'angoisse d'être mal placés. Le succès est tel que les spectateurs sont innombrables !

— Je vous offre ma propre loge où vous serez tout à fait tranquilles.

Le couple redoubla d'amabilité. Attentif, Salieri s'exclama *bravo* ou *bello* après chaque morceau.

À la fin de *La Flûte magique*, lui et sa maîtresse se répandirent en compliments sur cette œuvre magnifique, digne d'être interprétée lors des grandes festivités, en présence des plus grands monarques !

En montant dans la voiture réservée par Mozart, Salieri continuait à proclamer son admiration et promettait de revoir très souvent cette merveille.

— Tu en fais beaucoup, observa sa maîtresse.

— Pas assez, tu veux dire !

— Je ne t'ai jamais vu aussi enthousiaste.

— Je n'avais jamais entendu une œuvre aussi géniale !

— Tu... Tu es sérieux ?

— Très sérieux. Cet opéra ne ressemble à aucun autre.

Le remords rongea brutalement Salieri. Il n'aurait pas dû s'attaquer de manière ignoble à un créateur d'une telle envergure. Mais personne n'arrêterait la marche du destin.

Vienne, le 13 octobre 1791

Doutant de la sincérité de Salieri, Mozart emmena Karl Thomas, ravi, dîner chez Hofer où le compositeur n'avait passé qu'une seule nuit. Son beau-frère s'était levé trop tard à son goût, troublant ainsi son emploi du temps et ses habitudes, et le mettant de méchante humeur.

Aussi père et fils regagnèrent-ils leur domicile.

Avant de goûter à un sommeil réparateur, Wolfgang songea à Thamos. Réussirait-il à rassembler quelques Frères et Sœurs praguois et à former les premières Loges de la Grotte ?

Vienne, le 14 octobre 1791

— J'ai reçu un document fort troublant, dit Leopold II à Joseph Anton, en lui montrant une lettre anonyme dénonçant un complot maçonnique contre l'Empire et annonçant une révolution imminente.

Comme la France, l'Autriche serait victime de fanatiques sanguinaires pour lesquels « un souverain se contentant de jouir de la vie ne méritait pas d'être assis sur un trône ».

Surprenante révélation : l'auteur de cette abominable déclaration était von Schloissnigg, secrétaire de cabinet, aujourd'hui à la tête des derniers Illuminés ! Et qui lui avait donné un poste officiel ? Le baron Gottfried Van Swieten !

— Ces accusations sont extrêmement graves, jugea Leopold II. Les estimez-vous crédibles ?

— Non, Majesté. À mon sens, il s'agit d'un règlement de comptes dû à un courtisan ambitieux. Quant au baron Van Swieten, parfois soupçonné de sympathie envers la Franc-Maçonnerie, son dossier est vide. Je mènerai néanmoins une enquête approfondie. En revanche, il faut prendre très au sérieux les menaces révolutionnaires et le complot fomenté par les Illuminés, à présent dissimulés sous le masque des Francs-Maçons.

— Ma cour ne serait-elle qu'un ramassis d'hypocrites et de séditieux ?

— Il n'en manque pas, Majesté, surtout Mozart, le véritable chef des comploteurs qui souhaitent renverser votre trône. Les Loges ordinaires ne lui suffisent plus, il projette de créer un nouvel Ordre. L'éclatant succès de *La Flûte magique* lui offre une audience considérable.

Le visage de l'empereur se figea.

— Je croyais ce problème résolu, comte de Pergen.

— Il le sera, Majesté. Laissez-moi un peu de temps. Vu les circonstances, la disparition de Mozart ne doit attiser aucun scandale. Sinon, de multiples voix s'élèveraient pour réclamer une enquête, voire accuser la police ou, pis encore, vous taxer de despotisme. Contrairement à mes espérances, la disparition d'Ignaz von Born, le maître spirituel de Mozart, ne l'a pas affaibli. Au contraire, son âme semble être passée dans celle de son disciple afin de lui donner un maximum de puissance.

— Ne céderiez-vous pas au mysticisme maçonnique ?

— Dieu m'en garde ! Mais je ne mésestime pas les pouvoirs des initiés.

— Cette *Flûte magique* serait-elle si redoutable ?

— C'est la plus formidable machine de guerre jamais conçue par un Franc-Maçon.

61.

Vienne, le 16 octobre 1791

Accompagné de son fils Karl Thomas, Mozart partit enfin retrouver Constance à Baden. Un imprévu rendit pénible le court déplacement : froid glacial et chutes de neige ! L'hiver débutait très tôt, et les paysans le prédisaient long et rigoureux.

Vêtements chauds, bottes, voiture confortable, Wolfgang ne lésina pas sur les précautions. Le cocher évita les pièges d'une route devenue dangereuse, et ce fut avec un intense soulagement que les époux tombèrent dans les bras l'un de l'autre.

Le chien Gaukerl sauta au cou de son maître, et tous se réjouirent de l'excellente santé du nourrisson. Franz Xaver s'épanouissait à vue d'œil.

— Cette cure a-t-elle été bénéfique, ma chérie ?

— Ni ma jambe ni mon pied ne me font plus souffrir.

— Vu le succès de *La Flûte magique*, nos problèmes matériels seront bientôt réglés. Schikaneder envisage de maintenir l'opéra à l'affiche pendant plusieurs mois ! Chaque soir, le public se montre enthousiaste. Et certains veulent revenir de nombreuses fois afin de savourer chaque détail !

— Tu me parais bien pâle... As-tu correctement mangé, ces derniers jours ?

— Parfois j'ai grand faim, parfois je manque d'appétit. C'est si difficile de lutter contre le quotidien tout en façonnant une œuvre ! Maintenant, tout ira mieux.

Prague, le 16 octobre 1791

Enfin, Anton Stadler allait créer le *Concerto pour clarinette* de Mozart[1], en faisant chanter un instrument nouveau que lui seul savait maîtriser !

Thamos ne lui parlerait de l'échec de leur mission qu'après le concert. Les Francs-Maçons praguois refusaient de s'associer à l'édification du nouvel Ordre initiatique conçu par Mozart, mais l'Égyptien, malgré les interdits, ne désespérait pas de convaincre quelques Frères de participer à l'aventure.

Si l'Empire se révélait trop inhospitalier, l'exil s'imposerait. Et l'Angleterre, patrie de la liberté, à l'abri des débordements de la Révolution française, serait la meilleure des destinations.

Parfaitement à son aise, Anton Stadler offrit un moment de grâce aux auditeurs du concerto, cette musique d'un autre monde destinée à la Grotte.

Sérénité, détachement, aspiration vers la lumière caractérisaient ce chef-d'œuvre. Thamos songea aux paroles de l'abbé Hermès qui l'illustraient à merveille : « Pense être partout en même temps, dans la mer, et la terre, et le ciel, pense que tu n'es jamais né, que tu es encore embryon, jeune et vieux, et au-delà de la mort. »

1. K. 622, en *la* majeur.

Vienne, le 17 octobre 1791

Le juriste Franz Hofdemel froissa la lettre anonyme et pénétra à pas nerveux dans la brasserie où son mystérieux correspondant lui avait fixé rendez-vous.

Un homme de grande taille, au visage mou, l'aborda.

— Allons nous asseoir au fond de la salle. J'ai d'importantes révélations à vous faire.

Hofdemel obtempéra.

— Qui êtes-vous ?

— Sans importance, répondit Geytrand. Étant très attaché aux valeurs morales, je ne supporte pas de vous voir humilié.

— Votre lettre met en cause mon épouse, Maria Magdalena. Je vous somme de vous expliquer !

— Êtes-vous prêt à entendre la vérité ?

— Je l'exige !

— Vous n'êtes pas le père de l'enfant que votre femme va mettre au monde.

— Vous êtes fou, c'est ignoble !

— Le véritable père est son amant et professeur de piano, Wolfgang Mozart.

Franz Hofdemel faillit gifler son informateur mais retint son geste. Et s'il disait la vérité ?

— Un homme de votre qualité ne doit pas se laisser traiter ainsi, suggéra Geytrand, mielleux. Surtout, ne réagissez pas de manière violente, au risque de ruiner votre carrière. Vous avez appartenu à la Franc-Maçonnerie, je crois ?

— Mozart était mon Frère ! Son ignominie me paraît d'autant plus méprisable.

— Les Illuminés de Bavière n'utilisaient-ils pas l'*aqua toffana*, un composé d'arsenic, d'antimoine et d'oxyde de plomb, pour supprimer les traîtres ? Ils considéraient ce poison comme le meilleur moyen de purger la terre des êtres vils. Sous forme de poudre ou de liquide, il se mêle aisément au vin ou à la bière. En voici un flacon, utilisez-le à bon escient.

Malgré lui, Hofdemel s'en empara.

— Rendez justice, lui recommanda Geytrand avant de s'éclipser.

Vienne, le 17 octobre 1791

— C'est bien vous, baron, qui avez fait obtenir un poste de secrétaire de cabinet à von Schloissnigg ? demanda Joseph Anton.

— En effet, reconnut Gottfried Van Swieten, aussitôt sur ses gardes. Il présentait les compétences requises. Depuis quelques jours, je reconnais m'être lourdement trompé.

— Vos raisons ? s'étonna le comte de Pergen.

— D'après le rapport d'un de mes subordonnés, cet hypocrite appartenait au défunt Ordre des Illuminés de Bavière et continue à propager sa pernicieuse doctrine tout en critiquant la politique de l'empereur.

— Avez-vous rédigé un rapport ?

— Certes, et je l'ai adressé à Sa Majesté.

— Excellent travail, reconnut Anton. Une fois encore, baron, vous vous montrez à la hauteur de votre réputation.

— Vous savez à quel point je me méfie des Illuminés et des Francs-Maçons.

— Même de Mozart ?

— En raison de son talent, je l'ai souvent invité chez

moi, lors de mes concerts du dimanche, et je m'honore de lui avoir fait découvrir l'immense Jean-Sébastien Bach.

— Ne vous approchez plus de Mozart, recommanda sèchement Joseph Anton.

62.

Vienne, le 19 octobre 1791

— « Ne vous approchez plus de Mozart », m'a ordonné le comte de Pergen, révéla le baron Van Swieten à Thamos, tout juste revenu de Prague.

— Une fois encore, vous avez été soupçonné de collusion avec la Franc-Maçonnerie, et innocenté. Depuis toujours, le comte éprouve pour vous de la sympathie.

— Et Mozart ?

— Le succès de *La Flûte magique* et ses projets maçonniques attirent les foudres du pouvoir.

— Il devrait quitter Vienne et se rendre à Londres, estima Van Swieten.

— Telle est bien mon opinion, mais il vient d'avoir un deuxième fils, et la santé de sa femme est fragile. Surtout, il veut fonder un nouvel Ordre initiatique.

— Ne s'agit-il pas d'une utopie ?

— Les utopies ne mènent à rien. L'initiation, elle, est un chemin vers la Lumière. Pourquoi concerne-t-elle si peu d'êtres humains, alors qu'elle ouvre les yeux sur l'invisible et conduit à la sérénité ? Sans doute parce que notre espèce préfère la guerre, la haine et la destruction. Et puis les religions sont tellement confortables ! Le croyant détient la vérité absolue et l'impose à autrui en le tuant, si nécessaire. Que représente un Mozart, dans cet océan de stupidité et d'intolérance ? À mon avis, l'essentiel : un souffle de liberté et d'espérance.

Vienne, le 19 octobre 1791

À circonstances exceptionnelles, Tenue exceptionnelle. De retour chez lui le 17 avec sa petite famille, Wolfgang consulta Thamos avant de se rendre à la Loge L'Espérance couronnée qui, ce soir-là, ne réunissait qu'un petit nombre de Frères au grade de Maître.

L'Égyptien ne cacha rien au compositeur. D'une part, les Francs-Maçons praguois manquaient du courage nécessaire pour participer à la création de la Grotte ; d'autre part, le message initiatique de *La Flûte magique* déplaisait à l'Église, à l'empereur, à la police et même à la Franc-Maçonnerie.

— Je ne vois aucune raison de renoncer, conclut Wolfgang.

— Seul Anton Stadler accepte de continuer.

— N'oublions pas notre Sœur Thun ! Elle connaît des femmes désireuses de vivre l'initiation. À nous de convaincre nos Frères hésitants.

Thamos ne tenta pas de refroidir l'enthousiasme de Mozart. La foi ne déplaçait-elle pas des montagnes ?

La Tenue se déroula dans un climat tendu. Comme les arguments de Wolfgang ne semblaient guère convaincre, l'Égyptien intervint. Il rappela les origines de la Tradition, la lutte permanente que les initiés devaient mener contre les ténèbres et la nécessité de sortir la Franc-Maçonnerie viennoise de l'ornière en lui redonnant un véritable idéal.

Au cours du banquet, de nombreuses questions furent

posées. On convint de revenir sur quantité de sujets lors d'une prochaine Tenue et de préciser le projet.

Vienne, le 20 octobre 1791

— L'archevêque de Vienne m'a demandé de vous parler, dit le Franc-Maçon de la Loge L'Espérance couronnée au comte de Pergen. J'ai accepté, à la condition que mon nom ne soit jamais mentionné.

— Je ne le connais pas, mentit Joseph Anton, et je ne tiens pas à l'apprendre. Qu'avez-vous donc à me révéler ?

Le Frère infiltré au sein de la Loge pour informer l'Église relata les inquiétants propos de Mozart.

— Notre Franc-Maçonnerie ne lui suffit plus. *La Flûte magique* est une sorte de programme initiatique qu'il veut mettre en œuvre.

— Dispose-t-il d'appuis sérieux ?

— À la vérité, seuls deux Frères l'encouragent. Le premier est le clarinettiste Anton Stadler, un vieil ami dont la capacité d'action me paraît réduite. Père de huit enfants, il vit aux crochets de Mozart.

— Et le second ?

— Un étrange personnage, le comte de Thèbes. Sans être inscrit de manière formelle dans une Loge, il les fréquente toutes et parcourt l'Europe. Selon certains esprits faibles, comme le comte Thun, il serait un Supérieur inconnu, chargé d'orienter une élite vers la Lumière suprême.

— Connaissez-vous son adresse ?

— Malheureusement non. Le comte de Thèbes posséderait une immense fortune obtenue grâce à ses travaux alchimiques.

— En ce cas, observa Anton, il pourrait aider Mozart à concrétiser ses rêves.

— Je le crains.

— D'autres précisions sur ce Frère ?

— On l'appelle aussi Thamos, et les mystiques prétendent qu'il protège magiquement Mozart de l'adversité.

— Vous m'avez été très utile. Saluez Son Éminence de ma part.

Sitôt le Franc-Maçon parti, Geytrand écarta le rideau derrière lequel il se dissimulait.

— Passionnant entretien, jugea Joseph Anton.

— Je commence à comprendre certains points obscurs, notamment les agressions perpétrées contre nos agents chargés de surveiller Mozart. Voilà longtemps que je soupçonnais l'intervention d'un mystérieux protecteur sans parvenir à l'identifier. Ainsi, ce serait Thamos l'Égyptien, comte de Thèbes.

— Ne nous emballons pas, mon brave ami. Les racontars de l'espion de l'archevêque sont peut-être moins crédibles qu'il n'y paraît.

— J'ai hâte de vérifier.

63.

Vienne, le 20 octobre 1791

Le foehn soufflant avec violence, la température remonta brusquement jusqu'à 18 °C. Heureux de sortir d'une rude période hivernale, les Viennois envahirent les jardins publics.

Sous un doux soleil d'automne, Wolfgang et Constance se promenèrent dans les allées du Prater.

Le teint pâle, le regard terne, le musicien fut obligé de s'asseoir sur un banc.

— La composition de ce *Requiem* t'épuise, estima son épouse. Ne devrais-tu pas te reposer ?

— Je me détends en écrivant une nouvelle cantate maçonnique à laquelle j'attache une grande importance. Ce *Requiem* me prend toutes mes forces, tu as raison, et j'éprouve les pires difficultés à progresser.

— Cela ne te ressemble guère !

— Il existe une explication, mais j'hésite à te la donner.

— Parle, je t'en prie !

— Je compose ce *Requiem* pour moi-même.

Constance serra très fort les mains de son mari.

— Chasse ces idées noires, elles te détruisent.

— On m'a sûrement empoisonné, affirma Wolfgang[1].

— Empoisonné ! Qui et avec quelle substance ?

— Qui, je l'ignore. La substance, je crois la connaître : de l'*aqua toffana*, un philtre inventé vers 1500 par une criminelle, Teofania di Adamo. Administré sur une longue période, ce toxique agit de manière insidieuse et conduit inéluctablement à la mort. Les Illuminés de Bavière promettaient d'éliminer leurs ennemis en utilisant ce poison. En écrivant *La Flûte magique*, je suis allé trop loin aux yeux de certains.

— Je prends deux décisions, décréta Constance : d'abord, t'ôter la partition de ce maudit *Requiem* ; ensuite, consulter un médecin.

Vienne, le 21 octobre 1791

Mozart protégé par ce mystérieux comte de Thèbes... Voilà qui expliquait tout ! Ex-Franc-Maçon, Geytrand ne niait pas l'existence des Supérieurs inconnus. Ce n'étaient ni des surhommes ni des spectres, mais des initiés aux Grands Mystères. Passant d'un pays à l'autre, ils se fixaient nulle part. Si ce Thamos était réellement un Égyptien, il venait de la mère patrie de l'ésotérisme et avait profondément influencé Ignaz von Born et Mozart en leur fournissant la substance de *La Flûte magique*.

Tant que le Supérieur inconnu demeurerait auprès de Mozart, le malheur n'atteindrait pas le musicien qui parviendrait à s'extirper des situations les plus critiques. Il disposait d'un bouclier invisible dans lequel se fichaient les flèches du destin.

1. Cette déclaration fut confirmée par Constance aux Novello, un couple d'Anglais, en 1829.

Une priorité s'imposait : retrouver la trace de l'Égyptien, l'arrêter, l'emprisonner et le faire disparaître. Dépourvu de toute défense, le compositeur deviendrait alors une proie facile.

Thamos disposait forcément d'une ou de plusieurs résidences viennoises et d'un laboratoire alchimique.

Geytrand se rendit chez von Born. La veuve du minéralogiste et ses filles répondirent volontiers à ses questions. Oui, pendant les semaines précédant sa mort, un personnage à l'imposante carrure avait accompagné Mozart pour travailler au livret de *La Flûte magique*. Ils s'enfermaient dans le cabinet de travail de von Born qui, malgré la maladie et la souffrance, les accueillait avec joie.

Comment s'appelait l'énigmatique visiteur ? Elles l'ignoraient.

Déçu, Geytrand s'adressa aux divers services administratifs.

Pas trace d'un comte de Thèbes.

En utilisant des pseudonymes, l'Égyptien passait à travers les mailles du filet. Sans doute possédait-il des relations à la cour. Là encore, il avait dû se garder de donner le moindre détail sur sa personne et ses activités.

Rude adversaire, capable d'être cocher le matin et aristocrate le soir ! Comme tout Supérieur inconnu, il restait insaisissable, car dépourvu d'attaches.

Il en existait une, cependant, qui causerait peut-être sa perte : Mozart.

Depuis plusieurs années, Thamos l'Égyptien ne favorisait-il pas la croissance spirituelle du musicien, jusqu'à lui permettre d'écrire cette *Flûte magique* ? Ne l'avait-il pas formé, mois après mois, pour en faire un Maître capable de donner à la Franc-Maçonnerie un nouvel élan ? Voilà pourquoi Mozart était si dangereux ! Loin d'être un artiste ordinaire, il disposait à présent d'une envergure spirituelle digne d'un fondateur d'Ordre.

Mais le nouveau temple n'était pas encore bâti. En supprimant Thamos l'Égyptien, après lui avoir extorqué ses secrets, Geytrand empêcherait cette création.

Problème majeur : jamais un service de police n'avait mis la main sur un Supérieur inconnu. Certes, l'Église s'était emparée de Cagliostro, mais le mage, en dépit de certains pouvoirs, n'appartenait pas à cette catégorie.

Qui fournirait un début de piste, sinon des Francs-Maçons que Thamos avait côtoyés lors des Tenues ?

Un candidat s'imposait : le prince Karl von Lichnowsky, dénué de toute moralité et sans cesse en quête d'argent facile. Ennemi de Mozart, il ne résisterait pas au plaisir de lui nuire une fois de plus. Grâce au dossier du comte de Pergen, le prince se montrerait forcément très coopératif.

64.

Vienne, le 23 octobre 1791

Après une accalmie, nouvelle attaque de l'hiver : vents glacés et bourrasques de neige. Frigorifiés, Wolfgang et Thamos burent un punch corsé qui leur redonna des couleurs. Vienne ne parlait que de bronchites, et l'on déplorait plusieurs décès.

— Votre enquête a-t-elle abouti ? demanda le musicien, angoissé.

— Le mystère est éclairci. Notre Frère Puchberg a rencontré un original, le comte Walsegg Stuppach. Il achète des œuvres à des musiciens et les signe de son nom, donnant ainsi l'illusion d'être un créateur. Afin de célébrer la mémoire de son épouse, il voulait un *Requiem*. Si tu le désires, tu continueras à le composer en échange des ducats déjà remis et d'un contrat en bonne et due forme passé devant un notaire[1]. Rassure-toi, personne ne te dépossédera de ton œuvre. Seule clause contraignante : remettre ton manuscrit au commanditaire.

— Ai-je le droit d'en prendre copie ?

— Théoriquement non, et le comte se propose

1. Johann Nepomuk Sortschan.

d'accomplir cette tâche de sa propre main. Par précaution, demande à Süssmayr de s'en acquitter.

— Süssmayr est plutôt stupide, mais c'est un bon technicien. Il fera une excellente copie. Ce *Requiem* me tient à cœur, Thamos, et cette commande a éveillé le désir d'affronter la pire des formes de la mort, l'anéantissement. Il me faudra au moins six mois de travail. C'est pourquoi, sur la première page du manuscrit, j'ai écrit 1792.

Vienne, le 24 octobre 1791

Étant donné la haute personnalité du prince Karl von Lichnowsky, aux innombrables relations, seul le comte de Pergen pouvait s'autoriser à l'interroger.

Caché derrière son rideau favori percé de deux petits trous, Geytrand assista à l'entretien.

— J'ai consenti à vous voir, dit Lichnowsky à Anton, car, comme vous, je suis très attaché à l'ordre public.

— Nous n'en sommes plus aux mondanités, prince.

— Monsieur le comte...

— Je n'ai rien contre vous, Lichnowsky. Vous pouvez me répondre sans crainte, cet entretien n'a jamais eu lieu.

— Que voulez-vous savoir ?

— À L'Espérance couronnée, et peut-être dans d'autres Loges, vous avez rencontré le comte de Thèbes, Thamos l'Égyptien.

Lichnowsky se gratta le menton.

— Exact.

— Parlez-moi de cet homme.

— Un être étrange, à la forte personnalité, qui envoûtait la plupart des Frères.

— Une sorte de sorcier ?

— Si vous voulez.

— Ce comte de Thèbes est-il un ami de Mozart ?

— Son meilleur soutien, me semble-t-il.

— Un homme riche ?

— D'après la rumeur, très riche.

— Ses activités professionnelles ?

— Pas la moindre idée.

— Son adresse ?

— Je l'ignore. L'un des Frères Servants que nous avons dû congédier la connaît peut-être.

Lichnowsky fournit le nom et le domicile de l'intéressé.

— Où en est mon procès contre Mozart ?

— En très bonne voie, répondit Anton. J'ai fait le nécessaire.

Vienne, le 25 octobre 1791

L'ex-Frère Servant de la Loge L'Espérance couronnée était un bon vivant, fier de sa cave. N'étant pas autorisé à participer aux Tenues, il s'occupait naguère du nettoyage de la Loge et de la livraison du vin pour les agapes. Désormais, il se consacrait au jardinage et au bricolage.

— Police impériale, annonça Geytrand. J'ai des questions à vous poser.

Le bonhomme s'appuya sur sa bêche.

— À quel sujet ?

— Quand vous avez été employé par la Loge L'Espérance couronnée, vous avez croisé un personnage de haute taille, richement vêtu, le comte de Thèbes.

— Ça me dit vaguement quelque chose...

— Lui avez-vous parlé ?
— Simples salutations.
— Que disait-on de lui ?
— Moi, vous savez, je ne suis pas du genre à laisser traîner l'oreille. Je faisais mon travail au mieux et j'étais heureux comme ça.
— Connaissez-vous l'adresse de ce comte de Thèbes ?
— Non.
— Prenez garde, mon gaillard ! Vous aviez l'habitude de livrer du vin aux dignitaires de la Loge. D'après un témoignage, l'un d'eux a offert quelques bonnes bouteilles au comte de Thèbes, et c'est vous qui les lui avez apportées. Si vous ne coopérez pas, je vous promets de graves ennuis.
— Ah oui, je me souviens !
— Où réside le comte de Thèbes ?
— Un hôtel particulier, dans la vieille ville, au fond d'une impasse. La bâtisse n'est pas en très bon état et semble abandonnée. Vous voulez un plan ?
— Dessinez-le sur mon carnet.

L'ex-Frère Servant s'exécuta d'une main fébrile. Il avait hâte de se débarrasser de ce policier au visage mou et laid.

Geytrand jubilait.

Le soir même, il arrêterait Thamos l'Égyptien et priverait ainsi Mozart de toute protection.

65.

Vienne, le 25 octobre 1791

De nouveau, le froid et la neige. Par bonheur, la famille Mozart tenait bon et le médecin n'avait décelé chez Wolfgang aucune maladie grave. Aussi Constance accepta-t-elle de lui redonner le manuscrit du *Requiem* afin qu'il poursuivît son œuvre.

— Je la conçois comme un opéra dramatique, confia-t-il à son épouse. Tout part du mystère de l'au-delà, du repos éternel, dépassement de la mort auquel l'âme aspire. Il exige le terrible combat du *kyrie*, une double fugue où se mêlent le visible et l'invisible. Elle aboutit au jour de colère[1] qui réduit le monde en cendres à cause de la médiocrité des humains. La trompette céleste[2] appelle les créatures à comparaître devant le tribunal, car rien ne restera impuni. Un solo de trombone conviera les justes à se délivrer de leurs chaînes, sans craindre le Roi dont la majesté fait trembler les adeptes du mal[3]. Grâce à ce jugement, la Toute-Puissance divine rayonne et

1. *Dies irae*.
2. *Tuba mirum*.
3. *Rex tremendae*.

accorde l'espérance [1]. Pour les damnés, ce sera l'horreur des ténèbres, la cruauté des flammes et le néant [2]. Les ressuscités, eux, se détachent de l'extrême douleur de la mort en demandant la sérénité, une force paisible qui permet de sortir de l'abîme et de monter vers la Lumière [3]. Il revient à l'archange saint Michel de conduire vers elle les âmes délivrées des tourments de l'enfer [4]. Mais y parviendra-t-il, et la promesse de cette clarté surnaturelle sera-t-elle tenue ? L'âme doit entamer un nouveau combat [5] afin de dissiper toute inquiétude et d'accéder à une authentique certitude [6]. Après la bénédiction divine et l'obtention de la paix véritable [7] se produit la communion avec l'éternelle Lumière [8].

La gravité de ce parcours troubla Constance.

— Renonce, je t'en prie !

— J'ai déjà reçu l'argent et composé un début sur lequel j'ai beaucoup travaillé. Manquer ce rendez-vous avec la mort ne serait-il pas une lâcheté ? Quand j'aurai terminé ce *Requiem*, la Grotte sera fondée et une autre vie débutera.

Vienne, le 25 octobre 1791

— Tout est prêt ? demanda Geytrand au policier en civil qui dirigeait l'opération.

— Mes hommes sont en place.

1. *Recordare.*
2. *Confutatis.*
3. *Lacrymosa.*
4. *Domine Jesu Christi.*
5. *Quam olim Abrahae.*
6. *Hostias et preces.*
7. *Sanctus et Benedictus, Agnus Dei.*
8. *Lux aeterna.*

— Aucune possibilité de fuite ?
— Aucune.
— En es-tu vraiment sûr ?
— Vraiment.
L'un des guetteurs vint au rapport.
— Au premier étage, une lumière !
— Donc, s'exclama Geytrand, l'oiseau est au nid ! Allons-y.
Les bottes s'enfoncèrent dans la neige fraîche.
Le chef de l'escouade frappa violemment à la porte de l'hôtel particulier du comte de Thèbes.
— Police, ouvrez immédiatement !
La porte restant close, on tira à plusieurs reprises sur la serrure, puis l'on utilisa un bélier.
Lors de l'irruption des policiers, des feux follets embrasèrent les tentures, déclenchant un incendie impossible à maîtriser.
Furieux, Geytrand observa le toit de la bâtisse, seule possibilité pour l'Égyptien de quitter les lieux.
Le ciel neigeux dévorait flammes et fumée. Et Geytrand ne distingua pas la moindre silhouette.
Peut-être le comte de Thèbes était-il mort dans l'incendie qu'il avait lui-même allumé ?

Vienne, le 30 octobre 1791

— Puis-je voir Wolfgang ? demanda Schikaneder à Constance.
— Il a travaillé très tard hier soir, je le laisse dormir.
— Réveillez-le, ça en vaut la peine !
Vu l'enthousiasme de l'homme de théâtre, Constance céda. Gaukerl sauta sur le lit de son maître et lui lécha les joues avec vigueur.
Schikaneder faisait les cent pas.

— Wolfgang, enfin !

— Que se passe-t-il ?

— Le bilan du mois, un fabuleux bilan ! Nous avons dépassé les vingt représentations, et ce n'est qu'un début. Salles pleines, applaudissements à tout rompre ! La recette : 8 443 florins.

La somme étonna Wolfgang et Constance.

— Évidemment, ajouta Schikaneder, je dois régler quantité de frais, mais il nous restera un joli bénéfice. Et il ne s'agit que d'un mois d'exploitation ! Alors, tu imagines la suite ! Je n'ose même pas prévoir le nombre de représentations à Vienne avant d'exporter *La Flûte magique*. Plusieurs pays lui feront un triomphe, surtout si tu acceptes de diriger toi-même chaque création. Ne faudrait-il pas donner une suite à cet opéra ? Mes chanteurs sauront défendre ta musique.

Vienne, le 1er novembre 1791

— Nous avons beaucoup avancé, Majesté, dit Joseph Anton à Leopold II, et nous savons qu'un aristocrate égyptien, Thamos, comte de Thèbes, gangrène les Loges de Vienne. Considéré comme un Supérieur inconnu, il passe fréquemment d'un pays à l'autre, et propage partout ses idées pernicieuses. Nous espérions l'arrêter à son domicile, mais il a réussi à s'enfuir en mettant le feu à l'hôtel particulier. D'après le rapport de police, il aurait péri dans l'incendie. À mon sens, le comte de Thèbes nous a tendu un piège et tente de nous faire admettre son décès afin de mieux se dissimuler et de poursuivre son action.

— Croiriez-vous à ses pouvoirs occultes ?

— Mieux vaut ne pas sous-estimer un tel personnage, Majesté.

— Avez-vous retrouvé un cadavre ?
— En effet.
— Alors, pourquoi doutez-vous ?
— Parce que son état empêchait toute identification et que l'un de mes indicateurs, chargé de surveiller l'hôtel particulier, reste introuvable. Fait essentiel : Thamos l'Égyptien est le Frère, l'ami et le protecteur de Mozart. Lorsque le comte de Thèbes sera emprisonné, la situation évoluera en notre faveur. Malheureusement, la tâche s'annonce ardue. C'est pourquoi, dans le cadre de cette affaire, je demande à Votre Majesté les pleins pouvoirs.
— Je vous les accorde, comte de Pergen.
— Thamos a des relations à la cour, je dois les identifier. De plus, il a forcément été averti de notre intention d'investir son domicile. Autrement dit, un policier haut placé l'informe. Mon intervention risque de heurter.
— Vous avez les pleins pouvoirs.

66.

Vienne, le 6 novembre 1791

Oubliant un temps exécrable, le théâtre de Schikaneder donnait la vingt-quatrième représentation de *La Flûte magique*, avec un égal succès.

Le *Requiem* laissé de côté, Mozart se consacrait à l'écriture de sa nouvelle cantate maçonnique. Outrepassant l'interdiction d'écrire de la musique destinée aux Loges, il jugeait celle-là indispensable pour célébrer l'inauguration d'un nouveau temple où se retrouveraient des Frères désireux de mener une recherche initiatique.

Ce serait une étape décisive avant la fondation de la Grotte, à laquelle la cantate servirait d'hymne fondateur.

Cette fois, le grand projet de Mozart prenait forme.

Mais la pleine santé ne revenait pas, et moins encore son dynamisme habituel.

Répondant à un billet crypté de Thamos, Wolfgang se rendit dans une petite auberge que fréquentaient des artisans, s'assit à la table du fond et commanda de la bière.

Quelques minutes plus tard, l'Égyptien s'installa en face de lui.

— Tu n'as pas été suivi, constata-t-il.

— Pourquoi ces précautions ?

— La situation s'aggrave. D'après une rumeur insistante, tes dettes se monteraient à 30 000 florins.

— Complètement faux ! s'insurgea le compositeur. Le succès de *La Flûte* résoudra mes dernières difficultés, et 1792 se présente au mieux.

— Malheureusement, l'empereur prête crédit à cette calomnie et n'admet pas qu'un musicien de sa cour gère aussi mal ses finances.

— Mon poste serait-il en danger ?

— J'ai allumé des contre-feux, mais ma position devient délicate.

— Vous menacerait-on ?

— La police de l'empereur me recherche. Je viens de lui échapper d'extrême justesse.

— Vous devez quitter Vienne !

Très pâle, le musicien vacilla.

— Serais-tu souffrant, Wolfgang ?

— Je crois... Je crois qu'on m'a fait absorber de l'*aqua toffana*.

— Le poison des Illuminés de Bavière ! As-tu consulté un médecin ?

— Son diagnostic a rassuré Constance.

— À l'évidence, il s'est trompé.

— Qui pourrait me haïr au point de m'empoisonner ?

— Je le découvrirai. Dans l'immédiat, préoccupons-nous de ta santé. Si l'on t'a administré cette substance à petites doses depuis quelques semaines, je peux te guérir. Grâce à l'enseignement de l'abbé Hermès, je fabriquerai un contrepoison efficace, à base d'or liquide. Je te contacterai en utilisant notre code de Maîtrise et te ferai livrer après-demain un premier flacon d'élixir.

Vienne, le 7 novembre 1791

Aristocrate fortuné, le conseiller privé de Leopold II avait rempli le même rôle auprès de son prédécesseur. Refusant les postes ministériels, il se satisfaisait de son rôle d'éminence grise.

Son moment préféré était le petit déjeuner qu'il dégustait en lisant des dossiers confidentiels. Ensuite, il recevait des courtisans bavards. En fin de soirée, il transmettait au souverain les informations dignes d'intérêt.

Ce matin-là, il accueillit l'ex-ministre de la Police, le comte de Pergen, personnage redoutable chargé de missions secrètes.

— Désirez-vous boire ou manger quelque chose ?

— Je suis sur la piste d'un dangereux criminel, et vous pouvez m'aider.

— Moi ? Vous m'étonnez !

— Pourtant, vous connaissez bien le comte de Thèbes.

— C'est lui que vous soupçonnez ? En ce cas, vous commettez une lourde erreur ! Il n'existe pas d'homme plus honnête et respectueux de l'ordre public. Orphelinats et asiles apprécient ses dons très généreux.

— Cet étranger vous a abusé, monsieur le conseiller. Sous son costume de courtisan honorable se dissimule un Franc-Maçon révolutionnaire de la pire espèce.

— Vous vous méprenez sûrement, monsieur le comte !

— Je tiens à votre disposition un dossier accablant.

L'estomac du conseiller se contracta.

— Dites-moi tout ce que vous savez sur le comte de Thèbes, exigea Joseph Anton.

— Fort peu de chose ! Il ne parle jamais de lui-même.

— Qu'espérait-il de vous ?

— Nous abordions divers sujets, échangions nos impressions et confrontions nos idées. Son intelligence et sa lucidité me paraissaient précieuses.

— Ne se montrait-il pas partisan inconditionnel de Mozart ?

— Il démentait quantité de ragots destinés à salir cet excellent musicien, auxquels Sa Majesté elle-même prêtait parfois attention. Je pouvais ainsi rétablir la vérité.

— Au contraire, monsieur le conseiller. Vous participiez involontairement à un complot. Savez-vous où réside le comte de Thèbes ?

— Il possède un hôtel particulier dans la vieille ville, me semble-t-il.

— D'autres propriétés, à Vienne ?

— Pas à ma connaissance.

— J'ai informé l'empereur des véritables activités de cet Égyptien, déclara Anton, menaçant. Si, par extraordinaire, il vous contactait à nouveau, tâchez de le retenir et prévenez la police.

Vienne, le 8 novembre 1791

Geytrand interrogeait les Francs-Maçons des Loges viennoises qui avaient rencontré Thamos l'Égyptien, avec l'espoir de glaner une information décisive pour le localiser. Tous évoquaient sa puissante personnalité, mais aucun ne fournit de détail sur sa fortune ou ses propriétés.

Un bourgeois aisé, récemment élevé au grade de Compagnon, manifesta sa rancœur.

— Moi, je suis un bon chrétien et je défendrai

toujours notre Sainte Église. Cet étranger, je ne l'aimais pas.

— S'attaquait-il à la religion ? demanda Geytrand.

— De manière insidieuse et perverse ! Il faisait l'apologie d'Isis et d'Osiris. D'après lui, l'apparition du monothéisme était une grave régression et le catholicisme ne détenait pas la vérité absolue. Des hommes comme ce comte de Thèbes dénaturent la Franc-Maçonnerie. Et puis on l'accusait de se livrer à des pratiques bizarres et interdites.

— De quelle nature ?

Le bourgeois se signa.

— L'alchimie, cette science démoniaque ! Thamos posséderait un laboratoire que lui aurait légué Ignaz von Born.

L'emplacement de ce refuge, Geytrand le connaissait.

67.

Vienne, le 9 novembre 1791

Depuis la veille au soir, la petite maison du faubourg où se trouvait le laboratoire alchimique de von Born était sous étroite surveillance. De nombreux policiers en civil avaient reçu l'ordre de capturer vivant le comte de Thèbes.

Geytrand, lui, s'occupait du voisinage, composé de petites gens.

Nul ne lui procura de renseignements.

Restait un boulanger aux cheveux blancs, père de six enfants. Ses lèvres et ses mains tremblaient.

— As-tu vu quelqu'un pénétrer dans la maison aux volets clos ?

— Oui, oui ! répondit l'artisan qui décrivit Ignaz von Born.

— Personne d'autre ?

— Je ne crois pas.

Geytrand roula des yeux agressifs.

— Tu ne crois pas ou bien tu en es sûr ?

— Je ne sais pas trop, à cause du cocher.

— Quel cocher ?

— Il conduisait une belle voiture, stationnée entre

ma boulangerie et la maison. Le bonhomme m'a acheté du pain et du vin.

— As-tu le droit d'en vendre ?

— Non, mais il avait tellement soif ! Et son patron lui interdisait de parler à quelqu'un.

— Est-il venu souvent ?

— Moi, je n'ai servi le cocher qu'une seule fois, il y a une semaine.

— T'a-t-il donné son nom ?

— Non, quoique...

— Réfléchis bien.

Geytrand sortit un ducat de sa poche.

— Réfléchis bien, et tu seras récompensé.

Le boulanger passa la main dans ses cheveux.

— En vidant la bouteille, le cocher a dit : « Foi de Belles-Dents, c'est du bon ! »

Sans grand espoir, Geytrand laissa en place le dispositif policier.

Lui allait rechercher un cocher surnommé Belles-Dents.

Vienne, le 10 novembre 1791

L'enquête de Joseph Anton se terminait. Grâce à ses investigations et à des témoignages concordants, les faisceaux d'indices se transformaient en preuves. Aussi convoqua-t-il le chef du district dont dépendait le local de L'Espérance couronnée.

Anton lui avait accordé une promotion pour avoir signalé les Tenues maçonniques avec un zèle remarquable.

— Je vous ai beaucoup regretté, monsieur le comte. Sous votre direction, je pouvais travailler sérieusement.

— La situation aurait-elle changé ?

— Votre successeur n'a pas pleinement conscience du danger. Vous, vous connaissiez vraiment la Franc-Maçonnerie.

— J'ai parfois manqué de vigilance. Ainsi, j'ignorais que vous fussiez franc-maçon.

— Monsieur le comte !

— Comme Thamos l'Égyptien, vous n'êtes inscrit sur le registre d'aucune Loge. Pourtant, vous seul, d'après mes recoupements, avez pu avertir votre Frère, le comte de Thèbes, de l'opération de police lancée contre lui. Depuis longtemps, vous l'informez. Pour préserver votre position stratégique, vous preniez soin de me fournir des renseignements importants, certes, mais non essentiels.

— Monsieur le comte...

— Inutile de nier, j'exige la vérité.

Le chef de district comprit qu'il n'échapperait pas aux griffes de Joseph Anton.

— Quel sort me réservez-vous ?

— Assigné à résidence dans une bourgade de province, vous y terminerez vos jours.

Autrement dit, une mort lente... Le châtiment aurait pu être pire.

— J'ai agi par conviction, monsieur le comte, non par intérêt. La Loge qui m'a accueilli ne complote pas contre l'État mais travaille sur la symbolique des mystères d'Isis et d'Osiris. De nombreux Francs-Maçons refusent cette orientation, trop ésotérique à leurs yeux. Pourtant, elle offre une authentique voie spirituelle dont le monde actuel a tant besoin.

— Trêve de discours inutiles. Où réside le comte de Thèbes ?

Le chef de district indiqua l'emplacement de l'hôtel particulier qui avait brûlé.

— D'autres domiciles ?

— Je l’ignore.
— N’abusez pas de mon indulgence !
— Je ne sais rien de plus, je vous le jure !
Brisé, le fonctionnaire ne mentait pas.
— Au lieu de piétiner la loi, vous auriez dû la faire respecter en dénonçant cet Égyptien, coupable de multiples délits.
Le policier baissa la tête.
— Voici votre lettre de démission, signez-la immédiatement. Ensuite, vous disparaîtrez.

68.

Vienne, le 12 novembre 1791

— Moi, condamné ! s'exclama Mozart en lisant le document officiel remis par le greffier. C'est impossible !

— Désolé, le tribunal de Basse-Autriche a rendu son verdict définitif. Vous devez verser au prince Karl von Lichnowsky la somme de 1 435 florins et 32 kreutzers, plus 24 florins de frais de justice. Si vous ne pouvez pas payer immédiatement, votre salaire de musicien de la Chambre sera saisi à concurrence de la moitié de vos gains. Et si vous entravez le cours de la justice, vos biens seront mis sous séquestre [1]. Mes respects, monsieur Mozart.

Le musicien s'effondra dans un fauteuil. Constance et Gaukerl vinrent aussitôt le réconforter.

— Nous nous sortions des difficultés, murmura-t-il, et voilà cette incroyable condamnation ! Pourquoi ce Frère me pourchasse-t-il ainsi ?

— Parce que tu ne l'as pas assez flatté, avança Constance. Brutal et prétentieux, Lichnowsky ne supporte pas d'être contrarié. Cette amende ne nous condamne pas à la misère ! Le succès de *La Flûte*

1. Voir *Correspondance*, tome V, p. 349, note 14.

magique se confirme, tu composeras de nouvelles danses et tu auras bientôt un poste à la cathédrale. L'année prochaine, nos dettes seront effacées. Et il y a tellement d'œuvres à naître au fond de ton cœur ! Ne cède surtout pas au désespoir. Au moins, cette interminable affaire s'achève.

— Je ne supporte pas l'injustice !

— N'est-elle pas inhérente à l'espèce humaine ?

Wolfgang songea à Sarastro, capable de repousser l'injustice hors des limites du temple. Mais l'idéal de *La Flûte magique* deviendrait-il réalité ?

Vienne, le 13 novembre 1791

Thamos devait s'entretenir au plus vite avec le policier qui, depuis son arrivée à Vienne, l'informait des intentions des autorités. Chef de district, il connaissait les plans de Joseph Anton et alertait l'Égyptien. Grâce à ce Frère, convaincu de la nécessité de pratiquer les mystères d'Isis et d'Osiris, le comte de Thèbes passait entre les mailles du filet.

À intervalles réguliers, ils se rencontraient devant le porche de la vieille église Saint-Michel, face au Burgtheater, puis se mêlaient aux badauds.

La neige recommença à tomber, un vent glacial contraignit les passants à presser le pas. En cas de mauvais temps, afin de ne pas attirer l'attention, le policier ne restait pas immobile à l'endroit habituel et rentrait dans l'église.

Or, le chef de district demeurait figé sur le seuil de Saint-Michel, et visible de loin.

Pourquoi violait-il ainsi une stricte consigne de sécurité, sinon parce qu'il était tombé entre les mains de Joseph Anton ?

Autrement dit, il servait d'appât.

Tout en passant son chemin, l'Égyptien tenta de repérer les prédateurs qui avaient monté cette souricière.

Trois sous des porches, deux autres aux fenêtres d'une maison, et d'autres encore, mieux dissimulés.

Thamos s'éloigna.

Privé d'un indispensable allié, il était désormais sourd et aveugle.

Traqué, l'Égyptien aurait dû quitter Vienne. Mais impossible de laisser son Frère Mozart sans protection et sans soins. Aussi se rendit-il à son laboratoire pour y fabriquer un nouveau flacon d'élixir, seul moyen de lutter contre le poison. Thamos le confierait à un blanchisseur qui, même si le domicile de Wolfgang était surveillé, n'attirerait pas l'attention de la police.

Pas question d'aller chercher refuge ailleurs avant la guérison complète du musicien.

Vienne, le 14 novembre 1791

L'échec de la souricière de Saint-Michel n'entamait pas la détermination de Geytrand, acharné à suivre la piste du cocher surnommé Belles-Dents. La profession comptait un nombre impressionnant de représentants, dont beaucoup d'occasionnels. Et jusqu'à présent, malgré une centaine d'interrogatoires, aucun résultat.

Inlassable, Geytrand ne lâchait pas prise.

Vienne, le 14 novembre 1791

Les informations en provenance de Paris navrèrent Leopold II.

La loi révolutionnaire sur les émigrés stipulait qu'ils

devaient rentrer en France avant le 1er janvier 1792, sous peine de voir la totalité de leurs biens confisquée par le nouveau pouvoir qui s'arrogeait peu à peu tous les droits afin d'éliminer ses opposants.

L'Église formait un bastion solide. Comment la détruire ? En forçant prêtres et moines à prêter un serment civique à la République, donc en reniant Rome et le pape. Sinon, ils seraient considérés comme réfractaires et mauvais citoyens, passibles de graves sanctions.

Le roi Louis XVI avait opposé un veto dérisoire à ces décisions. L'Assemblée législative l'obligeait à renvoyer ses ministres, et la décision des révolutionnaires provoquerait des millions de morts : déclarer la guerre à l'Europe monarchique.

En réunissant leurs forces, peut-être l'Autriche et la Prusse parviendraient-elles à freiner cette folie. Mais Joseph Anton redoutait le fanatisme des doctrinaires français, capables d'entraîner un peuple entier au combat. De ces affrontements sanglants ne pouvaient naître qu'une nouvelle tyrannie et des conflits monstrueux.

Il songea à la malheureuse Marie-Antoinette, prise dans une tourmente dont nul n'imaginait l'ampleur. En quittant la cour de Vienne, la jolie jeune femme croyait connaître, à Versailles, une existence fastueuse et distrayante. Aujourd'hui prisonnière, elle se trouvait au seuil d'une mort atroce. Car le comte de Pergen n'en doutait pas : les révolutionnaires n'épargneraient ni le roi ni la reine, une Autrichienne détestable, alliée aux ennemis du peuple.

Le peuple souverain... Quelle sinistre blague ! Plus cruels que la plupart des rois, les nouveaux despotes, ivres de puissance, n'hésiteraient pas à martyriser les contestataires, y compris le couple royal. Pour la bonne forme, on lui intenterait un procès truqué, au verdict connu d'avance. La morale citoyenne assassinerait en toute légalité.

Le demi-sourire de Geytrand traduisait une profonde satisfaction.

— Aurais-tu abouti ?

— Ne vendons pas la peau de l'ours, monsieur le comte. Je n'ai pas déniché le précieux Belles-Dents, seulement un collègue qui l'a croisé. Notre homme serait un occasionnel, au service de quelques nobles fortunés.

— Enfin une adresse ?

— Seulement le quartier où il habite. Une dizaine de policiers interrogent les habitants.

69.

Vienne, le 15 novembre 1791

Depuis qu'il avait absorbé l'élixir, Wolfgang se sentait mieux. Heureux de promener Gaukerl, il ne tarda pas à rencontrer Thamos.

— Le comte de Pergen poursuit deux buts : m'arrêter et t'éliminer.

— Mon organisme recommence à lutter, estima le musicien.

— Le traitement sera long, mais tu guériras. Voici un deuxième flacon. As-tu terminé ta cantate ?

— Aujourd'hui même ! Je crois qu'elle conviendra à l'inauguration de notre nouveau local, et c'est peut-être la meilleure de mes œuvres [1]. Elle commence par un chœur, expression de la confrérie. Les joyeux accents des instruments célèbrent la chaîne d'or de la fraternité

1. K. 623, *Laut verkünde unsre Freude*, la dernière œuvre achevée par Mozart et notée sur son catalogue. L'auteur du texte est inconnu : Mozart lui-même ? « Pourquoi, demande J.-V. Hocquard (*La Pensée de Mozart*, p. 644-646), personne ne semble-t-il reconnaître à cette pièce magistrale la place très haute qui lui revient ? Pour nous, elle livre le dernier "état" » de la pensée de Mozart... La Cantate est une prolongation ou plutôt une conclusion à *La Flûte enchantée.* »

qui nous permet de bâtir le temple. Siège de la Sagesse, ce sanctuaire préserve le Grand Mystère. La première des vertus n'est-elle pas la Bienfaisance, l'acte de bien faire ? Et la toute-puissance de cette fonction divine ne repose ni sur le bruit ni sur l'apparat, mais sur le silence. Atteindre la plénitude de l'initiation exige de bannir de notre cœur de Maçon l'envie, la cupidité et la calomnie.

— Que les murs du temple soient éternellement témoins de nos travaux, souhaita Thamos. Alors, nous recevrons avec dignité la vraie lumière de l'Orient.

— J'ai composé un chant [1] très simple pour la chaîne d'union finale de cette Tenue exceptionnelle, ajouta Wolfgang. Elle marquera le début d'une nouvelle ère.

— À travers toi s'exprime la voix des dieux qui t'ont permis de parcourir le long chemin menant jusqu'à cette cantate. Pas après pas, œuvre après œuvre, tu as construit le temple en te construisant. Et maintenant, tu vas ouvrir les portes d'une nouvelle Loge vouée à la célébration des Grands Mystères.

1. K. 623a, *Lass uns mit geschlungenen Händen*, pour chœur d'hommes et orgue, dont l'authenticité est discutée. Certains musicologues attribuent cette œuvre brève au Frère Paul Wranitzky. En voici le texte : « Enlaçons nos mains, mes Frères, afin de terminer le travail dans l'éclat sonore de notre joie. Comme notre chaîne entoure ce lieu sacré, qu'elle étreigne le globe terrestre tout entier. Par nos chants joyeux, rendons pleinement grâce au Créateur dont la Toute-Puissance nous réjouit. Voyez, la consécration est accomplie ! Que l'œuvre à laquelle sont consacrés nos cœurs soit, elle aussi, accomplie. Puisse l'humanité vénérer la Vertu. Qu'apprendre à s'aimer soi-même et à aimer autrui soit désormais notre premier devoir. Alors, non seulement au levant et au couchant, mais aussi au midi et au septentrion, ruissellera la lumière. »

Vienne, le 15 novembre 1791

Tantôt cocher de riches personnalités, tantôt marchand de vins fins, Belles-Dents se débrouillait plutôt bien. Beau parleur, séduisant, il ne manquait ni d'argent ni de femmes, et la frivolité viennoise lui convenait parfaitement.

Le temps pourri lui donnait une irrésistible envie de sommeiller auprès du feu.

Alors qu'il s'assoupissait, la porte de son appartement s'ouvrit avec fracas.

Plusieurs policiers le plaquèrent au sol.

— Ne l'abîmez pas, exigea Geytrand. On te surnomme bien Belles-Dents ?

— Oui, oui !

— Si tu réponds correctement à mes questions, tu poursuivras tes activités en toute tranquillité. Sinon...

— D'accord, d'accord ! Moi, je n'ai rien à me reprocher !

— Connais-tu Thamos l'Égyptien, comte de Thèbes ?

— J'ai été son cocher à plusieurs reprises.

— J'exige la liste complète des endroits où tu l'as emmené.

— Si vous me laissez sortir mon carnet de ma poche, je vous la communique immédiatement !

Belles-Dents notait les destinations et les sommes encaissées. En abrégé, le nom des clients.

Geytrand consulta le document.

D'abord, la déception : l'hôtel particulier incendié, la maison des faubourgs appartenant à von Born, les Loges, le palais... Et puis la bonne surprise : peut-être l'adresse tant espérée, à la sortie nord de Vienne.

Une seule mention, récente.

L'unique erreur de l'Égyptien ?

70.

Vienne, le 16 novembre 1791

Le laboratoire alchimique de Thamos était installé dans une ferronnerie abandonnée, à la sortie nord de Vienne.

Lors de sa première visite, il avait utilisé les services de son cocher préféré, Belles-Dents, un occasionnel qui connaissait bien les environs et garantissait leur tranquillité. Depuis, il changeait chaque fois de voiture et, lorsque le temps le lui permettait, s'y rendait à pied.

Ce matin-là, le ciel s'éclaircissait, mais les routes demeuraient mauvaises. L'Égyptien devait préparer un nouveau flacon de contrepoison, indispensable à la guérison de Mozart.

Il paya grassement le cocher, inspecta du regard les environs, puis se dirigea vers l'entrée.

La porte s'ouvrit toute seule.

Apparut Geytrand, un mauvais sourire aux lèvres.

— Vous m'avez fait courir, comte de Thèbes.

Deux policiers armés de pistolets encadraient l'homme au visage mou.

— Ne tentez pas de vous enfuir, votre laboratoire est cerné.

En se retournant, Thamos découvrit une vingtaine de cerbères brandissant des fusils.

S'ils le voulaient vivant, ils ne tireraient pas. Aussi courut-il à toutes jambes vers le petit bois voisin.

Geytrand avait prévu cette réaction.

D'autres policiers l'attendaient là.

Pris dans la nasse, l'Égyptien percuta son premier agresseur d'un coup de tête, écarta le deuxième d'une manchette au visage et, de ses poings réunis, assomma le troisième.

Trop nombreux, ils vinrent à bout de Thamos, bientôt ligoté.

Triomphant, Geytrand s'approcha.

— Vous nous avez causé beaucoup de tort, comte de Thèbes.

Vienne, le 17 novembre 1791

La veille, le théâtre de la Porte-de-Carinthie, fermé depuis février 1788 à cause de la guerre contre les Turcs, avait rouvert ses portes. Peut-être accueillerait-il à nouveau des concerts et des opéras ?

En se levant, Wolfgang constata que le temps se dégradait à nouveau. Gaukerl dormait sur un tapis, et personne n'avait envie de sortir. Mais ce soir serait inauguré le nouveau temple. Le secrétaire avait envoyé des invitations, et beaucoup se réjouissaient d'entendre la nouvelle cantate de Mozart.

Les espions de l'archevêque, eux, soulignaient une fois encore la dangerosité du musicien.

En s'habillant, Wolfgang fut soudain pris d'une violente migraine et de douloureux maux d'estomac.

Gaukerl se réveilla en sursaut et contempla son maître avec des yeux inquiets.

— Je suis incapable de rester debout, dit Wolfgang à Constance.

Elle l'aida à s'allonger. Il resta prostré, les mains sur son ventre en feu.

— J'envoie chercher un médecin.

— Inutile, j'attends un remède.

Thamos préparait l'antidote, mais aurait-il terminé à temps pour soulager le malade et lui permettre de se rendre à la Tenue ?

Les heures s'écoulant, Wolfgang commença à rédiger une lettre d'excuses qui lui arracha presque des larmes. « Personne n'y perd plus que moi », avoua-t-il, au désespoir d'être incapable de diriger lui-même sa cantate.

Une sorte de miracle se produisit : à la nuit tombante, la migraine disparut et les brûlures d'estomac s'apaisèrent.

— Je vais à ma Tenue, décida-t-il.

— Tu es si pâle !

— Je me sens beaucoup mieux.

Vienne, le 17 novembre 1791

Anton Stadler accueillit Mozart.

— Nous ne t'espérions plus !

— Thamos est-il arrivé ?

— Malheureusement non. Dépêchons-nous, les Frères s'impatientent.

La joie profonde de la cantate fit oublier aux participants la rigueur de l'hiver et l'épidémie de grippe.

Songeant à Thamos dont l'absence lui pesait, Mozart dirigea le chœur des Frères.

Puis ils formèrent la chaîne d'union qui les reliait aux initiés d'hier, d'aujourd'hui et de demain, vénérèrent le principe créateur et virent ruisseler la lumière aux quatre orients.

Vienne, le 18 novembre 1791

Geytrand frappa de nouveau.

Son poing ganté fit éclater la pommette de Thamos, le sang gicla.

Joseph II avait interdit la pratique de la torture, mais cette prison-là n'avait aucune existence légale.

L'arrivée de Joseph Anton interrompit l'interrogatoire.

— Nettoie le prisonnier et redonne-lui figure humaine.

Dépité, Geytrand s'exécuta.

— Je suis le comte de Pergen, chargé de mission par l'empereur, et je vous recommande de répondre à nos questions.

— Vous sortez enfin des ténèbres ! Voilà si longtemps que vous cherchez à détruire la Franc-Maçonnerie... Quel démon vous habite ?

— Pourquoi résidez-vous à Vienne, comte de Thèbes ?

— Pour faire bénéficier de ma fortune les asiles et les écoles qui accueillent orphelins et déshérités.

— Rideau de fumée ! Vous êtes l'un des neuf Supérieurs inconnus de la Franc-Maçonnerie et vous fabriquez de l'or alchimique, source de votre fortune. Or, notre regrettée impératrice Marie-Thérèse a fait interdire cet art diabolique. Ce chef d'inculpation vous vaudra de nombreuses années de prison et justifie des interrogatoires approfondis. Et ce n'est pas votre seul crime.

— De quoi m'accusez-vous ?

— De complot contre l'État. Supérieur inconnu, Illuminé de Bavière et Franc-Maçon, vous approuvez la

Révolution française et projetez d'assassiner notre empereur, Leopold II.

— Déplorables mensonges, vous le savez bien.

— Telles sont mes convictions, fondées sur de multiples indices. Il ne manque plus que vos aveux.

— Jamais vous ne les obtiendrez.

— Désolé d'utiliser des moyens barbares, mais vous m'y contraignez. Cependant, je manifesterais une certaine indulgence si vous répondiez à une question précise : pourquoi protégez-vous Mozart ?

— Qu'allez-vous imaginer ?

Joseph Anton exprima un soupir de mécontentement. L'Égyptien était encore trop résistant.

— Continue à l'assouplir, ordonna-t-il à Geytrand.

71.

Vienne, le 19 novembre 1791

En ce jour froid et maussade[1], Mozart se rendit à la brasserie du Serpent d'Argent où officiait Joseph Deiner, alias Primus.

Épuisé, le compositeur s'assit lourdement et posa la tête sur son bras droit replié. Pourquoi Thamos ne lui envoyait-il pas un nouveau flacon d'élixir ? Ne disposant d'aucun moyen de contacter l'Égyptien, Wolfgang avait demandé à Stadler, sans grand espoir, de partir à sa recherche en interrogeant les Frères susceptibles de lui fournir des renseignements.

Privé de contrepoison, l'auteur de *La Flûte magique* ne survivrait pas longtemps.

Sortant de sa torpeur, il appela un garçon.

— Apportez-moi du vin, s'il vous plaît.

— Pas de bière, comme d'habitude ?

— Ce soir, je préfère du vin.

Wolfgang n'y toucha pas.

Pâle, mal coiffé, il aperçut Primus.

— Comment allez-vous, Joseph ?

— C'est plutôt à moi de vous le demander, monsieur

1. Ce qui suit provient des *Souvenirs* de Joseph Deiner.

le maître de musique, car vous avez mauvaise mine et paraissez malade !

— Je suis saisi d'un froid étrange et je sens que ce sera bientôt fini de composer.

— Allons, allons ! Cette mauvaise grippe donne des idées noires. Rentrez chez vous, mettez-vous au chaud et laissez-vous dorloter par votre petite femme. Et n'oubliez surtout pas de boire du punch ! Rien de tel pour lutter contre un refroidissement.

Vienne, le 20 novembre 1791

Toujours aussi violent, l'interrogatoire reprit.

Geytrand prenait plaisir à malmener cet étranger auquel, tôt ou tard, il arracherait ses secrets alchimiques et maçonniques.

La résistance de Thamos l'irritait. Malgré les coups, il continuait à prétendre qu'il visait uniquement à pratiquer la bienfaisance, conformément à l'idéal officiel de la Franc-Maçonnerie.

— Je veux la liste complète de tes complices, exigea Geytrand.

— Je ne connais que des Frères.

— Appelle-les comme tu veux ! Alors ?

— Vous trouverez leurs noms sur les registres des Loges de Vienne, de Prague, de...

— Ça suffit ! Si tu souhaites survivre, dénonce les comploteurs.

— Il n'en existe pas. Et toi, ex-Franc-Maçon, parjure et lâche, tu n'as certainement pas l'intention de me laisser vivre.

Furieux, Geytrand frappa et frappa encore.

L'un de ses assistants fut contraint de s'interposer.

— S'il meurt avant de parler, rappela-t-il, le comte de Pergen sera très mécontent.

Geytrand se calma.

— Nettoyez-le. Le patron a horreur du sang et de la saleté.

Vienne, le 20 novembre 1791

Ressentant une violente douleur dans les reins, incapable de se tenir debout ni même de rester assis, Mozart s'alita.

Pris d'une forte fièvre, il vomit abondamment. Constance constata que ses pieds et ses mains avaient gonflé.

Le poison faisait des ravages.

— N'avons-nous pas reçu un flacon d'élixir ? demanda Wolfgang entre deux nausées.

— Malheureusement non. Le docteur vient d'arriver.

Âgé de trente-sept ans, praticien expérimenté, Thomas Franz Closset envisagea une méningite.

— Aérez bien la chambre de Wolfgang, et qu'il se repose. Vous semblez éreintée, Constance.

— Ma mère et ma sœur Sophie me procurent une aide précieuse. Mon mari guérira, n'est-ce pas ?

— Nous ferons le maximum.

— Cet empoisonnement...

— Ne vous torturez pas avec cette hypothèse absurde ! Je reviendrai bientôt.

Vienne, le 22 novembre 1791

— Vous n'êtes vraiment pas raisonnable, comte de Thèbes, jugea Joseph Anton, et votre obstination ne mène à rien. J'admire votre courage, mais nul prisonnier ne résiste à des interrogatoires bien menés. Comme vous le constatez, mon ami Geytrand est un spécialiste consciencieux. Afin de vous prouver ma mansuétude, je vous ai fait préparer un repas correct. Du poisson fumé, du choux, du pain frais et un verre de vin. Ne regrettez-vous pas la liberté et les grands voyages ? Parlez, et je vous laisserai quitter Vienne.

Thamos mangea lentement. Il lui fallait reprendre des forces et trouver un moyen de sortir de sa cellule. Sans cesse, il songeait à Wolfgang, privé du contrepoison indispensable. Combien de temps encore son organisme résisterait-il ?

— Sur vos conseils, reprit Anton, Mozart voulait fonder un nouvel Ordre subversif. Quels étaient ses buts ?

— Restaurer l'initiation aux mystères d'Isis et d'Osiris, et la rendre accessible aux Frères et aux Sœurs désireux de la vivre.

— J'ai lu plusieurs fois le livret de *La Flûte magique*, et votre explication ne me suffit pas. Révélez-moi la véritable finalité de cette confrérie occulte.

— Je vous ai dit la vérité.

— Qui voulait y adhérer ?

— Je peux vous donner deux noms : Mozart et moi-même.

Le comte de Pergen garda son calme.

— J'ai tout mon temps, Thamos. Ce n'est pas le cas de votre Frère Mozart, semble-t-il.

72.

Vienne, le 23 novembre 1791

L'état du malade ne s'améliorait pas, et le traitement du docteur Closset demeurait inopérant. Comme Wolfgang ne parvenait pas à se retourner en raison des enflures, sa belle-sœur Sophie avait confectionné une chemise de nuit qu'il enfilait par-devant.

— Voici une confortable robe de chambre ouatée pour ta convalescence, lui annonça-t-elle. Je l'ai cousue moi-même.

Le pauvre sourire du compositeur lui déchira le cœur.

— Acceptes-tu de recevoir Stadler ? demanda Constance, le visage creusé.

— Bien sûr !

— Bonne nouvelle, indiqua le clarinettiste, l'air enjoué. Notre Frère Artaria va publier les premiers extraits de *La Flûte magique* ! Et le succès populaire continue.

— Chaque soir, confia Wolfgang, je revis l'opéra de la première à la dernière scène. J'entends les chanteurs, je participe aux épreuves et je vois la lumière du temple du soleil.

— Remets-toi vite, nous avons tellement besoin de toi !

— Thamos ?

— Disparu ! Certains pensent qu'il a quitté Vienne.

— Sans nous prévenir ? Impossible ! La réalité est beaucoup plus sinistre. Thamos a été arrêté et emprisonné.

Malgré son optimisme habituel, Stadler ne pouvait écarter cette hypothèse.

— Tâche d'en savoir davantage, demanda Wolfgang.

— Et toi, continue à te reposer ! Avec autant de femmes dévouées à ta cause, tu es sûr de guérir !

L'œil inquiet, Gaukerl ne quittait plus la chambre de son maître.

Vienne, le 24 novembre 1791

L'archevêque Migazzi avait finalement accepté d'écouter la confession d'Antonio Salieri, soulagé de recevoir l'absolution. Puisque Dieu lui pardonnait ses péchés, il pouvait effacer ses remords, oublier Mozart, et se consacrer à sa brillante carrière de courtisan et de compositeur[1].

Alors qu'il dégustait de la biche agrémentée d'une sauce au vin, l'archevêque reçut son secrétaire particulier, en proie à une émotion inhabituelle.

— Le Seigneur a entendu nos prières, Éminence, et sa juste colère a frappé l'impie.

— Mozart ?

— Il est très malade, et les traitements médicaux sont inopérants. On évoque une issue fatale.

1. Antonio Salieri mourut en 1825, âgé de soixante-quinze ans. En 1823, hospitalisé, il s'accusera d'avoir assassiné Mozart. Mais personne ne prit au sérieux les déclarations délirantes d'un vieillard sénile.

— Prends immédiatement les dispositions nécessaires : qu'aucun prêtre ne lui donne l'absolution. Ce Franc-Maçon doit être damné, conformément aux exigences du Très-Haut.

— Sa volonté sera accomplie, Éminence.

Vienne, le 25 novembre 1791

Le juriste Franz Hofdemel ne décolérait pas.

Pourquoi sa femme, Maria Magdalena, l'avait-elle ainsi humilié ? En se faisant engrosser par Mozart, elle bafouait l'honneur d'un mari dévoué. Nuit et jour, il imaginait les leçons de piano ! Lui, Franz Hofdemel, cocu et contraint d'élever un enfant qui n'était pas le sien !

Utiliser le poison, l'arme des lâches... Parfois, il se le reprochait. Mais impossible de ne pas réagir et de laisser impuni ce maudit musicien. Et puis sa manœuvre avait-elle réussi, la quantité serait-elle suffisante ?

Le juriste ruminait sa vengeance.

Vienne, le 26 novembre 1791

Thamos connaissait chaque parcelle de sa cellule, du sol au plafond. Hélas ! pas un seul point faible. La pierre de taille ne présentait aucun défaut et, malgré la rigueur du climat, l'endroit n'était même pas humide.

Toute tentative d'évasion paraissait impossible.

Pourtant, il devait sortir de là et procurer à Mozart le remède indispensable.

Depuis deux jours, pas d'interrogatoire. On le

nourrissait, on lui accordait un peu de répit afin de mieux le briser.

À l'extérieur, un policier armé montait la garde. Relève toutes les six heures.

Avant que Geytrand ne pénétrât dans la cellule, un cerbère enchaînait l'Égyptien. Interdiction de communiquer avec le prisonnier. On lui donnait ses repas par un petit guichet, aussitôt refermé. Ni couteau, ni fourchette, ni cuiller.

Refusant de céder au désespoir, Thamos pria l'abbé Hermès de lui venir en aide.

Vienne, le 28 novembre 1791

— Je vous présente mon illustre confrère, le docteur Sallaba, médecin-chef de l'Hôpital général, dit Closset à Constance. Il accepte d'examiner Wolfgang.

Le praticien passa un bref moment au chevet du malade.

Le visage fermé, il ressortit de la chambre dont il referma soigneusement la porte.

— Votre diagnostic ?

— Éloignons-nous, madame. Votre mari ne doit rien entendre.

Folle d'inquiétude, Constance emmena le praticien jusqu'au vestibule.

— Je suis formel, il faut vous attendre au pire.

— Vous ne voulez pas dire...

— Si, madame. Mozart est perdu.

— N'existe-t-il aucun remède, ne pouvez-vous...

— Mon excellent collègue, le docteur Closset, vous assistera. Soyez courageuse.

73.

Vienne, le 1er décembre 1791

Alors que la très autorisée publication de Berlin, *Musikalische Wochenblatt*, émettait un jugement définitif sur *La Flûte magique*, « pas le succès escompté, car le sujet et le texte en sont vraiment trop mauvais », Thamos vit réapparaître Geytrand.

— Toujours pas décidé à parler ?

— J'ai déjà tout dit.

— Tu m'obliges à changer de méthode. Cette fois, tu céderas. Je commence par les yeux.

Semblant affolé, Thamos se cala contre un mur.

— J'avoue, je sais fabriquer de l'or alchimique !

Une lueur mauvaise anima le regard de Geytrand.

— Enfin un bon mouvement ! Peux-tu le prouver ?

— Emmenez-moi à mon laboratoire.

— Pas question ! Tu l'as sûrement piégé.

— Alors, rapportez-en le matériel nécessaire.

— Quelle forme prendra l'or ?

— L'une liquide, l'autre solide.

— En grande quantité ?

— Tout dépend de la qualité de la matière première.

Si Thamos ne se vantait pas, Geytrand avait une chance inespérée de s'enrichir. Au terme de la première expérience alchimique, il prélèverait le butin et omettrait d'en parler à Joseph Anton. Ensuite, et ensuite seulement, il l'avertirait.

— Je vais te procurer de quoi écrire, l'Égyptien. Indique-moi bien le nécessaire.

Vienne, le 3 décembre 1791

En désespoir de cause, le docteur Closset avait pratiqué une saignée. Mozart retrouva un peu d'énergie et fit convoquer son beau-frère, Hofer, et ses Frères Gerl, le Sarastro de *La Flûte*, et Schack, interprète de Tamino, pour chanter les parties du *Requiem* [1] déjà composées.

Alors, chacun reprit espoir.

L'œuvre s'interrompit au début du *Lacrymosa*, sortie de l'abîme de la mort et montée de l'âme des ressuscités vers la Lumière.

D'une sagesse exemplaire, Gaukerl assista à toute la répétition. Et les chanteurs regagnèrent le théâtre.

Wolfgang songeait à Thamos. Tombé entre les mains de la police secrète, parviendrait-il à s'échapper ?

Constance, un peu rassurée, apporta du bouillon. Le compositeur regarda sa montre.

— *La Flûte magique* débute ! Bientôt, le serpent pourchassera Tamino, et les épreuves initiatiques commenceront...

La soirée durant, il suivit en esprit le déroulement du rituel jusqu'à la consécration du couple royal dans le temple des fils et des filles de la Lumière.

1. K. 626.

Vienne, le 4 décembre 1791

— Ça te convient, l'Égyptien ? demanda Geytrand en lui montrant les cornues, les vases et les pots aux formes étranges contenant des substances colorées, désignées par des hiéroglyphes indéchiffrables.

Thamos examina le matériel.

— Un espace aussi réduit m'empêche de travailler. Il me faut une vaste pièce.

— Ta cellule te suffira !

— J'insiste, j'ai besoin de beaucoup de place. Vous avez vu mon laboratoire !

— On monte au premier étage, mais tu restes enchaîné.

L'Égyptien découvrit le grand salon de l'hôtel particulier où la police secrète agissait en toute impunité. Là étaient conservés les dossiers accumulés depuis tant d'années contre la Franc-Maçonnerie.

Deux policiers y résidaient en permanence. Geytrand leur ordonna de ne pas quitter des yeux le prisonnier.

— Je dois avoir les mains libres, sollicita Thamos.

— Hors de question !

— Si je rate une manipulation, ce sera l'explosion. À bonne distance, vous ne risquez rien. Moi, je serai tué, et vous n'aurez pas l'or.

Comme l'attestaient des rapports de police, de tels accidents avaient bien eu lieu.

— Tu gardes les chaînes aux pieds, décréta Geytrand.

Thamos ne protesta pas.

— Combien de temps te faudra-t-il ?

— Au moins vingt-quatre heures avant d'obtenir le premier or liquide. Apportez-moi une grande bougie et une autre, allumée. Puis écartez-vous.

L'Égyptien fit jaillir le feu de la grande bougie en prononçant des formules incompréhensibles provenant du rituel de l'éveil divin au cœur des sanctuaires égyptiens.

Ensuite, il préleva un peu de poudre brune, conservée dans un vase portant l'inscription *kemet*[1], la « terre noire », et l'inonda de lumière. En célébrant le mariage des éléments, il recréait la matière première, support indispensable du Grand Œuvre.

Vu les circonstances, Thamos était obligé d'emprunter la voie brève, particulièrement dangereuse. Malgré son expérience, il n'était pas certain de réussir. La moindre erreur serait fatale.

Mais il lui fallait faire vite, produire le contrepoison, s'évader et soigner Mozart.

1. Terme à l'origine du mot « alchimie ».

74.

Vienne, le 4 décembre 1791

— Quel horrible mal de tête, se plaignit Wolfgang.

Sophie Weber posa sa main sur le front du malade. Brûlant.

Elle alerta aussitôt Constance.

— J'envoie chercher le docteur Closset, décida cette dernière avant de se rendre au chevet de son mari, sous le regard inquiet de Gaukerl.

— J'ai le goût de la mort dans la bouche, déclara le compositeur. Je dois partir au moment où nous allions vivre paisiblement. Libéré des dettes et des modes musicales, j'aurais pu écrire en toute liberté, fonder la Grotte et rendre heureux mon épouse et mes enfants.

— Tu guériras, mon amour !

Mozart regarda sa montre.

— Papageno va chanter : « Je suis l'oiseleur, je... »

L'auteur de *La Flûte magique* perdit connaissance.

Affolée, Constance serra très fort les mains de Wolfgang.

— Je veux contracter ta maladie et mourir avec toi !

Sophie empêcha sa sœur de s'étendre à côté du musicien.

— Pas de folie, je t'en supplie ! Tes fils ont besoin de toi.

Sortant du théâtre, le docteur Closset examina son patient.

— Appliquez des serviettes humides sur le front, ordonna-t-il à Sophie.

La jeune femme s'insurgea.

— Le froid ne serait-il pas nuisible ? Regardez, ses bras et ses jambes ont encore enflé !

— Obéissez.

Les compresses provoquèrent une série de frissons, et le malade vomit.

— Un prêtre, vite ! exigea le médecin.

Sophie se rendit aussitôt à Saint-Pierre.

— Un mourant a besoin de l'extrême-onction, dit-elle à un religieux au sourire compréhensif.

— Comment se nomme-t-il ?

— Wolfgang Mozart.

Le sourire disparut.

— Un hérétique défie le Seigneur jusqu'à son dernier souffle, et aucun prêtre ne saurait lui accorder l'ultime sacrement. N'insistez pas, mon enfant. Partout, on vous la refusera.

En courant, Sophie retourna chez les Mozart.

Le musicien n'avait pas repris connaissance.

— Et le prêtre ? demanda Closset, désemparé.

— L'Église refuse l'extrême-onction.

Constance tentait d'apaiser Karl Thomas, conscient de la tragédie.

Soudain, Gaukerl émit un jappement de désespoir.

Il était minuit cinquante-cinq, le 5 décembre 1791.

Mozart venait de mourir.

Vienne, le 5 décembre 1791

Geytrand ne quittait pas des yeux l'alchimiste, sans rien comprendre à ses manipulations. Il assistait à l'élaboration du Grand Œuvre et voyait le mystère s'accomplir, en lui restant totalement extérieur.

Redoutant la sorcellerie, ses deux acolytes frissonnaient. Le diable n'allait-il pas jaillir d'une cornue et emporter leur âme ?

Une coupelle devint rouge vif.

Pris de panique, un policier sortit du grand salon.

Il était minuit cinquante-cinq.

— Ramène ton camarade, ordonna Geytrand à l'autre gardien. Sinon, vous serez sanctionnés.

— L'or liquide est prêt, déclara Thamos.

— Montre !

L'alchimiste présenta un flacon d'élixir.

— C'est un puissant remède contre la plupart des maladies. Il régénère l'organisme et le rend résistant aux agressions extérieures. Veux-tu l'essayer ?

— Toi d'abord !

Thamos en but une gorgée.

— Moi, je veux l'or solide.

— Il me faut encore un peu de temps.

— Eh bien, travaille !

Les deux policiers ne revenaient pas. Terrorisés, les imbéciles devaient se terrer dans l'antichambre en priant tous les saints de les protéger !

Une intense lueur dorée aveugla Geytrand.

Du fourneau, Thamos sortit un petit lingot.

— Donne-le-moi ! exigea le tortionnaire qui se voyait déjà à la tête d'une immense fortune.

— Surtout, n'y touchez pas !

Bousculant le prisonnier, Geytrand s'empara du lingot.

Aussitôt, ses mains brûlèrent, collées au métal. Puis un feu infernal dévora ses jambes, son ventre, son torse et enfin sa tête.

Hurlant de douleur, l'âme damnée du comte de Pergen se consuma lentement.

Hantés par les visions qu'avait déclenchées Thamos, les deux policiers s'étaient entretués.

N'emportant que la matière première et l'élixir, l'Égyptien mit le feu à l'hôtel particulier après s'être libéré de ses chaînes.

Pouvait-il encore sauver Mozart ?

75.

Vienne, le 5 décembre 1791

Brisée, Constance écrivit quelques lignes sur le livre d'or de Wolfgang : *Époux chéri ! Mozart immortel, pour moi et toute l'Europe, tu reposes désormais, à jamais ! Trop tôt, ô combien, il quitta ce monde bon, certes, mais ingrat, dans sa trente-sixième année. Ô Dieu ! Huit années nous unirent d'un lien tendre et ineffaçable. Oh, puissé-je être bientôt unie à toi pour toujours !*

— Le comte de Thèbes te demande, lui annonça sa sœur Sophie.

Constance éclata en sanglots.

— Wolfgang est mort, Thamos !

L'Égyptien contempla le Grand Magicien, Fils de la lumière, Frère du feu, Aimé d'Isis. Il lui croisa les mains sur la poitrine, à la manière d'Osiris, le revêtit de son tablier de Maître Maçon et d'un manteau noir à capuche.

— Je vais chercher le baron Van Swieten, décréta-t-il. Vous et vos enfants vous réfugierez chez notre Frère Joseph Bauernfeld.

— Je ne veux pas abandonner Wolfgang !

— Ne vous mettez pas en danger, Constance. Écoutez-moi, je vous en prie.

La veuve du musicien céda.

Vienne, le 5 décembre 1791

Van Swieten s'était habillé à la hâte.

Face au cadavre de Mozart, il s'inclina.

— Nous n'avons pas une seconde à perdre, lui dit Thamos. Anton sera bientôt informé de mon évasion.

— D'après mes informateurs, Leopold II est persuadé que la Franc-Maçonnerie viennoise est un foyer révolutionnaire favorable aux Jacobins français. Faisons disparaître les documents dangereux.

Les deux hommes vidèrent la bibliothèque. Il ne resterait aucune trace des livres suspects, des statuts de la Grotte et des rituels en préparation.

Des déménageurs emportèrent un maximum de meubles et d'objets de valeur. Ainsi, la veuve ne serait pas imposée.

À la demande de Thamos, le comte Joseph Deym fit un masque mortuaire[1] juste avant la mise en bière.

— Je m'occupe de l'enterrement, promit Van Swieten.

Vienne, le 5 décembre 1791

— La colère divine a frappé Mozart, annonça le secrétaire de l'archevêque.

— Mes instructions ont-elles été respectées ?

1. Cette relique a disparu.

— À la lettre, Éminence. Ce Franc-Maçon subversif n'a pas reçu l'extrême-onction et ne reposera donc pas dans la paix du Seigneur.

— Il est bien mort, tu en es sûr ?

— Aucun doute !

— C'est curieux... J'ai l'impression qu'il est encore présent.

— Votre Éminence fut l'instrument de la volonté du Très-Haut et...

— Laisse-moi seul.

Vienne, le 5 décembre 1791

— Mort, c'est certain ? s'étonna Salieri.

— Certain, confirma son valet de chambre. La mise en bière a eu lieu ce matin.

— Comment l'as-tu appris ?

— Par mon ami Joseph Deiner, l'aubergiste, qui a rencontré Sophie, l'une des sœurs de Constance Mozart.

— Ainsi, il est mort ! C'est heureux. S'il avait vécu, il nous aurait tous mis sur la paille.

Vienne, le 5 décembre 1791

Dans les ruines fumantes de l'hôtel particulier, trois cadavres recouverts de vert-de-gris, dont celui de Geytrand, le corps entièrement calciné, à l'exception de ses yeux de poisson crevé. Ses mains serraient un morceau de plomb.

Mozart mort, Thamos l'Égyptien en fuite. Le succès n'était pas total.

Le comte de Pergen se rendit au palais afin d'informer l'empereur.

— J'ai relu vos rapports, précisa le souverain, et je suis convaincu de la profonde nocivité de la Franc-Maçonnerie. Son véritable but consiste à détruire les monarchies.

— Le principal agitateur, Mozart, vient de disparaître.

— Ce n'est pas suffisant, comte de Pergen. Il faut à présent éradiquer le mal, et il ne se limite pas aux Frères. Je veux une liste des sympathisants et je les exclurai de toute fonction officielle. En invoquant la raison d'État, je fermerai les Loges viennoises.

Joseph Anton aurait dû éprouver un immense bonheur, puisqu'un triomphe couronnait sa longue croisade.

Mais en lui résonnaient des mélodies des *Noces de Figaro*, de *Don Juan*, de *Cosi fan tutte* et de *La Flûte magique*, les quatre opéras rituels qui traçaient le chemin de l'initiation aux Grands Mystères.

Pourquoi lui et ses alliés avaient-ils assassiné Mozart ? Parce qu'il menaçait le pouvoir, l'ordre établi, l'Église, les croyances rassurantes et la Franc-Maçonnerie elle-même.

Et si la voie juste était celle de Mozart ? Et si sa musique offrait la solution aux problèmes angoissants d'un monde en crise à cause de l'absence d'une authentique spiritualité ?

Fidèle serviteur de l'État, le comte de Pergen terminerait sa mission. D'ici peu, l'Empire serait débarrassé des sociétés secrètes.

Restait à régler le cas de Thamos l'Égyptien.

76.

Vienne, le 6 décembre 1791

Le temps s'était amélioré, devenant doux et brumeux. À quinze heures, devant la chapelle du crucifix de la cathédrale Saint-Étienne, s'organisait le service funèbre de Mozart.

Le baron Gottfried Van Swieten assumait les frais : 8 florins et 56 kreutzers pour un enterrement de troisième classe, 3 florins pour un corbillard tiré par deux chevaux. Il avait également payé une tombe individuelle et une stèle marquée au nom du compositeur.

Anéantie, Constance gardait la chambre. Étaient présents Van Swieten, Anton Stadler, Süssmayr, Joseph Deiner dit Primus, Hofer, le beau-frère de Mozart, Sophie Weber et quelques membres de la troupe de Schikaneder.

Bouleversés, tous gardaient le silence. Personne ne voulait croire à la disparition de Mozart.

Joseph Anton s'approcha de Gottfried Van Swieten.

— Changement de programme, baron.

— Qu'est-ce que ça signifie ?

— La cause officielle du décès, inscrite sur le registre de la cathédrale, est « fièvre miliaire[1] aiguë ». Comme on redoute une épidémie de choléra, nous

1. Cette fièvre se caractérisait par une abondante transpiration et l'apparition de boutons ressemblant à des grains de mil.

devons respecter le strict règlement de la police applicable en ce genre de circonstances. Par conséquent, le corps sera inhumé dans un tombeau communautaire simple.

— J'ai réservé une sépulture individuelle et...

— Vous n'existez plus, baron. Une notification officielle vous démet de toutes vos fonctions. La sanction aurait pu être pire. L'empereur ne manifestera aucune indulgence envers les participants à la conspiration maçonnique. Vu votre brillante carrière, le pouvoir vous épargne. À présent, faites-vous discret, très discret.

Van Swieten demeura muet.

— Mozart sera enterré au cimetière Saint-Marx, à quatre kilomètres de Vienne, précisa Anton. Étant donné la distance, la loi interdit à quiconque d'accompagner le corbillard. Les croque-morts passeront prendre la dépouille à la tombée de la nuit.

Vienne, le 6 décembre 1791

Au premier étage du n° 10 de la Grünangergasse, des hurlements de femme ! Sans doute un mari en train de frapper son épouse. Prudent, le livreur battit en retraite.

Il se heurta à un voisin montant l'escalier.

Un cri atroce leur déchira les tympans.

— Que se passe-t-il, chez les Hofdemel ?

— Moi, je suis pressé et je ne me mêle pas des affaires d'autrui.

Le livreur décampa, le visiteur frappa en vain à la porte. Inquiet, il appela un serrurier.

Ils découvrirent un horrible spectacle : le juriste Hofdemel, un rasoir à la main, s'était tranché la gorge après avoir agressé son épouse, Maria Magdalena, enceinte de cinq mois. Le visage, les épaules et les bras tailladés, elle gisait dans une mare de sang.

Fou de jalousie, s'estimant coupable d'avoir empoisonné Mozart, l'amant de sa femme et le père de l'enfant, Hofdemel s'était vengé de l'infidèle avant de se suicider.

Le plan de Geytrand avait fonctionné à merveille, la rumeur ne tarderait pas à courir.

Vienne, le 6 décembre 1791

Ni Frère, ni parent, ni ami n'osèrent enfreindre le règlement de la police. Aussi, à la tombée de la nuit, le corbillard transportant le cadavre de Mozart, qu'aucun médecin n'avait eu le droit d'examiner, prit-il la direction du cimetière Saint-Marx.

Jaillissant de la pénombre, le chien Gaukerl suivit son maître. Ni en ce monde ni en l'autre, il ne l'abandonnerait.

La fosse refermée, les croque-morts quittèrent les lieux.

Alors, Thamos s'approcha de la sépulture et prononça les formules de transformation en lumière. L'esprit de Mozart brillerait parmi les étoiles, et son œuvre transmettrait l'initiation à ceux qui avaient des oreilles pour entendre.

Au terme de ce modeste rituel, une voix résonna.

— Je savais que vous viendriez, comte de Thèbes, affirma Joseph Anton.

Thamos se retourna lentement.

Le comte de Pergen semblait seul.

— Où se cachent vos hommes ?

— Je voulais rendre un dernier hommage à un immense génie, mort à cause de son idéal. Fidèle serviteur de l'État, j'ai obéi aux ordres. Sans Mozart, votre pouvoir de Supérieur inconnu est réduit à néant. C'est pourquoi je ne juge pas nécessaire de vous arrêter. Le reste de votre existence, vous errerez en songeant à cet être irremplaçable que vous n'avez pu sauver.

— Vous tentez de vous persuader d'une victoire à laquelle vous ne croyez pas vous-même. Jamais la Lumière de Mozart ne s'éteindra.

Joseph Anton hocha la tête d'une étrange façon, puis disparut dans la nuit.

77.

Vienne, le 7 décembre 1791

En qualité de témoin, le marchand de fer et usurier Joseph Goldhann signa la liste officielle recensant les biens de Mozart. On estima le piano à 80 florins, le billard à 60, et l'on apprécia au mieux la valeur des divers objets et des vêtements, dont huit beaux costumes complets.

Les dettes du musicien se montaient à 914 florins [1].

— Mozart ne me devait pas un kreuzer, déclara le Frère Puchberg, effaçant le passé, et je suis heureux de devenir le tuteur de ses deux fils. Eux et Constance ne manqueront de rien.

Anton Stadler produisit une reconnaissance de dette envers Mozart d'un montant de 500 florins, mais plusieurs autres oublièrent la générosité du compositeur à leur égard [2].

1. 282 florins dus au maître tailleur Dümmer ; 9 au docteur Igl ; 139 à l'apothicaire de la cour ; 74 à Mme Hasel, autre apothicaire ; 208 au tapissier Reiz ; 31 au maître cordonnier Anhammer ; 171 à divers fournisseurs.

2. Franz Anton Gilowsky, neveu d'un chirurgien de la cour de Salzbourg, présenta une reconnaissance de dette de 300 florins. Non seulement Mozart ne subissait pas une misère noire, mais encore, le 29 mars 1792, Constance apurait-elle toutes les dettes.

Vienne, le 11 décembre 1791

La veille avait été célébrée à l'église Saint-Michel une messe de Requiem à la mémoire de Mozart. Deux de ses Frères, Bauernfeld et Schikaneder, en assumaient les frais.

— L'empereur m'a accordé une ultime audience, dit Van Swieten à Constance. J'ai plaidé mon innocence et surtout la vôtre, en lui affirmant que jamais Wolfgang n'avait été mêlé à un complot contre sa personne. Sa Majesté accepte de recevoir une supplique de votre part. Peut-être Leopold II vous attribuera-t-il une pension afin de prouver sa grandeur d'âme.

Aidée de Van Swieten, Constance rédigea une lettre à l'empereur, sollicitant un « salaire de charité », quoique son mari n'eût pas dix ans de service. Au lieu de partir pour l'étranger, n'était-il pas resté à Vienne en remplissant strictement sa fonction ? La requérante s'en remettait à la grâce suprême et à la bonté paternelle de Leopold II.

— Bien entendu, ajouta le baron, il faudra faire disparaître toute la correspondance maçonnique de Mozart. Si des lettres compromettantes tombaient en de mauvaises mains, vous auriez de graves ennuis.

Constance acquiesça.

Vienne, début janvier 1792

Prague, dès le 14 décembre 1791, avait rendu hommage à Mozart en célébrant une messe de Requiem avec cent vingt musiciens. Vienne demeura muette.

La Loge L'Espérance couronnée se contenta d'une

oraison funèbre, due au Frère Karl Friedrich Hensler[1], à l'issue d'une cérémonie de réception :

« Il a plu à l'éternel Architecte du monde d'arracher à notre chaîne fraternelle l'un de nos membres les plus aimés et les plus méritants, déplora Hensler. Qui ne l'a connu, qui ne l'a estimé, qui ne l'a aimé, notre digne Frère Mozart ? Voici seulement quelques semaines, il se trouvait parmi nous et glorifiait par sa musique enchanteresse la consécration de notre temple maçonnique. Qui de nous aurait pu supposer que son existence fût si proche de son terme ? La mort de Mozart est une perte irremplaçable pour l'art. Il était un adepte zélé de notre Ordre. Les principaux traits de son caractère étaient l'amour de ses Frères, un esprit sociable, un engagement permanent pour la bonne cause et la bienfaisance, un sentiment véritable et profond de satisfaction lorsqu'il pouvait être utile à l'un de ses Frères par ses talents. Il était bon époux, bon père, ami de ses amis, Frère de ses Frères. Seuls lui manquaient les trésors pour rendre heureux des centaines de ses semblables, comme il le désirait en son for intérieur. »

Anton Stadler et les Jacquin demandèrent à la Loge un geste généreux envers la famille du musicien, et l'on décida de publier dans la presse l'annonce d'une édition de luxe de la dernière cantate maçonnique de Mozart[2], suivie du bref chant accompagnant la chaîne d'union[3] qui clôturait la Tenue. On espérait de nombreuses souscriptions[4], et le produit de la vente serait versé à Constance.

1. Hensler, *Maurerrede auf Mozarts Tod*, imprimé en 1793. Nous en citons des extraits.

2. K. 623.

3. K. 623a.

4. Ce ne fut malheureusement pas le cas. Moins luxueuse que prévue, la parution n'eut lieu qu'en novembre 1792.

Vienne, mars 1792

— Quel sera le successeur de Leopold II, dont la mort ne m'attriste guère ? demanda Stadler à Van Swieten.

— François II, âgé de vingt-quatre ans. La Franc-Maçonnerie est condamnée à mort ! Lui et ses conseillers veulent transformer l'Autriche en État policier. D'ici peu, toutes les Loges seront obligées de fermer leurs portes [1].

1. En janvier 1795, une loi interdira toutes les sociétés secrètes, accusées de haute trahison.

ÉPILOGUE

> Quand le monde fléchit autour de soi, quand les structures d'une civilisation vacillent, il est bon de revenir à ce qui, dans l'histoire, ne fléchit pas, mais au contraire redresse le courage, rassemble les séparés, pacifie sans meurtrir. Il est bon de rappeler que le génie de la création est, lui aussi, à l'œuvre dans une histoire vouée à la destruction.
>
> Albert Camus, *Remerciement à Mozart*,
> *L'Express*, février 1956[1]

Figeac, le 28 avril 1793

Joseph Anton ignorait une donnée essentielle : le *ka* d'un être royal, tel Mozart, ne disparaissait pas. Il se transmettait à un autre Grand Magicien que Thamos devait tenter de découvrir afin de lui confier le *Livre de Thot*.

Mais comment le localiser ?

À la sortie du cimetière Saint-Marx, l'Égyptien n'était pas seul. Gaukerl venait de l'adopter.

1. Je dois cette citation à Anne Gallimard.

Gaukerl... Ce serait lui, son guide !

Désireux de retrouver Mozart, il rechercherait l'être dépositaire de son esprit.

Se déroula un long voyage, ponctué de haltes au cours desquelles l'alchimiste fabriquait l'or nécessaire à sa subsistance et au bien-être de son compagnon. Il laissait le chien aller à son rythme, sur des routes de plus en plus dangereuses, en raison de la tourmente qui dévastait l'Europe.

À plusieurs reprises, alerté par Gaukerl, Thamos évita des guets-apens. Quand son guide franchit la frontière de la France, en proie à la terreur révolutionnaire, l'Égyptien fit grise mine.

En dépit des risques, il suivit Gaukerl jusqu'à Figeac, une petite cité du Quercy. Au centre de la place Haute se dressait la guillotine.

Soudain, le chien pressa l'allure.

Devant une modeste demeure, il aboya avec insistance.

Un homme trapu, dans la force de l'âge, ouvrit lentement la porte.

— Qui êtes-vous et que voulez-vous ?

— Je m'appelle Thamos et j'ai besoin de votre aide. Mon chien et moi voyageons depuis longtemps.

— D'où venez-vous ?

— De l'Orient.

— De si loin ! Et qui vous a donné mon adresse ?

— Gaukerl m'a conduit jusqu'à vous.

L'homme caressa le chien dont les grands yeux exprimèrent une profonde reconnaissance.

— Moi, je m'appelle Jacquou et je suis guérisseur. Entrez, je vais vous redonner de l'énergie.

Le thérapeute remplit deux tasses d'alcool de prune et offrit de la soupe à Gaukerl.

— Votre ville souffre-t-elle beaucoup de la Révolution ? demanda l'Égyptien.

— On a exécuté quelques malheureux, mais la population n'apprécie pas lcs fanatiques. Le 21 janvier, le roi Louis XVI a été guillotiné, et quantité de gens désapprouvent cette barbarie. Sans doute les révolutionnaires n'hésiteront-ils pas à trancher la tête de la reine[1]. Au fait, quel est le but de votre voyage ?

— Je recherche un enfant exceptionnel, présentant des dons uniques, auquel j'aimerais offrir un cadeau inestimable.

— Ça alors ! s'étonna Jacquou le guérisseur. Vous êtes bien tombé !

Les oreilles de Gaukerl se dressèrent.

— J'ai aidé une mère de famille à accoucher, le 23 décembre 1790. Lorsque le bébé est venu au monde, j'ai eu la vision d'un pays ensoleillé, avec des temples magnifiques, et je me suis exclamé : « Ce garçon sera une lumière pour les siècles à venir ! »

— Son nom ?

— Jean-François Champollion. Son père est libraire, et le bambin m'a révélé qu'il apprenait déjà à lire et à écrire tout seul, en cachette. Il est promis à un grand destin, j'en suis persuadé.

Thamos ferma les yeux et vit un bateau se présenter devant le port d'Alexandrie.

À bord, Champollion allait retrouver sa véritable patrie, l'Égypte des pharaons, dont il avait déchiffré la langue sacrée.

Gaukerl ne s'était pas trompé. Mozart renaissait en Champollion, chargé de déchiffrer le *Livre de Thot* et de transmettre ainsi l'intégralité des mystères d'Isis et

1. Marie-Antoinette sera guillotinée le 16 octobre.

d'Osiris. *La Flûte magique* se prolongeait, la tradition initiatique continuait à vivre.

— Nous rencontrerons Jean-François Champollion dès demain, décida Jacquou, et vous lui parlerez de l'Orient.

BIBLIOGRAPHIE

Les citations des lettres de Mozart proviennent de l'édition française de Geneviève Geffray (éditions Flammarion), avec quelques modifications de notre part à partir du texte allemand.

Nous avons également consulté les ouvrages suivants :

ABERT, Hermann, *Mozart* (2 volumes), Leipzig, 1919.

ANGERMULLER, Rudolph, *Les Opéras de Mozart*, Milan, 1991.

ASSMANN, J., *Die Zauberflöte, Oper und Mysterium*, Munich-Vienne, 2005.

AUTEXIER, Philippe A., *La Lyre maçonne*, Paris, 1997.

AUTEXIER, Philippe A., *Mozart et Liszt sub rosa*, Poitiers, 1984.

AUTEXIER, Philippe A., *Mozart*, Paris, 1987.

BALTRUSAITIS, J., *Essai sur la légende d'un mythe. La Quête d'Isis*, Paris, 1967.

CARR, Francis, *Mais qui a tué Mozart ?*, Drogenbos, s. d.

CHAILLEY, Jacques, *La Flûte enchantée, opéra maçonnique*, Paris, 1968.

CLARY, Mildred, *Mozart. La Lumière de Dieu*, Paris, 2004.

Cosi fan tutte, L'Avant-Scène Opéra, 16/17, s. d.

DA PONTE, Lorenzo, *Mémoires et livrets*, Paris, 1980.

DEUTSCH, O. E., *Mozart und die Wiener Logen : zur Geschichte seiner Freimaurer-Kompositionen*, Vienne, 1932.

Dictionnaire Mozart, sous la direction de Bertrand Dermoncourt, Paris, 2005.
Dictionnaire Mozart, sous la direction de H. C. Robbins Landon, Paris, 1990.
Dunand, Françoise, *Isis, Mère des dieux*, Paris, 2000.
Einstein, Alfred, *Mozart, l'homme et l'œuvre*, Paris, 1954.
Encyclopédie de la Franc-Maçonnerie, Paris, 2000.
Henry, Jacques, *Mozart, Frère Maçon*, Monaco, 1997.
Hocquard, Jean-Victor, *Cosi fan tutte*, Paris, 1978.
Hocquard, Jean-Victor, *Le Don Giovanni de Mozart*, Paris, 1978.
Hocquard, Jean-Victor, *La Flûte enchantée*, Paris, 1979.
Hocquard, Jean-Victor, *Mozart*, Paris, 1994.
Hocquard, Jean-Victor, *Mozart, l'amour, la mort*, Paris, 1987.
Hocquard, Jean-Victor, *La Pensée de Mozart*, Paris, 1958.
Hornung, Erik, *L'Égypte ésotérique*, Paris, 2001.
Iversen, E., *The Myth of Egypt and its Hieroglyphs in European Tradition*, Princeton, 1993.
Koch, H.-A., *Das Textbuch der Zauberflöte*, Jahrbuch des Freien Deutschen Hochstifts, 1969.
Le Corsu, F., *Isis, mythe et mystères*, Paris, 1977.
Le Forestier, René, *La Franc-Maçonnerie templière et occultiste aux XVIIIe et XIXe siècles*, Paris, 1970.
Massin, Jean et Brigitte, *Mozart*, Paris, 1970.
Morenz, S., *Die Zauberflöte. Eine Studie zum Lebenszusammenhang Ägypten-Antike Abendland*, Münster-Cologne, 1952.
Mozart, *Correspondance*, tome V, 1786-1791, Paris, 1992.
Nettl, Paul, *Mozart und die königliche Kunst : die freimaurerische Grundlage der Zauberflöte*, Berlin, 1932.
Nettl, Paul, *Mozart und Masonry*, New York, 1957.
Pahlen, Kurt, *Das Mozart Buch*, Zurich, 1985.
Parouty, Michel, *Mozart, aimé des dieux*, Paris, 1988.
Robbins Landon, H. C., *1791, la dernière année de Mozart*, Paris, 1988.

ROBBINS LANDON, H. C., *Mozart, l'âge d'or de la musique à Vienne, 1781-1791*, Paris, 1989.

ROBBINS LANDON, H. C., *Mozart et les Francs-Maçons*, Londres et Paris, 1991.

ROSENBERG, A., *Die Zauberflöte*, Munich, 1964.

SADIE, Stanley, *Mozart*, Londres, 1980.

STRICKER, Rémy, *Mozart et ses opéras. Fictions et vérité*, Paris, 1980.

TERRASSON, R., *Le Testament philosophique de Mozart*, Paris, 2005.

TUBEUF, André, *Mozart : chemins et chants*, Paris, 2005.

WYZEWA, Théodore DE, et SAINT-FOIX, Georges DE, *W. A. Mozart. Sa vie musicale et son œuvre*, réed. Paris, 1986.

On trouvera dans les ouvrages de référence une abondante bibliographie complémentaire.

En ce qui concerne la Franc-Maçonnerie, on consultera la collection : *Les Symboles maçonniques* (Maison de Vie Éditeur), volumes parus :

1. *Le Grand Architecte de l'Univers.*
2. *Le Pavé mosaïque.*
3. *Le Delta et la Pensée ternaire.*
4. *La Règle des Francs-Maçons de la Pierre franche.*
5. *Le Soleil et la Lune, les deux Luminaires de la Loge.*
6. *L'Équerre et le chemin de rectitude.*
7. *L'Étoile flamboyante.*
8. *Les Trois Grands Piliers.*
9. *La Pierre brute.*
10. *La Pierre cubique.*
11. *Les Trois Fenêtres du Tableau de Loge.*
12. *Les Deux Colonnes et la Porte du Temple.*
13. *L'Épée flamboyante.*
14. *Loge maçonnique, Loge initiatique ?*
15. *Comment naît une Loge maçonnique ? L'Ouverture des travaux et la création du monde*, tome I.

16. *La construction rituelle d'une Loge maçonnique. L'Ouverture des travaux et la Création du monde*, tome II.

17. *La Corde des Francs-Maçons. Nœuds, métamorphoses et lacs d'amour.*

Certaines traductions des textes utilisés par Mozart dans ses musiques maçonniques sont dues à Jacques Fournier.

Les citations du livret de *La Flûte enchantée* proviennent de C. Jacq, *La Flûte enchantée, rituel maçonnique*, Maison de Vie Éditeur, 2006.

Complots dans la Vallée des Rois

t. 1 - Néfer le Silencieux
(Pocket n° 10954)
t. 2 - La femme sage
(Pocket n° 10955)
t. 3 - Paneb l'Ardent
(Pocket n° 10956)
t. 4 - La Place de Vérité
(Pocket n° 10957)

Cité interdite dans un désert de Haute-Égypte, la Place de Vérité abrite les artistes chargés de décorer les tombes de la Vallée des Rois. Là, une poignée d'hommes garde jalousement le plus précieux des secrets : la Pierre de Lumière, dont la magie permet de changer l'orge en or et la matière en lumière. Le soir où l'un des gardiens du lieu est assassiné, le trouble se répand dans la cité : qui, et pour quelles raisons, cherche à s'emparer de la Pierre de Lumière ?

Il y a toujours un Pocket à découvrir

Impression réalisée sur Presse Offset par

CPI
Brodard & Taupin

46703 – La Flèche (Sarthe), le 31-03-2008
Dépôt légal : mars 2008
Suite du premier tirage : avril 2008

POCKET – 12, avenue d'Italie - 75627 Paris cedex 13

Imprimé en France